COURONNE POÉTIQUE

DE

LA LORRAINE

RECUEIL DES MORCEAUX ÉCRITS EN VERS

SUR DES

SUJETS LORRAINS

PAR

P. G. DE DUMAST

CORRESPONDANT DE L'INSTITUT, L'UN DES TRENTE-SIX DE L'ACADÉMIE DE STANISLAS
SECRÉTAIRE PERPÉTUEL DE LA SOCIÉTÉ D'ARCHÉOLOGIE LORRAINE

NANCY

BERGER-LEVRAULT ET Cie, LIBRAIRES-ÉDITEURS

11, Rue Jean-Lamour, 11

À PARIS, MÊME MAISON, 5, RUE DES BEAUX-ARTS

—

1874

COURONNE POÉTIQUE

DE

LA LORRAINE

NANCY, IMPRIMERIE BERGER-LEVRAULT ET Cie.

COURONNE POÉTIQUE

DE

LA LORRAINE

RECUEIL DES MORCEAUX ÉCRITS EN VERS

SUR DES

SUJETS LORRAINS

PAR

P. G. DE DUMAST

CORRESPONDANT DE L'INSTITUT, L'UN DES TRENTE-SIX DE L'ACADÉMIE DE STANISLAS
SECRÉTAIRE PERPÉTUEL DE LA SOCIÉTÉ D'ARCHÉOLOGIE LORRAINE

NANCY

BERGER-LEVRAULT ET Cie, LIBRAIRES-ÉDITEURS

11, Rue Jean-Lamour, 11

A PARIS, MÊME MAISON, 5, RUE DES BEAUX-ARTS

1874

INDEX

COMMENT ET POURQUOI CE LIVRE ?

I.

Au sein d'un public spécial, composé de zélateurs
de l'Histoire et de l'Art, il avait parfois été question
de réunir en un volume, — sorte de mémorial
substantiel, non sans utilité peut-être, — toute la
partie de nos poésies qui roulait sur des sujets
lorrains. — On y voyait l'avantage de former un
ensemble de notions bonnes à répandre, — vraies
et sérieuses malgré leur forme artistique.

Or, le projet a longtemps dormi. Peu s'en faut
même qu'il n'en soit resté là.

Rien d'étonnant, toutefois, à ce que soit venue
maintenant l'idée de le ressusciter. — MAINTENANT,
disons-nous, c'est-à-dire à la suite des faits diplomatiques énormes qui se sont récemment accom-
plis, et sous l'influence de la mâle tristesse qu'ils
ont inspirée.

Car des événements d'un pareil ordre dissipent

pour un temps le règne des idées mesquines et routinières, élèvent le niveau de la pensée, et en élargissent le cadre. — Ils enseignent tout à coup à juger, par la valeur de ce que l'on conserve, du prix de ce qu'on a perdu.

Ils ont forcément, par exemple, ramené l'œil des Français vers l'image, si noblement belle, de la Lorraine d'autrefois; — vers l'importance, naguère trop oubliée, de cette digne petite nation; — vers le souvenir du rang européen dont elle avait joui, et des honneurs dont fut investie, dans les siècles passés, sa modeste, mais glorieuse capitale.

II.

Seulement, dans la formation projetée de ce recueil de vers, — recueil supposé monumental, — quel mode d'arrangement adopter?

L'ordre des dates?

Nul doute que ce ne soit la méthode de classement la plus simple, celle qui se présente d'abord à l'esprit. — Aussi est-ce bien le système auquel, en gros, nous avons donné la préférence, et qu'on verra ici prévaloir.

Mais PRÉVALOIR, disons-nous. RÉGNER EXCLUSIVEMENT, non pas.

Car si nous avions voulu le suivre d'une manière trop rigide, nous n'eussions point assez tenu compte des exigences d'esprit de nos lecteurs ; — gênés qu'auraient quelquefois été ceux-ci, par notre asservissement absolu à la règle chronologique.

On sent, par exemple, que tels morceaux demandaient (et cela presque impérieusement) à précéder tels autres, beaucoup moins importants. Il y avait lieu, aussi, de mettre en rapport de voisinage, malgré quelque espacement d'époque, certaines pièces foncièrement analogues entre elles. — En somme, donc, la loi à laquelle il nous a paru devoir obéir avant tout, ç'a été la loi des CONVENANCES NATURELLES.

III.

Voilà de quelle façon la collection se trouve commencer par deux pièces majeures, présentées là sans intermédiaires : les *Cent Ans de l'Académie de Stanislas*, et l'*Inauguration de la Salle des Cerfs*.

Eh ! sans doute, à la rigueur, parmi les conceptions poétiques du néo-lotharingisme, elles ne sont pas les deux premières en date. Mais regardez... Outre que ces deux morceaux (dont la corrélation saute aux yeux) sont, l'un et l'autre, du nombre des œuvres déjà anciennes dans leur genre, — ils portent

en eux quelque chose d'initial, d'inaugural pour
ainsi dire. Et ce caractère, impossible à méconnaître,
leur assigne pour position, quasi-obligatoire, celle de
cariatides du portail de l'édifice; — celle de ces imposants pylônes que l'Égypte plaçait, apariés, devant
l'entrée de ses édifices sacrés. — Ne voit-on pas, en
effet, ces deux pièces se correspondre? L'une (1850)
nous montre la pensée du Musée lorrain comme
conçue, et l'autre (1862) comme déjà réalisée.

IV.

Pourquoi faut-il qu'hélas, une troisième phase, —
c'est à savoir la ruine subite, imprévue, déplorable,
d'une création noble et touchante, — dont on avait
joui trop peu de temps, — soit venue rendre nécessaire, de notre part, l'érection d'un troisième bloc
granitique! — sorte de *Memnon*, cette fois! — colosse encore, mais colosse plaintif! — Comment
nous sommes-nous vu forcé d'ajouter ainsi, en façon
de triste et solennelle clôture, ce dernier dithyrambe... à la série de *poésies lorraines* que les deux
premiers avaient ouverte!

PR. DUMAST.

Sur le morceau intitulé :

CENT ANS DE L'ACADÉMIE DE STANISLAS

En 1850, le *Congrès scientifique de France* s'était donné rendez-vous à Nancy, pour sa réunion annuelle (1).

Pendant le cours de cette session (qui, pour le Congrès, était la dix-huitième dans la série), l'Académie de Stanislas avait, de son côté, à tenir aussi sa séance solennelle accoutumée. Elle invita donc le Congrès à y assister. Et celui-ci, gracieusement, y vint en effet, à rangs nombreux, en qualité de principal auditeur (2).

Or il se trouvait, par hasard, que pour elle, en

_____

(1) Les travaux de ce Congrès ont été publiés en deux vol. in-8°. — Nancy, chez Vagner, et Paris, chez Derache.

(2) L'Académie, pour cette circonstance d'extra, était descendue de son Grand Salon carré (premier étage de l'Hôtel de ville) à la vaste salle dite des Redoutes, située au rez-de-chaussée : — seul local qui, à cette époque, fût assez vaste pour contenir un pareil nombre d'assistants.

qualité d'*Institut* de l'ancienne nation lorraine, le millésime du moment, — savoir, 1850, — marquait un anniversaire séculaire. Car Stanislas, fondateur de cette Académie, — laquelle, succédant à celle de Léopold, l'avait complétée (1), — ne la créa régulièrement qu'en 1750.

Notre Compagnie décida donc que sa séance périodique, — ordinairement *annuelle*, — serait *séculaire* cette fois. Il fut réglé qu'au lieu d'un rapport sur les travaux des DOUZE MOIS précédents, l'Académie se ferait présenter une revue collective de ses actes et labeurs de CENT ANNÉES.

Voilà dans quelles conditions a été composé le morceau ci-après.

Bien que formulé EN VERS, — langue dont l'emploi était imposé par la majesté des circonstances, — il est *supposé* rédigé purement et simplement EN PROSE. Aussi, quoiqu'on s'y soit astreint à toutes les exigences de l'alexandrin régulier, en dehors des allures vagabondes et baroques du romantisme, — on a eu soin de n'y parler qu'en langage courant (*sermone pedestri*, comme dit Horace), c'est-à-dire de ne s'y exprimer que dans ce style rimé de la Haute-

---

(1) L'Académie du duc Léopold n'embrassait que les Sciences et les Arts; elle n'avait pas encore ouvert accès aux Lettres.

Comédie, qui, noblement familier, admet très-bien le « *Messieurs* ».

Seulement, vers la conclusion, cette consigne a été moins rigoureusement observée.

La Muse, jusqu'alors gênée dans ses allures, a fini par s'accorder un peu d'aise. Encouragé qu'il prévoyait devoir être par la faveur que le public prête toujours aux péroraisons chaleureuses, l'académicien s'est laissé aller à déchirer, au moins en partie, le costume que lui imposait son rôle de *rapporteur analysant une série séculaire de procès-verbaux*. Il avait commencé en prosateur; il a osé, par distraction, finir un peu en poète.

CENT ANNÉES

DE

L'ACADÉMIE DE STANISLAS

(1750-1850)

MORCEAU PRONONCÉ DEVANT LE CONGRÈS

DANS LA SÉANCE ACADÉMIQUE SÉCULAIRE

I.

Siècle frivole et vain dont L'ESPRIT fut le dieu,
Le siècle Pompadour était à son milieu;
La colonne où s'inscrit le cours des destinées,
Par delà dix-sept cents marquait cinquante années.
Ainsi, du jour qui luit sur vos plaisirs savants,
Messieurs, vingt lustres pleins séparaient les vivants.
Portons-nous pour une heure à cent ans en arrière.

La terre intelligente, et pieuse et guerrière,
Qui nourrit Saint-Urbain, le grand Claude et Callot (1),
Qui dans Richier peut-être a dit son dernier mot (2);
— Terre de liberté, de nerf et de franchise,
Où fleurirent les arts au souffle de l'Église,

Et dont l'appui viril, dans un monde énervé,
Du retour à la Chair toujours avait sauvé
Le divin héritage et la pensée humaine; —
Que faisait-elle, alors?

Ah! pour ce fier domaine,
Pour ces lieux où, si bons, si dignes de leurs droits,
Régnèrent Léopold, Antoine et Charles trois,
L'astre lorrain, couché, s'éteignait : quelques cîmes
Reflétaient l'or mourant de ses rayons sublimes.

Qu'y faire...? De l'habile et tenace Occident
L'Austrasie, à la fin, subissait l'ascendant;
La ruse avait vaincu les vertus et les armes;
Et le jour approchait où, perdant avec larmes
Jusqu'au nom demeuré leur honneur immortel,
Les fils de Sigisbert, de Pépin, de Martel,
Asservis pour toujours au sol de la Neustrie,
Sur les bords mosellans n'auraient plus de patrie.

II.

Toutefois, d'un pays si longtemps libre et fort,
L'œil du vulgaire à peine apercevait la mort,
Des clairvoyants comprise, ou des bons cœurs sentie.
—Déjà plus d'avenir et plus de dynastie;

Mais les marbres, les eaux, mais les lambris ornés
Trompaient...; mais des splendeurs du vieux sang des
Maint reste survivait;—la cité souveraine   [Renés
Couchait encor son roi sur la pourpre lorraine.

Oui, SON ROI : des palais sans retour désertés
Pendant un règne encor devaient être habités.
Un règne...! Ainsi daignait la pitié de la France
De l'orgueil patriote adoucir la souffrance.

III.

Or, ce dernier gardien du trône de Nancy,
Il avait au malheur payé sa dette aussi.
Tels que jadis on vit les enfants d'Yolande,
Pour s'allier au Crime ayant l'âme trop grande,
Sous les lois d'un devoir qui semble absurde et fou,
Braves, aimés, brillants, perdre Provence, Anjou,
Naples, Jérusalem, Hongrie et Catalogne,
Et jusqu'à leurs Duchés : tel, deux fois, en Pologne
De ses mains Stanislas vit le sceptre échapper,
Faute de plaire au Russe et d'avoir su ramper.
—Honneur à Leczinski (3)! Consolé par l'étude,
Estimé dans l'exil pour sa noble attitude,
Il avait d'un beau sort mérité le retour;
Il l'obtint : ses vieux ans trouvèrent une cour.

L'aspect d'un affligé, dans les chagrins, soulage.
Certes c'était bien là, malgré les torts de l'âge,

C'était, pour leur bonheur, — désormais incomplet, —
Le monarque dernier qu'aux Lorrains il fallait.
A des héros déchus de leur indépendance,
Sa bonté paraissait faveur de Providence.
·Né libre et citoyen, fils d'un peuple martyr,
Aux civiques douleurs il devait compatir.

Sans doute on peut tromper tout vieillard qui gou-
Pourquoi faut-il qu'hélas, un tyran subalterne, [verne.
Sangsue aux noirs anneaux, Séjan sous un Titus,
Ait amoindri l'effet des royales vertus (4)!
Mais si d'un peuple entier l'arrêt grave et suprême
Sur Chaumont et consorts fit peser l'anathème,
On resta juste : au blâme on traça son vrai cours;
Et la publique estime, avec soin, sut toujours,
Calme, douce, équitable, — indulgente peut-être, —
Des plats et durs valets distinguer le bon Maître.
A quelque triste point qu'on eût pu l'abuser,
Les pauvres qui souffraient, souffraient sans l'ac-
[cuser (5).

IV.

Entre les dons réels qui du prince et du sage
Aux rives de la Meurthe ont marqué le passage,
Quand, cherchant de son peuple à remplir les besoins,
Il semait les bienfaits (autour de lui du moins)...,

Il en est un debout : — c'est VOTRE ACADÉMIE,
Messieurs. — Par les travaux, par le temps affermie,
Elle est là... Stanislas dans un sens éclairé
Avait agi : — son œuvre, en ce point, a duré.

Non que tous l'aient voulue. Un chancelier sauvage,
Aimant sur l'ignorance à fonder l'esclavage,
En faveur du néant avait levé la voix (6).
Le Méphistophélès fut vaincu cette fois,
Solignac et Tressan, malgré La Galaizière,
Obtinrent qu'aux esprits lâchant un peu lisière,
Le Pouvoir, moins jaloux de se faire encenser,
Laisserait les Lorrains et s'instruire et penser.
Ainsi, l'orgueil des sots eut beau gronder : l'étude,
Esquivant des *fiscaux* la verge aveugle et rude (7),
Trouva près du Monarque asile où s'abriter.
Aussi bien, Stanislas, — lui qu'on vit réfuter
Du rhéteur genevois la règle singulière, —
Eût-il pu sans regrets condamner la lumière?

Noble jour, que le jour où, dans des lieux fameux,
Naquirent des travaux respectables comme eux !
Où la Salle des Cerfs, un moment consolée,
S'ouvrit, superbe encor, pour superbe assemblée !
— Car ce fut là, Messieurs, votre pompeux berceau.
Ces vieux murs, que Bellange orna de son pinceau,
N'avaient point du grattoir subi l'indigne outrage.
Ces plafonds, fiers témoins des gloires d'un autre âge,

Où, royaux souvenirs, chiffres entrelacés,
Du puissant Charles trois brillaient les doubles *Cés* (8),
Dotaient encor Nancy du rang de capitale;
Ils n'avaient point croulé sous le marteau vandale,
Sous l'étrange fureur d'abattre et d'innover,
Dont ici, grand ou beau, rien ne s'est pu sauver.
— Là donc se tint pour vous la première séance;
L'écho des premiers sons qu'ait poussés votre enfance
Est resté là longtemps le dernier qui parlât.
Ainsi, de vos débuts applaudissant l'éclat,
Du moins, avant sa fin, l'auguste Galerie
Revit poindre l'honneur, quand mourait la patrie.

V.

Dans vos fastes, Messieurs, s'honorèrent alors
De figurer inscrits... maints savants du dehors.
Hénault, l'un des premiers, se montrait sur la liste :
Hénault, trop favorable à la tourbe sophiste,
Mais chroniqueur goûté de ses contemporains.
De loin, au sage élan des vélites lorrains
Montesquieu s'unissait, et le vieux Fontenelle
Prêtait d'un siècle entier la force solennelle (9).

Voilà comme, excité d'ici même et d'ailleurs,
Hors du rucher naissant l'essaim des travailleurs

S'ébranle :—il y revient, pendant quarante années,
Chargé d'œuvres souvent du succès couronnées.
J'aperçois Solignac, retraçant avec goût
Les annales d'un peuple... alors encor debout (10);
Palissot, poursuivi de blâmes éphèmères
Pour n'avoir point flatté les régnantes chimères (11);
Gauthier, trop peu connu; Gauthier, prêtre et penseur,
Qui, rival de Vayringe et son vrai successeur,
Longtemps avant Fulton, ose, inventeur habile,
Indiquer aux vaisseaux la vapeur pour mobile (12);
Tressan, du moyen-âge observateur léger (13);
Saint-Lambert, des Saisons le chantre bocager (14);
Et numismate heureux, le bon Mory d'Elvange,
Fidéle à ses vieux ducs, qu'il honore et qu'il venge (15).

Hélas! l'heure approchait des Révolutions :
Au calme succéda le choc des passions;
L'ouragan, déchaîné, passa courbant les têtes.
Ici comme en tous lieux, le souffle des tempêtes
Fit rage;—on vit, pour fuir les fous et les méchants,
L'artiste ou l'écrivain cacher sa vie aux champs.—
Mais quand du Consulat l'aurore inespérée (a)
Sur une France en deuil, de bonheur altérée,
Vint luire: oh, combien vite, après des temps haineux,
Du monde académique on reforma les nœuds!
La pensée, en un jour, se remit à l'ouvrage;
Et depuis lors, si haut qu'ait pu gronder l'orage,

Rien, Messieurs, au milieu du désastre des cours,
De vos doctes labeurs n'a plus troublé le cours.

VI.

Vos labeurs ! Par la paix le Ciel les favorise,
Depuis cinq fois dix ans, que la tâche est reprise,
En foule avec honneur ils s'offrent devant moi,
Dignes d'être esquissés, d'être applaudis...
                                        Mais quoi !
Ces derniers jets d'un sol en prodiges fertile,
Qui donnait fleurs et fruits, — auprès du beau, l'utile, —
Dois-je en parler... ? Des lois d'un empire nouveau,
Même A QUI VALAIT PLUS, imposant le niveau,
Le Pouvoir séquanais sous son joug vous entraîne,
Messieurs. — La forte et fière et vivace Lorraine
N'est plus qu'une humble annexe, où, comme ailleurs
L'esprit doit tôt ou tard mourir vulgarisé.   [brisé,
Hors de Paris, déjà, toute importance est mince.

Pourtant, si vous gardez le sceptre de province ;
Si, marquant votre place en titres éclatants,
L'Institut parmi vous a trois représentants (16) ;
C'est que vos voix, toujours au vrai mode accordées,
Portent leur note encore au concert des idées,
Et qu'on n'a pu ravir à vos efforts puissants
L'héritage lorrain : — la palme du BON SENS. —

Tout n'a pas déserté vos fauteuils : il vous reste,
Sur les bancs rétrécis d'un théâtre modeste,
Plus d'un homme éminent, notable, et qui partout
Obtiendrait à bon droit d'être assis au haut bout.
Des uns, le coup d'œil sûr, la forte patience,
Des Linné, des Jussieu, fait marcher la science.
D'autres, au feu chimique animant leurs travaux,
Ont, des Berzélius devenus les rivaux,
Suivi, trouveurs heureux, l'attrait des découvertes.
D'autres ont préféré, les y voyant offertes,
La route où Gay-Lussac bien souvent récolta
Les épis qu'en sa course avait laissés Volta.
D'autres, sans trop rêver les jours d'un nouvel âge,
Ont accru l'art douteux qui guérit ou soulage.
A d'autres le passé se dévoile, et pour eux
Histoire ou monuments n'ont rien de ténébreux.
D'autres enfin..., comment assigner leur domaine ?
C'est le champ tout entier de la pensée humaine,
Ce semble : tant leur vaste et multiple savoir
Peut embrasser d'objets, peut en apercevoir. [maître,
—Oui, dans vos rangs encor vous comptez plus d'un
Allez, soyez-en fiers.—Quelque indiscret peut-être
Me viendra demander : « Qui sont-ils, vos savants ? »
Messieurs, voudrais-je ainsi livrer leurs noms aux
J'ai pu rendre justice à votre académie,   [vents !
Mais ne redoutez pas qu'une voix trop amie
Fasse à personne ici monter rougeur au front...
Silence...! Avec le temps, d'autres les nommeront.

VII.

Que s'il était besoin de noms à faire entendre,
Chez vos illustres morts ne pourrions-nous les prendre?

Pourquoi ne point citer cet éloquent Bresson (17),
Qui fit de son exemple une haute leçon?
Type de goût, d'accent, de style, de posture ;
Riche de *forme* acquise et de *fond* de nature,
Et qui, du BEAU PARFAIT modèle incontesté,
Des plus grands orateurs portait la majesté !
—On se croyait aux jours ou de Rome ou d'Athène,
Quand debout, quand drapé, le nouveau Démosthène
Luttait contre Fabvier, son rival digne et fin (18),
Dans ces tournois... qu'ailleurs on eût cherchés en
Et que sous nos yeux même, une autre capitale, [vain,
Moins classique aujourd'hui, peut-être à peine étale.
Bresson...! Comme, à sa voix, à son geste vainqueur,
Perçait sous le talent la puissance du cœur !
Ayant tout ce qui plaît, subjugue, impose, attire,
Il fut bien « l'honnête homme habile en l'art de
Et, par la bonne foi guidé dans ses combats, [dire » (19),
Il ne plaida JAMAIS ce qu'il ne croyait pas.

Pourquoi ne point citer le géant agricole,
Dombasle, auteur et chef d'une immortelle école?

Nourri non loin des tours du sacré monument
Qui montre encor, malgré les ravages d'Armand,
Ce que fut la Lorraine en ses âges prospères (20),
Il devait son génie au souffle de vos pères.
Des siècles du travail, sublime avant-coureur,
Il vint, — il releva le front du laboureur ;
Et sous lui, des vrais biens l'estime reparue,
Fit par la main des rois couronner la charrue.

Suis-je à bout de portraits? Non, certes; car voici
Le parangon, la fleur des enfants de Nancy :
Drouot, que vante au loin la juste Renommée,
Drouot, l'honneur des siens, le Sage de l'armée.

Ce guerrier m'apparaît, tel que de son vivant
Il siégeait parmi vous, humble et simple savant,
Quand cessa des héros la gigantesque lutte :
Ami resté fidèle aux affronts d'une chute,
Aux ennuis d'un exil, aux glaces d'un tombeau ;
Preux et loyal gardien du moderne drapeau ;
Homme antique, Messieurs, sous un récent costume,
Et du vieux tronc lorrain vrai rejeton posthume.
— Les pauvres connaissaient son étroite maison.
Occupant de bienfaits son arrière-saison,
Il put voir sans pâlir s'approcher la souffrance,
Lui, qui, sous la mitraille, aux beaux jours de la France,
En Dieu cherchant déjà sa règle et son soutien,
Parmi nos généraux avait vécu chrétien.

Bresson, Drouot, Dombasle..! Humaine trilogie
En qui vibrait l'écho de la Lotharingie !
En qui l'Austrasien se sentait vivre encor !

Ce triple lot, Messieurs, vous l'avez eu du Sort (21).
Dites-moi quels honneurs se comparaient aux vôtres,
Quand votre Compagnie, heureuse entre les autres,
Possédait dans ses rangs, par la faveur des Cieux,
Trois mérites sans fard, — dignes à tous les yeux
D'une estime solide et non point usurpée,
Trois forces : la PAROLE et le Soc et l'ÉPÉE !

VIII.

Sur des membres pour qui vous vouliez l'obtenir,
L'auréole, Messieurs, le rayon d'avenir,
Descend, puisque vos murs vont, par un juste hommage,
De Dombasle et Drouot voir se dresser l'image.

Il était temps, au reste, — et bien temps, — que Nancy
De ses gloires enfin reprît quelque souci ;
Qu'on cessât de lui faire, et non sans apparence,
Le reproche... d'avoir, dans son indifférence,
Dédaigné, méconnu, — négligé d'illustrer, —
Les plus célèbres fils dont il pût s'honorer.
Vers des sentiers meilleurs ce premier pas l'engage ;
Cet exemple aux Lorrains est un muet langage,

Qui, disant (ce qu'à tous il faudrait qu'on montrât)
« Combien perd un pays au sot métier d'ingrat »,
Les instruira bientôt des justices à rendre,
Des vides à combler, — et leur fera comprendre
A quel point, dans leur âme, ils ont trop effacé
Le sacré souvenir des jours d'un beau passé.

IX.

Ils l'ont déjà compris ; car une autre statue,
Au front du vieux palais dès longtemps abattue,
Se relève. — Et quel est le personnage heureux
Qui sous l'arceau d'honneur est replacé par eux ?
Ce n'est pas moins qu'Antoine : Antoine, homme-prin-
Qui du brave et du juste à la fois participe ;   [cipe,
Qui brandit avec calme un glaive protecteur ;
Antoine, l'un des chefs dont la douce grandeur
De la cité ducale élargissait l'enceinte (22) ;
Antoine, premier-né de Philippe la sainte (23),
Héritier de Bayard, et digne, par ses vœux,
D'avoir reçu du Ciel d'héroïques neveux.

Messieurs, il fut une heure où, prise de vertige,
Et voulant à l'orgueil demander un prodige
Que rien n'accomplira sinon l'humilité, —
Soudain l'aveugle et pauvre et triste Humanité,

2

Aux cris, au vol trompeur d'oisons de Germanie,
S'enfièvra d'une ardente et cupide manie,
Quelques tribuns en froc, suscités par l'Enfer,
Promettant l'âge d'or, créant l'âge de fer,
Avaient semé les feux qu'au fond des cœurs attise
Des trésors, des plaisirs, la sourde convoitise.
Chacun devint jaloux de la part de chacun,
Et l'appétit sans frein voulut tout en commun.
— Or, de ces novateurs les doctrines fatales
Ne devaient point tarder à former des Vandales :
L'Erreur, en s'échauffant, prit les armes ; bientôt
Au phrasier nébuleux succéda le *Rustaud*,
Grossier voleur, soldat du lit et de la table,
Dans la main des pervers instrument formidable.
Des forêts d'Hercynie on vit à rangs serrés
S'avancer des brigands, de carnage altérés.
Maîtres, sans coup férir, des plaines de l'Alsace,
Aux peuples d'Occident ils portaient leur menace ;
La Terreur précédait leurs bataillons nombreux ;
L'Envie était complice, et recrutait pour eux.

Quel moment ! Le péril embrassait tout : patrie,
Famille et foi. — C'était la pleine barbarie,
Le chaos... Il fallait plus qu'un nouveau Martel,
Pour sauver le foyer, croulant avec l'autel.

Eh bien, quand tout frémit et d'effroi se resserre,
D'où va-t-il donc surgir, le vengeur nécessaire ?

Du sang d'Espagne-Autriche? Ou du sang des Valois?
—Nullement.—Pareil rôle, avec ses fiers exploits,
Il t'échoit, ô Lorraine, et tu le revendiques.

Non, non, ce n'était point à vos bras politiques,
Tortueux Charles-Quint, *galant* François premier (24),
Qu'appartenait l'honneur d'écarter ce fumier.
La Vertu, la Vertu, rend seule un tel service.
Certes, à la défaite et du Crime et du Vice
Si quelque prince alors put marier son nom,
Ce n'est pas l'un de vous, —mais... Antoine le Bon (25).

Le bon!—Eh oui: des Cieux est-il rien que n'obtienne
Une âme irréprochable et tendrement chrétienne?
Plus le guerrier qui prie est humble, —plus d'en haut
Descend le feu divin qui sur le Mal prévaut.
Il faut des glaives d'ange aux nations tombées,
Et ce sont les cœurs saints qui font les Machabées.

X.

Qui l'eût pensé, Messieurs, parmi les beaux esprits,
Qu'un tel homme si tôt redeviendrait compris?
Qu'à tel point, de nos jours, le savoir ferait taire
Les préjugés du temps qui flagorna Voltaire?

Quoi! relever Antoine…! Antoine le chrétien!
De l'ordre social ferme et pieux soutien!
Vainqueur du Communisme! — Ah! cela doit paraître
Un fait énorme, étrange, audacieux peut-être. —
Voyez pourtant!..

             Et c'est sur le sol nancéen
Qu'il devait s'accomplir, ce fait européen.
Le terroir où jadis les plus larges idées
Au soleil des croyants germèrent fécondées (26),
Ne méritait-il pas d'offrir exemple et lieu
Au vaste mouvement qui nous ramène à Dieu?
Si le siècle d'Holbach (désormais on l'avoue),
Au lieu de nobles eaux roula des flots de boue,
Le nôtre, à qui ses lois creusent un autre lit,
Meilleur dès sa moitié, s'épure et s'ennoblit.
Sa moitié, voyez-vous, sera dans la carrière
La borne, le signal du retour en arrière.
Ce n'est point par hasard, c'est par décret des Cieux,
Qu'Antoine l'inaugure : il convenait, Messieurs (27),
Que du réveil du Bien cette preuve éloquente
Fût l'œuvre, fût l'honneur, de DIX-HUIT CENT CINQUANTE.

XI.

Maintenant, qu'un héros traité comme un tyran
Dans les respects du monde aura repris son rang,

Et, non moins que par l'Art, rajeuni par l'Histoire,
Verra bénir l'effet de sa triple victoire...,
Le devoir, ici même, est loin d'être rempli.
Que d'honorables noms à tirer de l'oubli !

Grâce à Dieu, la justice à leurs droits refusée,
Elle s'apprête. — Un riche et studieux musée
Va, sous les toits aigus d'un antique pourpris,
Des chefs-d'œuvre lorrains rassembler les débris (28).
De ces morceaux divers la beauté, l'importance,
Fera voir QUELS étaient vos jours d'indépendance (29);
Et de vos grands aïeux au cercueil descendus,
Les talents, exhumés, rediront les vertus.

XII.

Bien sot, ou bien méchant, celui qui les renie,
De tels pères ! — La foule avait de leur génie
Méconnu les trésors, par le temps dispersés :
Ces trésors, puissent-ils être tous replacés
Aux lieux où leur esprit, vieux souffle héréditaire,
De leurs mâles secrets sera le commentaire !

Oh ! qui saura le mieux, pour ce louable but,
De ses soins, de ses dons, apporter le tribut ?

Viendront-ils point, ceux-là, seconder l'entreprise,
Que d'ancêtres connus le hasard favorise?
A leur tête, je vois de bien-aimés Lorrains,
Près du Danube encore assis en souverains (30),
Devenus étrangers, mais sans doute en qui parle
Le sang de Léopold et celui du grand Charle.
J'en vois qui tard, bien tard, à leur berceau rendus,
Mais de Simon l'ancien réputés descendus,
Ont quitté pour nos bords les plaines de Belgique,
Et fait de Bourlémont comme un séjour magique (31).
Puis d'autres, par le sang non moins bien partagés,
Et de l'œuvre qui naît les patrons obligés :
Ceux qui portent les noms, chers entre Rhin et Meuse,
Des maisons dont les chefs, élite au loin fameuse,
Se montrant pour l'État pères et conseillers,
Siégeaient au banc ducal, magistrats-chevaliers,
Et d'un « sénat de rois » semblaient faire partie (32) :
Lignéville, Beauvau, Custine, Lambertye (33),
Raigecourt, Nettancourt, Montarby, Le Veneur (34),
Choiseul, de qui La Mothe a conservé l'honneur (35),
D'Haussonville, qu'ici prônait jusqu'à la pierre (36),
Ludre, Mitry, Bouzey, Du Hautoy, Bassompierre (37),
D'Hunolstein, Ficquelmont, Briey, D'Ourches, La Vaulx,
Gourcy... Qu'ils viennent tous en aide à nos travaux.
Avec eux de Nancy marche l'académie;
Avec eux, marchera, dans la phalange amie,
Mainte famille, antique — ou moderne, — qui veut
Du présent au passé voir renaître le nœud,

Et, d'une injuste nuit chassant les ombres noires,
D'un brillant peuple éteint ressusciter les gloires.

XIII.

Oh! déjà le succès promis à nos efforts
Émeut dans leur repos la majesté des morts.
Ne vous semble-t-il pas aujourd'hui les entendre
Tressaillir, ces héros de race fière et tendre?
Ils ont frémi de joie, oui, ces hommes de cœur,
Et Guise et Vaudémont, et D'Aumale et Mercœur,
Et l'éclair de Norlingue et le foudre de Vienne (38),
Et tant d'autres pivots de l'Europe chrétienne,
Les Renés, les Gérards et les vieux Godefrois :
Tous ces ducs, les rivaux ou les sauveurs des rois.

Vous dont le corps jadis fut couché froid et raide,
Votre âme vit : eh bien; nous appelons votre aide,
Géants défunts ! — Debout..! Sortez de vos tombeaux.
Les murs que l'on vous rend, redressez-les plus beaux.
Venez; rebâtissez le palais de Lorraine...
Qu'un lieu du moins subsiste où votre ombre soit reine !
Que les hauts sentiments l'adoptent pour rempart !
Qu'abrité sous vos noms, l'Honneur ait quelque part
Un refuge, un théâtre, un temple, un sanctuaire,
Des plus pures grandeurs magnifique ossuaire;

Asile où vive, auprès de votre souvenir,
Celui de tous les dons que le Ciel peut bénir,
Celui du beau, du vrai, du sublime et du juste.
Là, fantômes sacrés, ducs chéris, troupe auguste,
— Accueillant Stanislas, à qui votre équité,
Donnera tous les droits de l'hospitalité, —
Vous semblerez encor de vos superbes salles
Visiter, réjouir, les voûtes triomphales.

XIV.

Hommes d'élite, — ô vous qu'on n'a point mis assez
Où de moins bons, moins grands, moins dignes, sont
[placés, —
Salut, princes lorrains ! — magnanime lignée,
Pour vaincre et pour souffrir par le Ciel désignée !

Vous, austères amis, bras droits des potentats,
Leurs mentors, — mais, des soins donnés à leurs états,
Payés par le poignard ou par d'ingrats mensonges ;
— Et vous qui pûtes mieux réaliser vos songes,
Souverains adorés, bienfaiteurs du pays,
Sur le sol paternel par amour obéis.
— Tous ensemble, puissants et d'œuvre et de pensée,
Guidant la nef du Bien sur les flots balancée ;

Tous, amis à la fois de l'ordre et du progrès;
Tous aussi, fermant l'œil à de vils intérêts,
Libéraux, délicats dans vos amples largesses,
Savants à bien user du dépôt des richesses,
Protecteurs du mérite, inspirateurs des arts,
Et Mécènes royaux avant d'être Césars;
Tous enfin, sur les traits d'un mâle et doux visage,
Des nobles actions offrant l'heureux présage;
De grâce, de beauté, de force revêtus;
Joignant charme et prestige au pouvoir des vertus.

Salut, princes lorrains, mémorables figures,
Colosses trop longtemps noircis par les injures;
Chevaliers généreux, qui semiez le pardon,
Mais ne laissiez jamais le droit dans l'abandon,
Et, dût son espérance être vingt fois trompée,
A sa cause vingt fois rapportiez votre épée.
Croisés par excellence! amis des bons, toujours (39)!
A Dreux comme à Saverne, à Bude comme à Tours (40),
Vainqueurs du fatalisme et de la Chair immonde;
Dompteurs du Mal, sauveurs de l'Europe et du Monde!

—Salut, dernier salut, vous dont les fiers combats
N'avaient point leur couronne et leur prix ici-bas;
Hardis soutiens du peuple en ses vœux légitimes;
Champions du devoir, et, partant, ses victimes;
Francs et parfaits héros;—sublimes Ingénus,
Trop purs pour n'avoir pas succombé méconnus

Et n'être point montés, honnis, sur un Calvaire !
— Adieu, braves appuis de tout ce qu'on révère ;
Doux maîtres ; Gédéons au courage indompté,
Lions pour la valeur, agneaux pour la bonté ;
Cœurs simples, au niveau des candeurs du village ;
Rois du soin qui protège et du soin qui soulage ;
Ames sans vanité, sans fiel et sans frayeur :
Délices de la Terre... et glaives du Seigneur !

NOTES.

(1)
Qui nourrit Saint-Urbain, le grand Claude et Callot.

Dans le genre de la gravure en creux, peu d'artistes disputent la palme au médailliste Saint-Urbain, que les Italiens, dans leur admiration, ont appelé le divin ; mais bien assurément, pour la gravure à la pointe, on ne place personne ni au-dessus ni au niveau de Jacques Callot, le seul homme au monde qui ait possédé le prodigieux talent « d'improviser sur cuivre ».

Quant à l'immortel paysagiste né à Chamagne, on a comme oublié le nom de sa famille (Gelée), et il ne lui reste, avec son prénom, que le titre auquel il tenait le plus, celui qui rappelle sa patrie. On a dit et l'on dira toujours, Claude *le Lorrain*.

(2)
Qui dans Richier peut-être a dit son dernier mot.

Ligier Richier, le grand sculpteur, à qui l'on doit, entre autres chefs-d'œuvre, l'admirable *Sépulcre* de Saint-Mihiel. Le public aurait besoin du livre de M. Justin Bonnaire (¹), monographie destinée à populariser des notions justes sur cet homme de génie, — méconnu comme l'ont été plus ou moins tous les personnages quelconques de l'École lorraine.

(¹) Son auteur est mort sans l'avoir publié.

(3)

Honneur à Leczinski !

Le vrai nom, comme on sait, est Leszczinski; c'est-à-dire qu'il s'orthographie par la lettre slave *szcz*, qui représente notre articulation *che* suivié de *tche*. Mais des oreilles françaises ne pouvant admettre *Léche-tchinski*, on se borne communément à écrire les deux dernières lettres, *cz*. Or, nous étions d'autant mieux obligés de suivre cet usage, qu'en vers il n'y a pas moyen de songer à prononcer autre chose que *Lexinski*.

(4)

Sangsue aux noirs anneaux, Séjan sous un Titus.

Séjan, sans doute, est plus odieux dans l'histoire : il frappait de mort des personnages notables, tandis que Chaumont ne faisait pendre, pour sa gloriole, que d'infortunés paysans. Mais on n'a prétendu faire ici qu'une comparaison approximative. D'ailleurs, la proportion est observée ; car si La Galaizière ne mérite pas autant de reproches que Séjan, — en revanche, Stanislas, que nous appelons poétiquement un Titus, ne saurait être mis au niveau de cet empereur romain, dont les généreuses intentions furent plus efficaces que celles du bon Roi de Pologne.

(5)

Les pauvres qui souffraient, souffraient sans l'accuser.

De quelque indulgence, même systématique, que l'on se sente disposé à couvrir des torts ministériels pour lesquels semblent demander grâce le nom d'un monarque vénéré, il n'est plus possible désormais de passer entièrement sous silence les maux cruels que fit peser pendant longues années, sur les populations lorraines, l'administration vexatoire d'un chancelier auquel Stanislas avait l'aveugle bonté de s'en rapporter; de s'en rapporter toujours, malgré tant de représentations et de plaintes, venues pourtant de bouches qui eussent mérité qu'on les écoutât. Exhumées principalement de nos jours par M. Noël, ces tristes vérités ont aussi été mises en lumière, quoique avec atténuation, dans l'ouvrage intitulé *Nancy* (note 37 de la 1re partie). Si les lecteurs, les supposant exagérées, croyaient avoir à en défalquer quelque chose, ils s'abuseraient beaucoup; car on a poussé, là, aussi loin que possible les ménagements dus au Roi de Pologne; et des papiers étudiés depuis, —notamment dans la tour de Tumejus à Buligny, chez M. V. Lefebvre de Tumejus, arrière-petit-fils du fameux président Lefebvre, — sont venus prouver que l'on aurait pu sans aucune injustice se montrer beaucoup plus sévère.

(6)

En faveur du néant avait levé la voix.

Que La Galaizière se soit opposé de toutes ses forces à l'établissement d'une académie en Lorraine, c'est un fait notoire, un fait avoué des écrivains même qui se montrent favorables au Chancelier. On peut le lire, par exemple, dans Durival: tome I, page 205.

(7)

Esquivant des *fiscaux* la verge aveugle et rude.

Fiscaux. Ce nom, qui est en Espagne le titre officiel des magistrats du Parquet, comme réputés les avocats spéciaux du Trésor, s'applique ailleurs moins aux agents du Pouvoir qu'à ses zélateurs outrés. Il a ici une justesse toute particulière et d'à-propos. C'est chez les Lorrains, en effet, qu'avait été écrit, « contre l'ignorance et les faussetés des *fiscaux* », un mémoire curieux, dont parle le bénédictin Dom Pitra dans l'*Auxiliaire catholique* de décembre 1845.

(8)

Du puissant Charles III brillaient les doubles *Cés*.

C'est alternativement avec de grands alérions, comme on peut le voir sur le dessin dit de La Ruelle (reproduit dans le *Nancy*, page 302), qu'étaient placés, pour ornement aux *caissons* du plafond, les CC croisés en chiffre, lesquels embrassaient une croix de Lorraine.

Il s'agit, il est vrai, de la Salle dite d'*honneur*, plutôt que de la Galerie des Cerfs; et l'on discute pour savoir si cette dernière avait le même genre de plafond. Mais c'est là un débat technique de peu d'importance, au-dessus duquel le poète peut s'élever, en prenant la chose pour affirmativement décidée.

(9)

Prêtait d'un siècle entier la force solennelle.

Fontenelle, à cette époque, était déjà plus que nonagénaire. Il n'envoya rien de spécial; mais le président Hénault composa exprès son *Réveil d'Épiménide*, et Montesquieu son *Lysimaque*.

(10)

Les annales d'un peuple alors encor debout.

Le chevalier de Solignac (Pierre-Joseph de la Pimpie), bibliothécaire du roi de Pologne, secrétaire perpétuel de l'académie de Nancy, associé de celle des Inscriptions et Belles-Lettres, membre des académies de Rome, Berlin, etc., est auteur d'une *Histoire de Pologne* estimée, mais dont la partie publiée (qui se borne à cinq volumes) ne va que jusqu'à la fin du règne de Henri III.

(11)

Pour n'avoir point flatté les régnantes chimères.

Tout le monde sait quels orages suscita contre lui Palissot, pour avoir osé toucher à l'arche du Philosophisme, et mettre sur la scène, quoique sans nommer les masques, les travers de l'engouement nouveau.

(12)

Longtemps avant Fulton, ose, inventeur habile,
Indiquer aux vaisseaux la vapeur pour mobile.

Chacun est maître de lire dans les Mémoires de l'Académie de Nancy, — où elle est imprimée tout au long sous sa date de rédaction (mars 1753), cette invention de Gauthier, l'un des chanoines réguliers de Pont-à-Mousson, lequel n'énonce pas seulement une possibilité vague, mais indique les moyens formels d'exécution. — Cela peut sembler étonnant, mais n'en est pas moins positif.

Du reste, dès le règne de Léopold, — dès 1724, et lorsque la France et l'Angleterre, s'en tenant jusqu'alors à la théorie, n'avaient encore rien fait de semblable, — le Lorrain Vayringe, fixé à Lunéville, fabriquait des machines à vapeur, réelles et pratiques, que l'on expédiait au Pérou pour y épuiser l'eau des mines. On voit par les termes mêmes du mémoire de 1753, que ce sont bien là les machines que Gauthier prend pour point de départ dans son projet relatif aux navires, et qu'ainsi son idée était bien d'origine entièrement austrasienne.

Depuis que ceci est écrit, on vient de découvrir aussi que le premier modèle de locomotive (lequel existe encore, mais qu'on avait oublié plus de quatre-vingts ans) est de l'un des citoyens du duché de Bar. Ainsi ce sont des Lorrains qui, à eux seuls, ont réalisé les trois grandes applications de la vapeur : machines manufacturières (Vayringe), machines à faire marcher les navires (Gauthier), et machines à traîner les voyageurs sur les routes (Cugnot).

« En toutes choses », avons-nous dit, « la Lorraine est restée *inconnue* ou *méconnue*. »

(13)

Tressan, du moyen-âge observateur léger.

Homme de cour et homme de lettres, le lieutenant-général comte de la Vergne-Tressan avait effleuré avec succès presque toutes les sciences. Un compte rendu d'académie ne l'embarrassait point à faire ; mais il est surtout connu par ses traductions de romans de chevalerie.

(14)

Saint-Lambert, des Saisons le chantre bocager.

Faible seulement sur les doctrines morales, comme presque tous ses contemporains, Saint-Lambert fut remarquable par la forme du langage ; il posséda certainement, à un haut degré, le talent de peindre en beau la nature champêtre. Sans discuter ici le mérite plus ou moins grand de la poésie *descriptive*, — genre de littérature trop vanté à sa naissance, trop déprécié peut-être aujourd'hui, — constatons que parmi les Français il en fut le créateur, et que, sous ce rapport, il a été chef d'école.

(15)

Et, numismate heureux, le bon Mory d'Elvange.

Consulter, dans les Mémoires de l'Académie de Nancy

(volume de 1843), la notice de M. Auguste Digot sur cet estimable savant, — l'un de ceux qui ne rougissaient pas de demeurer sensibles à des souvenirs affectueux et patriotiques, alors bien abandonnés (¹).

(*a*)

Mais quand du Consulat l'aurore inespérée.

Ce vers, quand aujourd'hui (*1873*) il tombera sous les yeux de certains lecteurs peu *historiens*, pourra leur sembler singulier, — venant surtout de la plume d'un écrivain notoirement classé parmi les hommes indépendants; — d'un écrivain qui, dans tous les temps, quoiqu'à des degrés variés et sous des formes diverses, se montra constamment plus porté vers les doctrines libérales que vers les idées autoritaires, — et surtout de qui la conscience ne se prêta jamais à concéder au Pouvoir la faculté d'enfreindre les lois.

Ah! c'est que l'histoire a ses droits imprescriptibles, et que son rôle est de CONSTATER quels faits eurent lieu à chaque époque. Or, il est *de fait* qu'en 1800 le Consulat (dont la plupart des Français comprenaient peu le vice originel, et pressentaient moins encore les lointaines conséquences); le Consulat, disons-nous, fut, presque universellement, salué d'eux comme UNE AURORE. Ses principaux phénomènes, en effet, lui en donnaient beaucoup l'apparence; et ses premiers résultats (il n'y a pas à en disconvenir) contribuèrent aussi à prolonger cette illusion. — En consultant les correspondances du temps, on reconnaît que les impressions de contentement

_____

(¹) Des puristes chicaneront peut-être sur le mot *numismate*; mais l'instinct général leur donnera tort. *Numismatiste* est trop technique pour entrer dans le style des vers; tandis que *numismate*, par sa ressemblance avec *diplomate,* est admis de tout le monde.

3

général, produites par une sorte de besoin satisfait, furent d'abord A PEU PRÈS UNANIMES.

— « N'importe », diront peut-être quelques insistances, qui peuvent sembler logiques; « puisque les circonstances « avaient changé, — puisque c'était DE NOS JOURS que l'au-« teur écrivait, — il aurait dû, sinon *altérer* la vérité, au « moins la *taire*. Car enfin, de nouveaux actes, pareils en « audace illégale à ceux du commencement du siècle, sont « venus rouvrir par la violence une phase impériale ana-« logue. »

En parlant ainsi, on n'a qu'un tort, — mais capital; — celui d'oublier, par étourderie, — *à quelle date* furent compo-sés les paragraphes où se trouve le vers en question ([1]).

Eh! mon Dieu, oui, il est vrai, parfaitement vrai, que le DEUX DÉCEMBRE est venu copier le DIX-HUIT BRUMAIRE; — mais qui donc était assez doué du don de *divination* pour s'imaginer, au milieu de l'été de 1850, ce qui devait se pas-ser, seize mois plus tard, dans l'hiver de 1851 ?

Rien d'aisé comme de se faire prophète après coup.

Quant à l'auteur, il n'écrivait là que des choses historique-ment exactes, et où personne ne prévoyait que se trouvât l'image anticipée de futurs événements, préparés alors dans l'ombre.

(16)

L'Institut parmi vous a trois représentants.

Au moment où ceci fut écrit, les trois correspondants nancéyens de l'Institut étaient MM. Braconnot, de Haldat et de Villeneuve-Trans. Plus tard, c'en a été d'autres, car cette

---

([1]) Juillet-août 1850.

triplicité s'est renouvelée ou parfois s'est accrue. — Au reste, il y a eu peut-être quelque chose de plus remarquable sous forme inverse : c'est le nombre de *membres titulaires de l'Institut* qui sont correspondants de l'Académie de Stanislas. Aucune compagnie savante de province ne possède pareil avantage, ou même n'en approche.

(17)

Pourquoi ne pas citer cet éloquent Bresson, etc.

On sait que le Bresson dont il est question ici, est celui qui, père de l'ambassadeur et de l'avocat général, et cousin du directeur général des Forêts, fut appelé dans sa vieillesse à siéger sur les bancs de la Cour de cassation ([1]), et mourut à Paris dans de longues et cruelles douleurs, supportées avec une héroïque résignation chrétienne.

Si complet et si brillant que soit l'éloge ici formulé, il est d'une entière justice et d'une entière justesse.

(18)

Luttait contre Fabvier, son rival digne et fin.

Frère du général Fabvier, dont le nom est resté populaire chez les palicares de la Gréce, le célèbre avocat Fabvier, — contemporain, émule de Bresson, et, comme lui, mort conseiller à la Cour de cassation, — avait une autre nuance de talent que son brillant et noble antagoniste, mais n'était pas, dans son genre, moins admirable, moins extraordinaire. Ces deux prodiges d'éloquence, que ne prônait point le charlatanisme des journaux, mais qu'on venait écouter de cent lieues, et dont les discours, forts ou gracieux, joignaient à la cha-

---

([1]) Fonctions accordées aussi, plus tard, à l'un de ses fils (Paul).

leur et au mouvement oratoire une pureté, une distinction, un degré d'art et de *fini*, dont le secret semble perdu, — étaient nés tous deux aux bords de la Moselle, l'un à Pont-à-Mousson, l'autre au fond des Vosges. La Lorraine, qui eut le bonheur de les conserver chez elle pendant tout l'éclat de leur vie, les avait produits comme son dernier jet; — comme un jet dont on ne voit pas que rien, en France, atteignît alors ni la richesse de sève, ni l'élégance, ni la merveilleuse beauté.

(19)

Il fut bien « l'honnête homme habile en l'art de dire. »

Vir probus dicendi peritus. Tout le monde connaît cette belle définition, — trop rarement justifiée, — que les Anciens ont donnée du véritable orateur.

(20)

Qui montre encor, malgré les ravages d'Armand (*),
Ce que fut la Lorraine en ses âges prospères.

Dombasle est situé près de Saint-Nicolas-du-Port, dont la majestueuse basilique fut brûlée, pendant la guerre de Trente ans, par les soldats d'une alliance monstrueuse, qui mariait les deux principes les plus incompatibles en logique. L'aspect des tours de cette imposante église, œuvre des bons temps de la Lorraine, est un des souvenirs qui rappellent toutes les horreurs, toutes les barbaries, froidement accomplies à cette époque par la politique du grand machiavéliste en chapeau rouge, qu'on nous apprend dès l'enfance à admirer, — et dont l'éloge, répété dans les manuels d'histoire, est une leçon indirecte de cruauté, de fraude et de parjure. —

(*) Armand du Plessis-Richelieu.

Triste encouragement donné à tout ambitieux intelligent, qui, sans conscience ni remords, saura être « assez habilement persévérant dans le crime » pour arriver au succès.

Durera-t-elle encore longtemps, cette effroyable duperie, celle qui motivait assurément le mieux l'indignation exprimée par Jean-Baptiste dans son *Ode à la Fortune?* — On ne sait. — En Bretagne M. Gustave de la Tour ([1]), en Bourgogne M. Théophile Foisset ([2]), en Lorraine M. Chapia ([3]) et l'auteur du *Nancy* ([4]), ont commencé à fixer l'attention sur ce point : — c'est au public à faire le reste.

Et il y a lieu d'y songer, pour peu que l'on ait de souci de l'avenir de l'Europe. Ou il faut abandonner le projet de relever, dans les esprits et dans les cœurs, cet ORDRE MORAL sans lequel l'ordre matériel croulera toujours, — ou bien il faut commencer par écarter la plus fausse et la plus funeste des notions reçues, c'est-à-dire, renoncer enfin à cette perpétuelle apologie de la scélératesse heureuse ; scélératesse que l'on ose excuser (glorifier même) dans la personne d'un cardinal anti-chrétien, coupe-tête et confiscateur, — dont les rudes niveleurs de 93 ont été de simples copistes, moins coupables que leur modèle.

(21)

Ce triple lot, Messieurs, vous l'avez eu du Sort.

Encor et *Sort :* rime qui ne serait pas légitime si l'un des deux mots n'était monosyllabique. Il en est de même de *tyran* et *rang*, qu'on trouvera plus loin. — Nous faisons cette remarque pour la jeunesse des classes de rhétorique.

([1]) *Lorraine et France.* — ([2]) *Correspondant.*
([3]) *Histoire du B. P. Fourier.*
([4]) *Esquisses de voyage*, dans la brochure *Antoine et les Rustauds.*

(22)

Dont la douce grandeur
De la cité ducale élargissait l'enceinte.

C'est à peu près la même idée qu'au sixième siècle exprimait Fortunat, au sujet de Verdun et de son évêque saint
Agéric :

Urbs Veroduna, brevi quamvis claudaris in orbe,
Pontificis meritis amplificata places.

(23)

Antoine, premier-né de Philippe la sainte.

Philippe de Gueldres (car alors on disait au féminin *Philippe* et *Claude,* pour *Philippine* et *Claudine*), Philippe de
Gueldres, reine de Sicile, duchesse de Lorraine et de Bar,
était la femme de René II, dont elle eut le Bon duc Antoine
et d'autres princes excellents, notamment le premier des
Guise. — Cette « femme forte », mère d'une famille de héros
chrétiens, mourut en odeur de sainteté, pauvre clariste à
Pont-à-Mousson.

(24)

Tortueux Charles-Quint, *galant* **François premier.**

Il n'est personne qui ne sente que *galant* est placé ici par
condescendance, ou, si l'on veut, par ironie, — et pour si-
gnifier autre chose. — C'est bien assez de trois cents ans
d'éloges, pour prix de quelques pensions, cajoleries, etc.,
faites par un homme immoral aux artistes et aux gens d'esprit: l'heure ne peut plus guère tarder où l'on finira par faire
justice du *faux chevalier* qui, prétendu gardien de l'honneur,
viola si effrontément sa parole, donnée aux Espagnols ; —
du prince qui, jouant double jeu, allait assister d'un côté au

supplice des protestants, et de l'autre les encourageait et les payait; — du monarque défectionnaire qui, traître aux principes comme aux mœurs, fit alliance intime avec les pirates musulmans, fléau des côtes de l'Europe, — et introduisit le premier à la cour de France, non plus l'adultère furtif, mais le scandale des mauvaises mœurs PUBLIQUEMENT AFFICHÉES POUR TELLES.

(25)

Ce n'est pas l'un de vous, mais Antoine le bon.

Sur ce prince, dont l'attitude déterminée sauva l'Europe, au moment où les politiques, tout occupés de leurs querelles, n'apercevaient rien du péril imminent qui allait leur passer sur la tête, il ne sera pas inutile de lire *Antoine et les Rustauds*, brochure publiée comme supplément au *Nancy*.

(26)

Le terroir où jadis les plus larges idées
Au soleil des croyants germèrent fécondées.

Que la Lorraine ait eu pendant des siècles l'initiative de toutes les nobles pensées ; qu'elle ait été longtemps, comme on l'a dit, la tête de colonne de l'Humanité ; c'est ce que l'on commence seulement à voir, — mais ce qui, d'après les faits, ne saurait plus former un doute, sous quelque silence calculé qu'on ait eu l'art de les étouffer. Consultez là-dessus, entre autres documents, le beau travail de M. G. de la Tour : *Lorraine et France*.

(27)

Ce n'est point par hasard, c'est par décret des Cieux,
Qu'Antoine l'inaugure : il convenait, Messieurs.

Entre deux finales dont le son est le même, et dont l'orthographe ne diffère que par une consonne superflue (comme *essor* et *sort*), l'accouplement rhythmique, nous l'avons dit, est permis, en règle ordinaire, pourvu que l'un des deux mots soit un monosyllabe; la rime donc de *Messieurs* et de *Cieux*, quoique inusitée, n'est point illégitime *à priori*. C'est une innovation, sans doute, — une innovation que motivent les formes de style d'un morceau conçu de manière à imiter la prose; — mais l'avoir risquée n'est point, en soi, une de ces hardiesses qui s'écartent du génie de la langue française.

A la vérité, parmi les consonnes inutiles, ainsi tolérées, on n'a pas eu coutume, dans nos temps classiques, de compter l'*r* muet. Et l'on avait raison alors, parce que, sous Louis XIII et au début du règne de Louis XIV, il ne restait pas toujours tel, il s'articulait quelquefois (¹). Mais depuis cent cinquante ans, la prononciation là-dessus s'est entièrement fixée; il y a des *r* muets qui ne cessent plus jamais de l'être, et celui-ci est du nombre; on dit toujours *messieux*, jamais *messieurrs*. Il peut donc redevenir licite d'user de la concession générale, laquelle, loin d'être une œuvre de novateurs, remonte au berceau même de notre idiôme. Qui ne se rappelle, en effet, cette romance, du treizième siècle, où Raoul de Soissons, voulant dérober à sa dame un léger gage d'amour, lui dit :

> Si par fortune (²)
> Vous irri*tiez*,
> Cent fois pour une
> Vous le rendrais bien volon*tiers*.

(¹) Racine, par exemple, introduisant dans sa comédie un personnage qui plaide avec une affectation grotesque, a pu encore lui faire articuler l'*r* de *messieurs*, comme on le prononce dans le mot d'*ailleurs*. Cela ne serait plus praticable aujourd'hui.

(²) *Par fortune*, c'est-à-dire *par hasard*.

Irritiez et *volontiers,* c'est justement *cieux* et *messieurs.* Encore même n'y a-t-il pas là le droit exceptionnel que donne ici, pour rimer, un terme monosyllabique.

(28)

Des chefs-d'œuvre lorrains rassembler les débris.

Ceci faisait allusion à l'établissement naissant, — si faible encore comme résultat obtenu, mais si vaste comme pensée et comme espérance, — qui n'aura moralement pas d'égal en France hors du rayon parisien. Il s'agissait de l'établissement plus que projeté, — DÉJA CRÉÉ, — dont l'inauguration solennelle était alors attendue, et eut effectivement lieu *quatre jours après* (le 10 septembre 1850), au Palais ducal.

(29)

Fera voir *quels* étaient vos jours d'indépendance.

Quels, c'est-à-dire combien beaux et combien grands. En latin, non pas *qui,* mais *quales et quanti.*

(30)

Près du Danube encore assis en souverains,
Devenus étrangers, mais, etc.

Notons, en passant, combien est bizarre et dépourvue de toutes raisons quelconques, la bévue des journaux, qui, dans leur ignorance, nomment *Habsbourg* la dynastie actuelle. Le dernier mâle de cette maison germanique, comme on sait, a été l'empereur Charles VI, mort en 1740 ; et aujourd'hui les Habsbourg ne règnent pas plus en Autriche, que les Stuarts ne règnent en Angleterre ou les Carlovingiens en France.

Que le duc de Lorraine François III ait épousé Marie-

Thérèse de Habsbourg, qu'importe (¹)? Est-ce que les enfants échangent leur nom paternel contre celui de leurs mères? est-ce qu'Antoine s'appelait *de Gueldres*? est-ce que Charles III se titrait *de Danemarck*, ou que François III se qualifiait *d'Orléans*? Est-ce que Henri IV signait *d'Albret*, ou Louis XIII *de Médicis*?—Chacun porte le nom DE SON PÈRE : il n'existerait pas sans cela de continuité de famille; et la règle, à cet égard, est la même pour les rois et les princes que pour les simples citoyens. Ainsi, l'on doit dire, et l'on dit :

> Ferdinand *de Bourbon*, roi de Naples;
> Victor-Emmanuel *de Savoie*, roi de Sardaigne;
> Guillaume *de Nassau*, roi de Hollande;
> Victoria *de Brunswick*, reine d'Angleterre;
> Pierre *de Bragance*, empereur du Brésil;
> François-Joseph *de Lorraine*, empereur d'Autriche (²).

(31)
Et fait de Bourlémont comme un séjour magique.

Bourlémont, château parfaitement situé, et que son mobilier remarquable ferait prendre pour une sorte de musée, est un ancien domaine de la maison de Franc d'Anglure, qui appartient maintenant à celle d'Alsace. MM. de Liétard-Alsace, comtes et princes d'Hénin, habitaient depuis des

---

(¹) Tout au plus, cela eût-il motivé, non la substitution, mais l'adjonction, du nom allemand, si François III avait eu des frères mariés à d'autres maisons souveraines, et qu'on eût voulu distinguer ses enfants par la désignation de *Lorraine-Habsbourg*. Mais ce cas même n'a pas eu lieu: il n'y a point de branches à discerner les unes des autres, et par conséquent le nom des empereurs d'Autriche est *Lorraine* tout court.

(²) On laisse ici (1873) cette note telle qu'elle fut imprimée en 1850.

siècles les Pays-Bas, lorsqu'un des membres de leur famille revint, sous Stanislas, s'établir en Lorraine, dont ils passent pour originaires. Un article déjà ancien, inséré dans La Chesnaie des Bois, les fait descendre, comme les Florenges, du duc Simon Ier, petit-fils de Gérard d'Alsace.

(32)
Et d'un sénat de rois semblait faire partie.

Allusion au mot fameux de Cinéas sur le Sénat romain. Il s'agit ici du corps souverain qui, particulier à la Lorraine, s'y nommait l'*Ancienne Chevalerie*. Sur ses privilèges, noblement justifiés par sa conduite, voir le livre *Nancy*, pages 70, 71 ([1]).

Sauf omission, et sans préjudice de tous droits, la liste, régistrale, quasi-homérique, renfermée ici dans six vers, paraît embrasser à peu près tous les noms de cette Pairie qui sont encore portés par des personnes vivantes ([2]).

Ils y sont jetés au hasard; car un ordre de prééminence chronologique, qui n'aurait pu se baser que sur des documents incomplets ou contestés, eût été trop difficile et trop scabreux à établir. Seulement, on a pu, parce qu'il n'y a pas de contestation sur ce point, placer en tête le nom de Ligné-ville, comme le seul restant des quatre *Grands Chevaux* ([3]), c'est-à-dire, des quatre maisons lorraines PRIMITIVES; sinon les plus anciennes d'une manière intrinsèque et absolue (là-

---

([1]) Et depuis peu, les ouvrages de M. M. Meaume.

([2]) Quelqu'un vient de nous assurer, cependant, que les vrais Saint-Ignon ne sont pas éteints; d'autres pensent qu'il reste des Sampigny, etc. C'est aux intéressés à réclamer, s'il y a lieu, et à fournir preuve de leurs droits à une mention expresse.

([3]) Lénoncourt, Haraucourt, Lignéville et Du Châtelet.

dessus les opinions sont libres), au moins les plus ancienne-
ment connues en qualité de familles indigènes, ayant formé
le noyau du corps gouvernemental du pays. Ainsi les Beauvau, les Raigecourt, les Custine, les Ludre, quelle que pût
être l'immémoriale antiquité de leur illustration, n'étaient
point immémoriaux quant à la Lorraine. Ils y étaient venus
déjà puissants, mais enfin ils y étaient venus ; tandis que
l'histoire n'en saurait dire autant des *Grands Chevaux*. Ces
derniers donc, sans avoir plus de droits que d'autres maisons
lors de la tenue des Assises, étaient investis par l'opinion,
— et on le conçoit, — d'une supériorité relative, qui n'était
autre que le respect du peuple lorrain pour lui-même.

(33)
Lignéville, Beauvau, Custine, Lambertye.

A proprement parler, Lambertye ne devrait pas être le
nom à placer ici : il faudrait écrire Tornielle ; car les Lambertye, quoique très-notables en Lorraine, où ils ont fourni
notamment sous Léopold, un ambassadeur en Angleterre, —
ne s'y sont établis cependant (par mariage avec les Custine),
qu'à une époque où les Assises tombaient déjà en désuétude.
Mais ils représentent les Tornielle de Gerbéviller, maison
d'Ancienne Chevalerie, dont ils auraient droit de prendre
le nom.

(34)
Raigecourt, Nettancourt, Montarby, Le Veneur.

Raigecourt, — prononcez, selon la tradition constante,
Ragecourt (¹), — maison dans laquelle se sont fondues celles

_____

(¹) Ainsi que des auteurs lorrains l'ont fait remarquer dans des
ouvrages récents, le *g* doux ne se plaçait autrefois *seul* qu'après les

de Bressey et de Gournay, appartient primitivement aux *pa-raiges* qui formaient l'aristocratie de la république messine ([1]); mais comme les Raigecourt avaient déjà passé au service des Ducs, et adopté pour patrie la Lorraine avant la destruction du suprême corps délibérant, ils firent partie de celui-ci.

Quant aux Le Veneur, qui ne se sont guère éloignés de la Normandie (où ils possèdent encore Carrouges), ont-ils précisément siégé aux Assises ? On ne sait. Mais, à coup sûr, ils l'auraient pu ; car la famille d'*Ancienne Chevalerie* avec laquelle ils avaient pris alliance, n'était rien moins que la famille ducale. L'écusson des Le Veneur figure dans les lignes maternelles des quartiers de la maison de Lorraine-Autriche.

(35)

Choiseul, de qui La Mothe a conservé l'honneur.

Quelques malheurs qui puissent jamais tomber sur les Choiseul, et ternir momentanément l'éclat de leur écu, — le nuage se dissipera en leur faveur, toutes les fois que l'atten-

---

deux voyelles faibles (*e* et *i*). Après les trois voyelles fortes (*a, o, u*) il avait besoin d'être précédé d'un *i* de convention ; sans cela il eût pris le son dur qu'il a en français dans *garçon, gobelet, guerre*, ou en latin dans *agnus*. Voilà pourquoi on écrivait *paige, gaigner, Espaignol, oignon* ; non point certes afin de faire prononcer *pège, guêgner, Espégnol, ouagnon* (ce qui n'a jamais eu lieu), mais seulement pour empêcher que les lecteurs ne vinssent à dire *pague, gaghner, Espag-nol, og-non*. Perdu pour les mots ordinaires, ce vieil usage, d'ajouter un *i*, s'est conservé dans les noms propres, aussi continue-t-on d'écrire *Cavaignac, Saint-Aignan, Montaigne*, quoiqu'il faille articuler *Cavagnac, Saint-Agnan, Montagne*.

([1]) *Paraige* ou *parage*, c'est-à-dire *pairage* : l'un des équivalents de *pairie*. Le mot *pairage*, sous la forme *peerage*, s'est conservé chez les Anglais : *The peerage of England*, la pairie d'Angleterre.

tion se reportera sur les beaux et purs exploits d'Antoine de Choiseul d'Iche, gouverneur de La Mothe, — qui, tué là sur des remparts sacrés, eut l'avantage de marier son nom à l'héroïque défense de cette ville martyre, sublime et infortunée citadelle de Dieu et de la liberté ([1]).

(36)

D'Haussonville, qu'ici prônait jusqu'à la pierre.

On sait que Nancy, fortifié quatre-vingts ans avant Vauban dans le système qu'on appelle improprement ainsi, fut la plus belle et la plus soignée des places modernes, aussi bien que la première en date. Or, les D'Haussonville avaient reçu l'honneur de donner leur nom à l'un des bastions de cette majestueuse enceinte, qui, lorsque sa démolition eut lieu, n'avait point d'égale en Europe, Malte exceptée.

(37)

Ludre, Mitry, Bouzey, Du Hautoy, Bassompierre.

Le dernier de ces noms n'est plus porté que par des femmes. On se demande comment il est possible que des gendres n'aient pas demandé à le relever.

Les Bassompierre avaient fondé à Nancy les Minimes, le plus patriote des ordres religieux lorrains; et c'est à cette famille qu'appartenait, avant les Beauvau, la terre d'Harouel([2]), où fut bâti plus tard, par Boffrand, le beau château de Craon.

(38)

Et l'éclair de Norlingue et le foudre de Vienne.

Charles IV et Charles V. — A côté d'un héros aussi par-

([1]) Voir, à la suite de la brochure *Antoine et les Rustauds*, le morceau intitulé *Esquisses de voyage* (pages 48 à 53, et pages 62, 63).

([2]) *Harouel* : prononcez *Haroué*. Comme les villes de *Châtel*, *Belfort*, prononcez *Châté*, *Béfort*.

fait que ce dernier, devant qui tout pâlit, on s'étonnera peut-
être de nous voir mentionner son prédécesseur. Mais si
Charles IV eut de grands défauts, — et s'il fait par là exception et *tache* dans l'admirable série des ducs de Lorraine, —
il ne mérite pas, à tout prendre, d'en être rayé sans réserve.
Rien ne serait moins équitable que de continuer à le juger
uniquement sur les peintures caricaturales qu'ont tracées de
lui les historiens français, ses adversaires.

Homme incomplet, mais remarquable toutefois, Charles IV
ne manquait point d'esprit, quoiqu'il fût sans jugement et
sans aplomb. Non dépourvu surtout, quoi qu'on en dise, des
instincts généreux de sa race, il avait du nerf, de la fierté,
de la munificence, une bravoure tout à fait brillante. Il y
joignait de notables talents militaires, trop peu consultés sur
le terrain : talents qui donnaient la victoire aux armées
chaque fois qu'on voulait bien, par hasard, s'en rapporter à
son coup d'œil stratégique.

Et puis, malgré de nombreuses inconséquences dans la
pratique, il nourrissait en lui le zèle ardent du Droit contre
la Force ; il était animé du désir de faire triompher, sur la
révolte des sens, la loi morale, et, sur l'alliance politique des
impies avec les tartufes, la véritable et sincère religion. Il
eut le sentiment profond de la justice des causes que défen-
dait son épée de gentilhomme, de casse-cou (de gros pêcheur
quelquefois), mais enfin de champion réel, de champion
sans calculs pervers. Ces causes, bonnes à tout prendre, il
les soutint avec une sorte de constance, bien que par soubresauts, contre l'abominable savoir-faire des incrédules en
soutane rouge. Aussi, possède-t-on de lui des médailles, qui,
significative expression de sa pensée, présentent, au revers
de son effigie, un bras sortant des nuages du ciel, et tenant
le glaive lorrain, avec cette légende : *Domine, da mihi virtu-*

tem contra hostes tuos ! « Seigneur, prêtez-moi vigueur contre
vos ennemis ! »

Malheureusement, à l'exemple des monarques ses contemporains, il se fit despote, et ne laissa point fonctionner les
antiques institutions qui eussent empêché ses fautes. Mais,
quoique, par ses coups de tête, par son manque d'à-propos
et d'esprit de suite (circonstances qui vinrent accroître et
compliquer le martyre souffert par la Lorraine pour les bons
principes), on puisse dire, en un sens, qu'il fut l'auteur de
la ruine de son pays, — un pareil homme, dans la balance
de Dieu, — et même de l'Histoire, — doit l'emporter, sans
le moindre doute, sur les cupides et sanguinaires tricheurs
contre lesquels il perdit la partie.

(39)

Croisés par excellence; amis des bons, toujours.

A son récit de la grande guerre européenne dans laquelle,
par la délivrance de Vienne, par la reprise de Bude et par le
gain de la seconde bataille de Mohacs, Charles V de Lorraine, couronnant l'œuvre du Lorrain Godefroi de Bouillon, mit finalement la Chrétienté à l'abri des invasions
musulmanes, M. Gustave de la Tour ajoute les réflexions
suivantes :

« Ainsi fut accomplie la dernière des Croisades (¹), celle
qui en clôt noblement la série; celle qui, par ses résultats
définitifs, a repoussé sans retour Mahomet; celle enfin dont
les honorables prouesses, toutes chevaleresques encore au
milieu d'un monde déjà modernisé, forment la brillante clô-

(¹) La *quatorziéme ;* — mal à propos omise dans presque toutes
les histoires, — quoique solennellement prêchée, et quoique supérieure en importance aux trois quarts des autres.

ture des âges héroïques chrétiens. Il convenait qu'elle eût pour généralissime non-seulement un guerrier pieux, non-seulement un personnage assez parfait pour être appelé *le meilleur des grands hommes* (¹); mais le descendant direct du bon duc Antoine; mais le « chef de nom et d'armes » de la plus catholique maison souveraine qui ait jamais existé; mais le royal représentant de la race jusqu'alors la plus fidèle à Dieu. C'est sous le commandement d'un prince lorrain que les Croisades avaient commencé : c'est sous le commandement d'un prince lorrain qu'elles devaient finir.

« Comment une seule famille a-t-elle pu, par ses membres, — par des membres quelquefois ou cadets ou expatriés, — se mêler jusqu'à tel point, pendant des siècles, à tous les évènements de l'Europe ? Presque toutes les grandes figures de ces époques sont venues se placer à leurs côtés, sans les dépasser, peut-être sans les égaler. Car on voit ces princes de Lorraine, beaux et bons jusqu'à l'idéal, joindre constamment l'humanité à la bravoure, — l'intelligence créatrice à l'esprit conservateur, — et ne pas cesser, presque un moment, de mettre leur crédit et leur épée au service de la Religion, de la Justice et de la véritable Liberté.

« De même que les Guise, dignes neveux d'Antoine, avaient terminé le XVIᵉ siècle en délivrant la France de l'anarchique domination de l'Hérésie, ainsi le duc Charles V, digne arrière-neveu des Guise, termina le XVIIᵉ en affranchissant pour jamais la Chrétienté des barbares invasions de l'Islamisme. Vaincre les bandes iconoclastes des Huguenots ou des Musulmans, c'était deux tâches analogues ; car il s'agissait, dans l'une comme dans l'autre lutte, de repousser le

---

(¹) Mot du maréchal de Berwick sur le duc Charles V.

triomphe de l'idée fataliste, honteusement mariée à l'idée charnelle. Sauver de deux façons la morale, par le maintien du libre-arbitre, attaqué en théorie, et de la chasteté, attaquée en pratique : tel fut le magnifique rôle assigné par la Providence à la maison de Lorraine. Certes, on ne saurait concevoir une mission plus utile à la fois et plus sublime, ni qu'il y ait eu plus de mérite et de gloire à remplir (¹). »

(40)

A Bude comme à Tours.

Malgré la date, trop ancienne en apparence, de la bataille de Tours, cette grande victoire, due principalement à la valeur et à la foi des soldats austrasiens, est citée ici à meilleur droit qu'on ne pense. Né dans les contrées du Nord-Est, Charles-Martel, de qui le trisaïeul, saint Arnoul, avait eu son berceau à une lieue de l'emplacement où devait un jour s'élever Nancy (²), Charles-Martel était un Lorrain anticipé. Il y a plus : comme père de la dynastie carlovingienne, il est positivement l'un des ancêtres des princes de la maison de Lorraine, puisque ceux-ci, par Hadwide de Namur, petite-fille de Charles de France, sont la descendance la mieux constatée qu'il y ait de Pépin et de Charlemagne : descendance féminine, il est vrai, mais qui se présente légitimement à l'esprit, à défaut de la masculine, cette dernière ayant péri depuis neuf cents ans.

(¹) G. de la Tour, *Lorraine et France,* pages 72, 73.
(²) A Lay-Saint-Christophe.

LA SALLE DES CERFS ET TOUT CE QU'ELLE A VU

On ne saurait mieux se rendre compte des circonstances qui formaient cadre au tableau poétique déroulé ci-après, qu'en lisant le *Journal d'Archéologie lorraine* (tome X, pages 82 à 101). C'est là qu'en effet on peut vraiment prendre quelque idée de la mémorable séance du 20 mai 1861, séance qui fut ouverte par une improvisation du Préfet de la Meurthe (M. de Saint-Paul), et remplie en grande partie par un discours, dans lequel le président du Comité spécial (M. Henri Lepage) traça l'historique de la restauration du Palais ducal et de la création du Musée historique lorrain.

« L'inauguration de la Galerie des Cerfs », dit à ce sujet le procès-verbal (1), a présenté tous les caractères d'une grande fête nationale. Une foule immense remplissait la salle, — trop petite pour con-

---

(1) *Journ. d'Archéol. lorr.*, tome X, page 83.

tenir, malgré ses énormes dimensions (1), toutes les personnes qui s'y étaient donné rendez-vous. Avant l'heure fixée, elle était déjà pleine, et beaucoup d'invités n'ont pu que se borner à circuler dans les galeries inférieures.

Qu'une salle DE HUIT A NEUF CENTS PERSONNES n'ait pas pu recevoir tous les citoyens venus avec l'intention de s'y faire auditeurs pour la séance, — c'était là un phénomène étrange, sans exemple à Nancy; tout au moins sans exemple pour la génération locale vivante.

Mais aussi quel gigantesque genre de fête n'était-ce pas là !

Quel événement (*événement* au plus magnifique sens du mot) que la rentrée d'un peuple dans son palais national, — au bout de près d'un siècle d'interruption de ses grands souvenirs !

---

(1) Une note fort curieuse, insérée dans le même recueil au bas des pages 88 et 89 du tome X, donne les dimensions *comparées* de plusieurs grandes salles, historiquement célèbres. On y peut vérifier que la Salle des Cerfs les dépasse toutes en longueur.

LA SALLE DES CERFS

ET TOUT CE QU'ELLE A VU (1)

—◦◦◦—

I.

Entraînés par la loi qui règle tous les êtres,
Peuples, astres, saisons, ont leur cours et décours.
Le Temps vole : il détruit les sujets et leurs maîtres,
Puisque rien, hormis Dieu, ne peut durer toujours.

Hélas ! sitôt qu'un homme, un système, un empire,
A fourni sa carrière et rempli ses destins,
Il languit ; désormais contre lui tout conspire ;
Il meurt.., et sa mort même excite les dédains.

Seulement, bien plus tard, — quand d'autres créatures,
Succédant à son rôle, ont pris terme à leur tour, —
Souvent les lois du Sort se font pour lui moins dures ;
Des gouffres de l'oubli son nom revient au jour.

Les erreurs dont naguère il souffrait préjudice
Ont péri,—car les ans peuvent tout mettre à nu. —
Il n'est pas rare, alors, que l'on rende justice
Au mérite, jadis opprimé, méconnu.

Que dis-je? un tel effet devient parfois coutume.
Eh l'a-t-on vu jamais plus marqué qu'aujourd'hui?
De tous côtés s'éveille une équité posthume;
Des égards au Passé le jour semble avoir lui.

Oui, des peuples éteints remuant la poussière,
On les vante; on prodigue honneur à leur tombeau.
On se montre empressé de remettre en lumière
Ce que chacun d'entre eux eut de noble et de beau.

Généreux mouvement, — un peu naïf peut-être,
Et qui pourra courir vers les déceptions
Si, dans les siècles morts qu'il fait presque renaître,
Il veut pousser trop loin les admirations.

Toi, du moins, ô Lorraine, auguste et grande image,
—Dont l'éclat perd si peu devant la vérité (2),—
Toi du moins, tu pourras, sans ployer sous l'hom-
Supporter ce retour de popularité.   [mage,

II.

Ce n'était point une race ordinaire
Que celle en qui, dès les jours de Martel (3),
Se révéla, sous un front débonnaire (4),
Aux champs de Tours, le courage immortel
Qui foudroya, comme un divin tonnerre,
Les Sarrasins dont le bras sanguinaire,
Sans l'Austrasie et son puissant cartel,
Eût fait du Dieu que notre amour révère,
Dans Paris même, abandonner l'autel.

Ce n'était point une race ordinaire
Que ces Lorrains, d'un pur zèle embrasés,
Qui, par le Bien toujours électrisés,
Toujours au Droit spontanément s'unirent;
Eux qui, sans bruit, à l'Europe fournirent
Et ses premiers et ses derniers Croisés (5).

Peuple étonnant,—faible de territoire,
Mais héroïque en ses moindres soldats,
Et, par sa lutte avec les grands États,
Justifiant son renom dans l'histoire.
—Tantôt donnant aux trop faibles Valois,
Pour soutenir leur couronne aux abois,
Son duc Raoul ou sa pucelle Jeanne (6),
Tantôt brisant le choc rude et profane
De ces Rustauds qui se jouaient des lois (7).

Solide ami, champion volontaire,
Bravant pour nous l'Empire et l'Angleterre (8);
Des opprimés rapide protecteur,
De l'Occident inflexible colonne ;
A Tarifa, jour de combat vengeur,
En Livonie, à Naples, à Barcelone (9),
Prêtant son bras, payant de sa personne,
Libre partout, partout libérateur (10).

III.

Eh bien, ce peuple, ennemi du servage,
Qui jusqu'au bout le premier l'abolit (11);
Qui le premier, dans la guerre établit,
Vainqueur humain, le charitable usage
De relever les blessés du conflit,
De leur porter assistance et breuvage
Et sous son toit de leur dresser un lit (12);
— Qui le premier, pour les foules accrues,
Sut au jalon tracer de vastes rues (13);
— Qui, repoussant la forme des vieux murs,
Donjons, créneaux (boulevards trop peu sûrs
Contre les coups de la guerre nouvelle),
Sut, précurseur de la marche des ans,
Créer pour gêne aux voisins malfaisants
Et pour ceinture à sa cité fidèle,
Larges fossés, bastions imposants :

—Système heureux, bientôt pris pour modèle,
Mais dont le type, ornement de Nancy,
Subsiste encore à trois cents pas d'ici,
Rare et célèbre et noble citadelle (14);
—Eh bien, ce peuple, il avait su bâtir,
Pour ses bons Ducs une auguste demeure,
Où, révérés, où, gardés à toute heure
Par cet amour que rien n'a fait mentir,
Ils méditaient, dans une paix profonde,
En respirant de leurs mâles travaux,
Tous ces progrès où leur gloire se fonde;
Rois qu'ils étaient de deux âges du monde :
Fils des vieux temps, amis des temps nouveaux.

IV.

Le splendide logis cher à tant de grands hommes,
Palais qui fut, comme eux, simple avec majesté,
On le cherche.—Mais quoi! Rien n'en est-il resté?

Il en reste un débris : LE LIEU MÊME OU NOUS SOMMES.

V.

Oui, voici bien les murs du superbe séjour (15)
Qu'étrangers ou Lorrains, tous appelaient *la Cour*.

La *Cour* par excellence, en effet;—digne asile
Où les dons que souvent l'ombre d'un trône exile

Se trouvaient réunis ; où l'éclat souverain,
Loin de nuire aux vertus, les faisait mieux éclore,
Comme on voit au printemps les feux d'un ciel serein
Sourire aux humbles fleurs qu'il protège et qu'il dore.
Voici bien les parvis où l'hospitalité,
Déployant les secrets de sa magnificence,
Avec grâce, avec pompe, accueillait la Puissance,
Accueillait mieux encor la noble Adversité.
Palais par la grandeur autrefois visité
Où, dans des temps heureux (que l'Histoire apprécie,
Et qu'on loûrait encor, fussent-ils des hasards),
Prenaient place au milieu des chefs-d'œuvre des arts,
Par leurs ambassadeurs, Venise, l'Helvétie,
Les pontifes romains, les rois et les Césars (16) ;
Que dis-je ? — où, pénétrés d'un charme involontaire,
　　　Se complaisaient, comme en famille assis,
Les princes fils du sang de France ou d'Angleterre,
　　　　Les Gonzague et les Médicis.

Voici bien les balcons d'où, quand d'aimables fêtes
Venaient faire oublier la guerre et ses tempêtes...,
Se montraient aux regards d'un peuple transporté
Les Ducs, leurs doux enfants, et ces chastes princesses,
Gracieux parangons, perles enchanteresses
　　　De l'européenne beauté (17).

Près de nous la *Carrière,* au vieux âge ennoblie
　　　Par les tournois d'un peuple chevalier (18),

Rappelle encor ces jours de brillante folie ;
Mais rien ne montre plus ni la tour démolie
　　　De l'incomparable Escalier (19),
Ni ce fier bastion, énorme cavalier
Où les jasmins en fleur, les roses purpurines,
Cachaient sous leurs festons l'airain des couleu-
　　　　　　　[vrines (20) ; ·
Ni l'élégant parterre abrité sous ses flancs,
—Pour les dames, le soir, du rempart descendues,
Théâtre de maints jeux délicats et galants ; —
Ni ces rampes d'honneur, à grand'honte abattues,
Où les flots élancés de l'urne des statues,
　　　　Ruisselaient dans les marbres blancs (21).

VI.

　Rien, non plus, n'est debout de la noble chapelle
Que maint fier souvenir au citoyen rappelle :
Saint-Georges, — sanctuaire où le commandement
　　　S'inaugurait sous la forme sacrée ;
　　　Où les ducs-rois, au jour de leur entrée,
　　　　A leur peuple prêtaient serment (22).
Comment put-on jamais, de sots décors avide,
—Fût-ce au milieu des soifs de renouvellement, —
Se résoudre à l'abattre, — alors que son abside
　　　Logeait encor l'étrange monument
Qui, mieux que n'auraient pu Polybe ou Thucydide,
De magnanimité parlait éloquemment (23).

Quand Charles le Hardi (le Cruel, pour mieux dire),
Faisant la guerre en bourreau plus qu'en roi
Eut couvert le pays de carnage et d'effroi (24);
Quand les Lorrains, au prix d'un long martyre,
Eurent devant leur ville arrêté son effort,
Et qu'enfin délivrés des misères d'un siège,
Ils eurent, de leurs yeux, vu le vainqueur de Liège
Dans les marais Saint-Jean renversé par la mort :
— Vous le savez, — c'est peu qu'avec décence
Au ravageur réduit à l'impuissance,
A l'auteur insolent de leurs affreux malheurs,
Ils eussent concédé les funèbres honneurs : —
Comme si, de leur dynastie
Loin d'être l'adversaire, IL EN EUT FAIT PARTIE,
A Saint-George ils l'avaient porté.
Inhumant là le corps du Téméraire,
Dans l'ennemi farouche ils n'avaient vu qu'un frère,
— Qu'un chrétien désormais hôte de leur cité. —
Acte inouï de haute intelligence,
Qui noyait tous les droits d'une juste vengeance
Dans les flots de leur charité.

VII.

Fils de pareils aïeux, postérité dernière
De ceux qui du Vaincu dressèrent le tombeau,
Ah! gardez avec soin jusqu'à la moindre pierre

D'un palais dont le sol, pétri de leur poussière,
Fait monter dans les cœurs un souvenir si beau.

VIII.

Des enfants de Gérard célèbre patrimoine,
Rebâtis par René, décorés par Antoine,
    Mais restes d'un premier Nancy,
Ces murs qu'avec respect contemple l'antiquaire,
Ils datent de plus loin que ne croit le vulgaire;
Ils abritaient déjà le géant de Crécy (25).
Leur porte, seuil d'honneur pour la paix ou la guerre,
Porte où jamais appel ne vint frapper en vain,
C'était celle où plus tard le ciseau de Gauvain (26)
Créa ce qu'à bon droit son ombre révendique.

Oui, dès avant les jours d'un art presque divin,
La *Porterie*, alors sévère arceau gothique,
Fut le théâtre où, calme, en sa force pudique,
La fleur de Dom-Remy, la vierge au cœur d'acier,
Des mains de Charles Deux reçut lance et cour-
                        [sier (27).

IX.

Qu'ils sont parlants, et qu'ils ont vu de choses,
Ces lieux ! — Du sort des Guise étonnant pronostic,
Là s'était préparée au choc des grandes causes
Marguerite d'Anjou, l'émule de Varwick,

L'hèroïne sans peur du cycle des Deux-Roses (28).
— Une autre Marguerite, avec mêmes leçons,
Même sang (car c'était la fille d'Yolande), —
Des tours de Vaudémont, — d'où le regard commande,
Comme du haut d'un mât, une mer de moissons, —
Descendit de bonne heure. On la vit, jeune et belle,
Enorgueillir d'un roi l'amitié fraternelle,
Dans les mêmes parvis qu'ici nous remplissons,
— Avant d'aller porter et son humble escarcelle
Et sa cèleste dot de richesse éternelle,
Sur le trône béni des derniers Alençons (29).

Trente ans après, comme elle aimable et sainte,
Philippine de Gheldre, au fond de cette enceinte
M'apparaît... Je l'y vois, sans feindre ou sourciller,
De pouvoirs de règente ici se dèpouiller :
Les États l'en pressaient (30). Pars en paix, noble reine;
Va, des devoirs pesants du sceptre de Lorraine
L'hèritier c'est ton fils, c'est le fils de René (31) :
Il sera le vainqueur du Désordre incarné (32).
Toi, si, d'un monastère admirable colombe,
A l'ombre de Mousson tu veux fuir tous les yeux,
Ligier nous gardera tes traits religieux (33);
Et quand viendront les coups sous qui ton sang suc-
Des bruits inexpliqués, avis mystèrieux,   [combe,
Feront vibrer encor ta vènèrable tombe (34).

X.

Au jour qu'à des sujets de son calme touchés,
La gardienne d'honneur des droits héréditaires
Montra si bien ses vœux, du monde détachés,
Les vieux *alérions* n'étaient point solitaires :
Auprès d'eux les *barbeaux*, les *croix aux pieds fichés*,
S'étalaient (35) ; car ici des deux puissants Duchés
Siégeaient les magistrats et les hauts dignitaires.
Aux actes des Lorrains, Antoine, enfant de Bar (36),
Pouvait voir ses Barrois en égaux prendre part.

XI.

D'ici l'Autorité régnait grave et chérie ;
Car, sans rebelle orgueil ni lâche flatterie,
Libre, quoique fidèle aux plus nobles drapeaux,
On discutait les lois, on votait les impôts (37).
Ici battait vraiment le cœur de la patrie.

Et l'*Ancienne Chevalerie*,
Qui du pauvre, en haut lieu, faisait parler la voix (38),
Tribunal imploré, — souveraine Pairie, —
Corps antique et loyal, gardien de tous les droits :
C'est ici qu'il tranchait les causes indécises.
J'entends le bruit des suprêmes Assises,
L'écho des grands arrêts de ce sénat de rois (39).

XII.

Mais ne semble-t-il pas qu'aux harangues puissantes
Succède un chant lugubre,. en notes gémissantes ?
Où suis-je ? — Ah ! c'est le deuil et ses solennités.

Les funèbres convois, au loin connus, vantés,
Merveilles de Nancy, — cortèges admirables
Près des pompes d'alors pompes incomparables (40), —
Ils partaient de ces lieux. — Ici l'on affluait
Pour visiter les Ducs dans leur cercueil muet.
— Là le grand Charles Trois eut sa gloire dernière,
Ses peuples accourus, s'inclinant sur la pierre,
Sanglotaient... Pour son fils (41) non moins vivès
                                        [douleurs,
Le pavé qui nous porte, IL FUT MOUILLÉ DE PLEURS.

XIII.

Brisons. Nouvel aspect. Maint tableau d'un autre
S'offre à mes yeux. — Déjà, par le Destin trahis, [âge
Sont partis sans retour les princes du pays.
On accorde aux Lorrains, pour prix de leur courage,
Les « honneurs de la guerre », un dernier règne, hélas ;
— Grandeur sans avenir, couronne viagère,
Mais que le front choisi sait leur rendre encor chère,
Car ce monarque, au moins, c'est le bon Stanislas.

Que devient-elle alors, la respectable salle,
Veuve des souverains, fantôme encor debout?

Certes, il eût semblé courtois et de bon goût,
Jusqu'au dernier moment, de la laisser royale ;
Mais un prince étranger « ne songe pas à tout ».
Stanislas, d'une main... lourde, et pourtant amie,
(Fils qu'il était d'un temps enclin à renverser),
L'altéra ;—toutefois il prit soin d'y placer
Et sa bibliothèque et son académie.

XIV.

C'est donc ici qu'eurent noblement lieu
Ces séances, parfois riches de sa présence,
Où, d'un corps de penseurs célébraient la naissance,
      Tressan, Hénault et Montesquieu (42).
Ici, d'un art nouveau révélant la puissance,
Chantre des prés, des bois, apparut Saint-Lambert (43) ;
Prêchant l'art de bien lire, ou fouettant la licence,
Ici surgit François ou débuta Gilbert (44).
Solignac et Sivry, Palissot plus caustique (45),
Y servaient la raison, l'esprit et la critique.
—Faut-il parler aussi des labeurs des savants ?
Un seul mot, pour finir. (Encor peut-être crains-je,
En rehaussant les morts, d'étonner les vivants).
Précurseur de Cugnot et rival de Vayringe (46),

Sur Jouffroy, sur Fulton, ayant pris les devants,
En *mai cinquante-trois,* — oui, voici *cent neuf ans,* —
Un pur Lorrain, Gautier, tout au long, ici même,
Enseignait à mouvoir, à guider la trirème,
Par la seule vapeur, sans le secours des vents (47).

XV.

Oh! de tant de façons par les faits illustrée,
Salle antique des Cerfs, salle dix fois sacrée,
Monument du long cours des générations,
Salut!... Pendant un siècle on t'avait méconnue;
Mais à des jours plus doux te voilà revenue.
Le Pouvoir, le public, — de mots et d'actions, —
Chacun t'offre concours. Naguère pauvre et nue,
Chacun veut aujourd'hui que nous t'enrichissions.

XVI.

Non qu'à l'espoir fondé qui dans nos cœurs s'élève
Il faille ajouter un vain rêve :
Les beaux jours du Palais, nul ne les reverra.
Jamais l'œil n'y retrouvera
Ni de pourpre et d'azur cet habile mélange
Que le voyageur admira;
Ni les lambris ornés par La Faye et Bellange (48);
Ni les mouvants décors du magique opéra (49);

Ni cent valets jonquille aux revers d'écarlate (50);
Ni les riches tapis (51), ni les meubles fameux
Qui passaient en leur temps pour n'avoir rien comme
La *table de vermeil* et la *table d'agate* (52).   [eux;
C'en est fait du séjour... où tant de luxe éclate
Même plus tard, bien tard,—quand Léopold encor,
Dans cette *Grand'maison*, par son cœur élargie (53),
Déployant les splendeurs de la Lotharingie
Et pour ses chers sujets ouvrant tout son trésor...,
Au banquet souverain fait asseoir cent convives,
Par son ordre entourés de bontés attentives
　　　　Et servis en vaisselle d'or (54).

XVII.

　　Mais,—sans tomber dans l'ivresse abusée
Qui ressusciterait des jours déjà si loin,—
Ici nous érigeons un glorieux Musée,
Abri des souvenirs dont ressent le besoin
Toute âme au plein ressort, d'en haut électrisée;
Et le Trône, à Paris, de nos efforts témoin,
Nous verse de ses dons la source inépuisée.

XVIII.

　　Il a raison.—Plaignons les cœurs étroits
Qui nourrissaient naguère on ne sait quels effrois.

Pauvres gens ! faibles cœurs ! grotesques politiques !
— Certe, aux vœux du retour vers ses maîtres antiques
Le vieux Palais ducal serait sourd désormais.
On le sait : quand du haut de ses combles gothiques,
S'envolèrent jadis deux oiseaux fatidiques (55),
     Ils disparurent POUR JAMAIS.

Dormez en paix, rêveurs, qui viviez dans la transe :
Le Présent ne craint rien des armes du Passé ;
Non ; — et, fût-il moins fort, ailleurs nulle espérance :
Le sillon des bienfaits n'est que trop effacé.
Plus même un soin pieux reparaît.., plus la France
De l'amour des Lorrains peut y voir l'assurance.
Ah ! que vienne au soleil le culte des tombeaux
Et qu'il s'étale ! — Honneur à ces regrets si beaux,
Poétiques douleurs par la foi consolées !
Ce n'est point aux blessés, dont l'œil se rouvre au jour ;
Ce n'est qu'aux morts, — éteints, expirés sans retour, —
     Qu'on élève des mausolées.

XIX.

Courage donc, enfants de pères généreux !
Que ce Musée, au prix d'un élan chaleureux,
Soit riche ; — car sa voix fera parler pour eux
Maintes pages d'histoire honorables et grandes. —
Nés des anciens bourgeois ou nés des anciens preux,
Tous, au centre commun dirigez vos offrandes.

— D'un naufrage fameux gigantesque débris,
La magnifique épave, honneur de ces lambris
Et qui seule, à moitié, forme ici leur tenture (56),
Voyez, on nous la rend. — Jadis adverse et dure,
Aujourd'hui la Fortune a pour nous des souris;
Et des rangs empourprés de la Magistrature
Le vœu nous restitue un monument sans prix (57).
— Lorrains, Barisiens, imitez cet exemple. [temple;
Que pour vous, pour vos fils, ce lieu devienne un
Qu'il rappelle aux enfants les faits de leurs aïeux;
Qu'il reçoive en tribut mille hommages pieux;
Que d'abondance, enfin, la Corne la plus ample
Y verse tout; — que tout s'y montre réuni. —
Il est votre Versaille, il est votre Cluny (58).

XX.

        Bientôt va lui manquer la place;
Mais le Palais ducal en son contour enlace
Des membres séparés qui rejoindront le corps (59).
Ce n'est qu'œuvre de temps. — Déjà le besoin crie;
Il crîra bien plus haut après attente. — Alors,
Le visiteur entré par votre *Porterie*,
Lorsqu'il aura franchi la vaste galerie
Marchera de plain-pied vers de nouveaux trésors,
Et, parmi les grandeurs de la vieille patrie,
Vers le rond-point funèbre aura des corridors (60).

Alors aussi, la cour sombre et chétive
Qui tient comme un préau tant de beauté captive,
Qui des feux du matin lui refuse l'éclat..,
On la verra grandir, — et n'être séparée
Que par un mur de dentelle ferrée
Des jardins du Maréchalat.

XXI.

Il a des droits à votre sympathie,
Par son antique fondement,
L'édifice voisin, — moderne bâtiment,
Demeure en gai palais sous Héré convertie,
Où parfois Stanislas habitait un moment (61).

Du manoir de Raoul cette large partie,
Quand la Couronne en fut sortie,
Resta logis princier malgré son changement,
Et, toujours de grandeur, de pouvoir investie,
Fut encor le « Gouvernement » (62);

Résidence, en effet, peu s'en faut souveraine,
Car les rois de la France, enfin ducs de Lorraine,
Envoyaient siéger là de puissants gouverneurs (63).
Ne vous semble-t-il point reprendre ses honneurs,
Ce séjour des héros et des larges donneurs (64),
Puisqu'il est pavillon d'un général d'armée (65),
Et que l'Empire, ici, des lauriers de Crimée
A placé les deux moissonneurs (66)?

Ah! quelque éblouissant que fût votre héritage,
Citoyens de Nancy, rare est votre partage;
    Avec faveur le Ciel vous a traités.
L'auguste ville, en deuil de ses grandeurs flétries,
Qui, par droit surprenant, seule, en ses armoiries
Porte les écussons de QUATRE ROYAUTÉS (67),
Par degrés on lui rend ses parures chéries,
Quelques-uns des fleurons à sa couronne ôtés.
Bientôt de nouveaux fruits vont croître sur sa vigne,
Dont trop longtemps le fer dispersa les sarments.
La reine du Nord-Est, on la juge encor digne,
La main sur le pommeau, de commander d'un signe
    A quatorze départements (68).

XXII.

    Compagnons, la tâche est belle :
    Levez vos cœurs et vos fronts.
    Marchez où Dieu vous appelle;
    Il sait jusqu'où nous irons.
    Près ou loin, dans votre sphère,
    Quelque œuvre qui s'offre à faire,
    Sous un ciel doux ou sévère,
    Soyez calmes, soyez prompts.
    Avec ferme patience
    Servez l'Art et la Science,
    Surtout gardez confiance :
    VEUILLONS vivre, et nous vivrons.

L'ombre!... son pouvoir, sans doute,
Resté seul, ne serait rien;
Mais le *corps* y joint le sien :
Le Passé, c'est votre route
Pour mener qui vous écoute
Vers les royaumes du Bien.

Certes, l'erreur trop amie
Qui, sur les Temps endormie,
D'une jeune Académie
Voudrait comprimer l'essor,
Serait la froide momie,
Force éteinte de Luxor.
Mais tel n'est pas votre rôle :
Le duché, fleur de la Gaule,
Qu'ont eu les fils de Gérard,
N'y fait que prêter l'épaule,
Ne vous sert que d'un départ.
Montés sur sa noble base,
Vous CRÉEZ en CONSERVANT,
Car le feu qui vous embrase
Se meut d'arrière en avant.

D'un vieux et saint reliquaire
Si l'approche a pu bénir...,
La vertu du Souvenir,
Aux calculs faisant la guerre,
De l'Égoïsme vulgaire

Peut souvent tout obtenir.
C'est par là que l'antiquaire
Devient homme d'avenir.

XXIII.

Qu'un dévoûment sans mélange
Vous rende amis et témoins
Des infatigables soins
De plus d'une autre phalange,
Instrument d'autres besoins (69).
Près de vous s'échauffe et germe,
Au sein d'un oubli profond,
Tel ou tel grain, que renferme
Un sol demeuré fécond.
Tout, dans l'air, vous encourage;
Tout vous excite à l'ouvrage.
J'ai parlé d'oubli..., j'ai tort :
Si loin qu'aille l'ignorance,
Chacun sait qu'UN POINT en France
Échappe aux langueurs de mort (70).
—Tandis qu'aux yeux d'un cénacle
Qui n'en prend aucun souci,
La Province, étroit spectacle,
Est « l'ennuyeux habitacle
D'un monde au sang épaissi »,
Voici qu'enfin, Dieu merci,
Sur ce fond chétif et terne,

On voit saillir, on discerne
Votre cité ; — mais aussi,
C'est que le Nancy moderne
Est le fils du vieux Nancy.

Grâce à sa nouvelle armée,
Fier, il remonte au pavois.
Croissante est sa renommée ;
C'est peu dire : — elle est aimée. —
Il pourrait, comme autrefois,
Cueillir des Arts et des Lois
Les doubles palmes civiles,
Si l'on écoutait la voix
Des vœux de quarante villes (71).

XXIV.

Ils sont déjà consultés.
On sait qu'aux bords de la Seine,
Quand des Lettres le Mécène (72)
Rêvait pour les Facultés
Un beau type à mettre en scène...,
C'est à nous, à nos salons,
Dont l'atticisme conserve
Du vrai goût les sûrs jalons,
Qu'en un vif éclair de verve,
De la terre de Minerve
Il donna le nid d'aiglons (73).

—Bientôt d'une autre auréole
Nos murs se verront parer ;
Et par mainte et mainte école
Le flambeau de la parole
Reviendra tout éclairer (74).

Quel triomphe alors s'apprête,
Zélateurs longtemps suspects,
Pour vous et votre conquête... !
Sur l'objet de vos respects
Luiront des soleils de fête.
—Visitant avec amour
Ces lieux, dont l'attrait subsiste,
Le savant, l'élu, l'artiste,
Y viendront chercher, un jour,
Ou les grotesques images
De Callot au gai burin,
Ou les divins paysages
De Claude, le grand Lorrain (75).
— Ils salûront la mémoire
Des faits *d'entre Meuse et Rhin* (76) ;
D'un peuple qui, dans l'histoire,
Jusqu'ici connu trop mal,
S'était rendu, par la gloire,
Des plus grands peuples l'égal :
Fort de cet honneur sans tache
Dont le haut cimier s'attache
Aux toits du PALAIS DUCAL.

XXV.

Ainsi, quand la Destinée
Eut brisé, par Chéronée,
La cité qu'avait ornée
Et Thémistocle et Conon,
ATHÈNES, découronnée
Restait encore un grand nom.
Tous les souffles poétiques
Vivaient dans ses murs antiques ;
On cherchait sous ses portiques
La sagesse de Zénon.
— Et tant que dura l'empire
A qui, malgré maint délire,
La Fortune au plein sourire
Fut mille ans sans crier : *non !*
— Des rivages d'Italie,
De Thrace ou de Pamphylie ;
Des bords d'où cingla Hannon ;
De Bétique, ou d'Aquitaine,
Ou de la Thulé lointaine,
Ou des sables de Memnon ;
—Les amis de la pensée
Accouraient, foule empressée,
Aux marches du Parthénon.

NOTES

(1)

Et tout ce qu'elle a vu.

Passer en revue, même d'une manière très-rapide, toutes les scènes intéressantes dont la Salle des Cerfs a été le théâtre, n'est pas chose qu'il soit possible d'exécuter en quatre ou cinq pages. Dût-on ne s'arrêter qu'aux actes principaux, négliger les points secondaires (et c'est ce qu'on a fait), la matière était encore tellement riche, pour ne pas dire surabondante, qu'il en résultait forcément un morceau d'une certaine longueur. — Afin de masquer à un auditoire l'inévitable étendue d'une telle pièce de vers, il fallait en varier la facture; aussi n'y a-t-on pas manqué. Le poème se compose, au fond, de quatre parties, dans lesquelles, à quatre pensées dominantes, répondent quatre rhythmes différents :

Réflexions générales sur le
retour actuel au passé :   *Stances de quatre alexandrins.*

Quel fut le rôle de la Lorraine :   *Vers décasyllabes.*

Scènes frappantes dont le
Palais ducal a été successive-
ment témoin :   *Vers entremélés. (Douze, dix et
huit.)*

Avenir du Musée lorrain :   *Vers de sept.*

(2)

Dont l'éclat perd si peu devant la vérité.

Perd si peu, c'est le terme propre ; nous ne disons pas *ne*

perd rien, parce qu'il faut toujours parler avec justesse, même
dans les morceaux poétiques. Ce n'est pas nous qui, possédé
de *l'archéomanie* actuelle, irons prétendre que dans l'ancienne Lorraine *tout* fût digne d'approbation.

Seulement, comme ce peuple valut mieux, *à dates égales,*
que ses amis ou ses ennemis, — il a MOINS QU'EUX à perdre
aux investigations de la Critique.

Il a même à y gagner, sous certains rapports. Et cela, non-
seulement d'une manière *relative,* par la constatation de ses
nombreuses supériorités, dont l'Histoire avait tenu trop peu
de compte ; mais quelquefois aussi d'une manière *absolue,*
par la découverte de faits honorables, que le hasard, si ce
n'est le calcul, avait longtemps laissés dans l'ombre. — Les
nations qu'on a souvent flattées ou surfaites, peuvent, pour
une partie de leurs actes, être mal servies par l'apparition
du grand jour : celles qui ont eu plus de mérites que de
prôneurs, ne doivent pas redouter la lumière.

(3)
Dès les jours de Martel.

A la fameuse bataille de Tours, le vainqueur d'Abd-
Er-rahman n'était pas seulement un Austrasien, un homme
d'entre Rhin et Meuse : on pourrait dire que, par sa famille,
c'était une sorte de Lorrain anticipé. Car le chef de sa maison, saint Arnould, avait eu pour domaine originel la *villa*
de Lay-Saint-Christophe, tout auprès du futur Nancy.

(4)
Se révéla, sous un front débonnaire.

La placidité des Lorrains a toujours été remarquée comme
faisant contraste avec leur courage et leurs initiatives. Elle
était bien frappante encore il y a un demi-siècle ; et on la

signalait, par exemple, comme le trait le plus distinctif du général Drouot.

(5)

Et ses premiers et ses derniers Croisés.

Le chef de la première croisade fut Godefroi de Bouillon, duc de Basse-Lorraine, et le chef de la quatorzième et dernière fut Charles V, duc de Haute-Lorraine. Le premier avait vaincu les Musulmans jusque dans Jérusalem : l'autre les vainquit à Vienne, à Mohacz, à Bude, et il les arrêta pour jamais.

(6)

Son duc Raoul, etc.

Raoul n'est pas le seul souverain de sa race qui se soit dévoué corps et âme à la France. S'il se fit tuer pour elle à Crécy, il avait l'exemple de Ferry IV, qui mourut de même à Cassel. Le duc Jean combattit pareillement à Poitiers, et, fait prisonnier là, comme le roi son homonyme, il ne revint sur le continent qu'à la paix de Brétigny.

Or, le sceptre de Lorraine n'était point vassal de celui de France ; c'est donc, seulement, que les Lorrains, sans renier leur indépendance, la subordonnaient à leur sympathie : combattant volontiers auprès de nous, dans tous nos jours de péril. D'auxiliaires ils ne devinrent nos adversaires que lorsqu'on les y força, en voulant les confisquer. Jusque-là leur rôle avait beaucoup ressemblé à celui qu'en 1855 les Sardes sont venus prendre à nos côtés en Crimée.

(7)

De ces Rustauds qui se jouaient des lois.

Voir toutes les histoires de Lorraine, ainsi que la brochure intitulée *Antoine ou les Rustauds.*

(8)

Bravant pour nous l'Empire et l'Angleterre.

Allusion aux deux principaux services rendus à la France par François de Guise : défense de Metz et prise de Calais.

(9)

A Tarifa, jour de combat vengeur,
En Livonie, à Naples, à Barcelone.

Les ducs Jean Ier et Charles II allèrent en Livonie au secours des chevaliers Teutoniques. L'un gagna contre les Lithuaniens la bataille d'Halezand ; l'autre, contre les païens du Nord, celle de Wilna. — Raoul, sur un théâtre bien différent, prit part à la bataille de Tarifa, qui empêcha l'Espagne de retomber sous le joug des Maures. — Le duc Jean II, en qualité de roi d'Aragon, mourut à Barcelone, où est resté son tombeau. — Quant au royaume de Naples, qui ne connaît les tentatives brillantes, quoique avortées, de René Ier, de Jean II, et même du dernier duc de Guise ? On se montra plus habile qu'eux, mais personne ne conteste ni qu'ils eussent des droits réels, ni qu'ils possédassent le vif amour des peuples.

(10)

Libre partout, partout libérateur.

Ce caractère était mentionné dans la devise des Guise : *Hinc libertas*. L'opinion dont nous parlons était si générale, qu'elle se manifestait même hors des conditions du possible. On sait qu'un navire destiné à tenter la délivrance de l'Irlande s'appelait l'*Espérance de Lorraine*.

(11)

Qui jusqu'au bout le premier l'abolit.

Les derniers vestiges de servage furent absolument effacés

en Lorraine sous Léopold; tandis qu'il en resta des traces, pendant assez longtemps encore, en diverses parties de la France.

(12)

Et sous son toit de leur dresser un lit.

Soigner les blessés de l'Ennemi, c'est une chose qui paraît à présent toute simple, — et dont pourtant l'initiative ne fut prise que par un Lorrain : Guise le grand.

(13)

Sut au jalon tracer de vastes rues.

Avant que Charles III ne créât sa ville neuve de Nancy (*Charles-Ville*, comme on fut sur le point de l'appeler), personne en Europe n'avait songé à bâtir des cités alignées.

(14)

Rare et célèbre et noble citadelle.

Si l'on ne prend les mots qu'au sens judaïque et matériel, la citadelle de Nancy (hormis ses portes et ses tours) est l'œuvre des Français; mais dans la réalité des choses, il n'en est pas ainsi ; car ils n'ont fait que la rebâtir, absolument *sur les fondations* et *d'après le modéle* de celle qu'ils avaient démolie. Or, celle-ci, — dont l'autre n'est que *la copie*, ou même que *la résurrection*, — était une œuvre toute lotharingienne, une œuvre de pure INITIATIVE LORRAINE.

Quand donc on porte les yeux sur la citadelle de Nancy, on voit en elle le magnifique échantillon des premiers remparts qui furent construits dans le système moderne; système dont leur siècle s'étonna (*opus stupendum*, comme dit le voyageur Jodocus); système bien improprement nommé « *à la Vauban* », puisque l'on fortifiait Nancy de cette façon dès 1580, cent ans avant l'époque du fameux maréchal.

6

(15)

Les murs du superbe séjour.

« Le Palais ducal, amputé, n'est plus que l'ombre de lui-
« même ; et personne ne reconnaîtrait dans cet édifice, si
« déplorablement mutilé, la *triomphante maison ducale* dont
« parlait avec un patriotique orgueil Edmond du Boulay ; le
« *magnificum palatium* qu'admirait le voyageur Jodocus Sin-
« cerus ; la résidence vraiment royale, enfin, où Louis XIV
« et Anne d'Autriche se trouvaient *plus commodément qu'au*
« *Louvre.* » (Henri Le Page, dans le *Bulletin d'Archéologie lorraine,* tome III, p. 5.)

(16)

Par leurs ambassadeurs, Venise, l'Helvétie,
Les pontifes romains, etc.

M. Henri Le Page a fait le relevé de tous ces envoyés diplomatiques, reçus dans la Salle des Cerfs : le nonce du Pape,
les ambassadeurs d'Angleterre, de Hongrie, de Venise, etc.

(17)

De l'européenne beauté.

De même que le sort favorisa la Lorraine d'une foule de
princes doués d'un physique avantageux, la même veine de
hasards heureux donna aux Ducs, pour sœurs, pour filles ou
pour épouses, une série de femmes presque toutes belles,
souvent charmantes. Quant à leur conduite, pendant des siècles elle ne fut pas moins distinguée. Un proverbe (et il resta
vrai jusque fort tard) disait que dans la Maison de Lorraine
on ne connaissait « pas un prince qui n'eût été brave, ni
une princesse qui n'eût été chaste ».

(18)

Par les tournois d'un peuple chevalier.

Le plus célèbre tournoi nancéyen fut celui — dont parle Henriquez (tome I, p. 214) sous le règne de Jean II, — où six chevaliers lorrains joutèrent contre six chevaliers français. Il eut lieu sur la « place du Château », — place des Dames actuelle. — La *Carrière* a même pris son nom de ces sortes de courses et de combats, comme à Paris la *place du Carrousel* (ou, par abréviation, *le Carrousel*).

(19)

De l'incomparable escalier.

Il s'agit de celui qui occupait la grande tour, au fond de la cour d'honneur, à droite. On y montait en voiture.

(20)

Cachaient sous leurs festons l'airain des couleuvrines.

Comme ces superbes vaisseaux de ligne, où l'on place du canon, — sauf à en dorer la culasse, — jusque dans le salon de l'amiral : ainsi, le bastion dit des Dames (*dominarum*), — alors le plus fort et le plus beau bastion de l'Europe — était à la fois, pour les nobles promeneuses, un jardin agréablement orné, et, pour la défense de la capitale, un ouvrage garni de formidables bouches à feu.

Personne n'ignore à quel point les Lorrains excellaient dans la fabrication et le maniement de l'artillerie. Tous les voyageurs s'empressaient de visiter l'Arsenal de Nancy, qui était alors en avance sur les autres.

(21)

Ni ces rampes d'honneur, à grand'honte abattues, etc.

Voir là-dessus le *Nancy*, pages 88 à 90. Pour ce qui est

de la substance dont étaient faites les vasques des fontaines du parterre ducal, c'est *jaspe* que disent les registres de compte ; mais qu'entendait-on en ce temps-là par jaspe ? Les mots employés pour désigner les objets de luxe n'avaient point alors, à beaucoup près, la même précision qu'aujourd'hui ; on le voit bien par le terme de *table d'agate*, appliqué à une table d'un marbre très-précieux. Ici, le terme *jaspe* paraît avoir représenté quelque marbre fin, — analogue, selon toute apparence, à celui des statues des Drouin (dont nous pouvons encore juger par cinq beaux exemples, un aux Cordeliers et quatre à la Cathédrale). — La probabilité nous a donc conduit à y voir du marbre blanc.

(22)

A leur peuple prêtaient serment.

C'était le *prévôt* de Saint-Georges qui recevait le serment constitutionnel des souverains.

Voir, sur cette « *insigne collégiale* », l'intéressante notice de M. Henri Le Page. (*Bulletin d'Archéol. lorr.*, I, 157.)

(23)

De magnanimité parlait éloquemment.

Sur le vandalisme qui fit disparaître en 1742 ce tombeau de Charles-le-Téméraire, avec les belles statues et la magnifique inscription qui l'ornaient, — consulter le *Nancy*, note 7 de la première partie (pages 40 et 41). Voir aussi la notice précitée de M. Le Page, p. 191, 192.

(24)

Faisant la guerre en bourreau plus qu'en roi.

Personne n'ignore, notamment, l'histoire de la pendaison du généreux Suffren de Baschi (Chiffron de Vachier, comme disait le peuple). Cruauté stupide, qui même, d'après de grandes probabilités, ne fut pas pour peu de chose dans la ruine de son auteur.

(25)

Le géant de Crécy.

C'est-à-dire le duc Raoul, tué à Crécy. Raoul, l'un des soldats des guerres d'Espagne, de Bretagne, etc., et l'un des héros de Tarifa; homme dont la force et la taille égalaient le courage. Fondateur de la collégiale de Saint-Georges, il est aussi le vrai créateur du Palais ducal; et l'on n'aurait eu qu'à louer de toutes façons sa brillante carrière, sans l'amour illégitime dont il finit par s'éprendre pour la spirituelle Alix de Champey, qui fut son Agnès Sorel.

(26)

Le ciseau de Gauvain.

Mansuy Gauvain, le célèbre imagier, auteur des sculptures du portail (ou, comme on disait, de la *porterie*) du palais. Voir la notice que lui a consacrée M. H. Le Page (*Bull. d'Archéol.*, tome II, page 51).

(27)

Reçut lance et coursier.

Lance et coursier. — Quant à l'épée, non : Jeanne voulut, comme on sait, s'armer du glaive de Fierbois.

Que la Pucelle soit venue à Nancy; qu'elle y ait été présentée par Baudricourt à Charles II, et que le Duc lui ait donné harnois, cheval et lance : — on l'a contesté, mais mal à propos; et M. l'abbé Marchal a grand'raison de maintenir cette anecdote au nombre des réalités. Sans doute, la *Chronique de Lorraine* renferme des choses inexactes, ou même fausses; mais ses erreurs, quand elle en contient, portent sur les faits qui se sont passés en Guyenne ou en Normandie;

jamais sur ceux qui ont eu lieu dans les duchés lorrains, bien moins encore à Nancy même. En ceci, d'ailleurs, elle fournit des détails dont LE NATUREL est probant : l'emplacement de l'écurie, par exemple ; ou bien l'essai naïf que fait Jeanne de son cheval, en le menant galoper sur la place du Châtel (place des Dames). On n'invente pas ces choses-là.

(28)

L'héroïne sans peur du cycle des Deux-Roses.

Sur Marguerite d'Anjou-Lorraine (dont le mariage avec le roi d'Angleterre fut célébré au palais de Nancy), voir le travail de M. Louis Lallement : *Une Héroïne oubliée.* On le trouvera dans le *Journal d'Archéol. lorraine,* tome IV, p. 137.

Les membres d'une famille qui vient de s'éteindre, les Fisson du Montet, — en tant que descendus d'un châtelain de Kœurs ou Kièvres (près Saint-Mihiel) qui avait été le serviteur et le consolateur de Marguerite, lors du retour de cette princesse dans les états lorrains du roi son père, — portaient, pour cimier de leur écu, une corbeille des *roses rouges* de Lancastre.

(29)

Sur le trône béni des derniers Alençons.

Née à Vaudémont, élevée moitié en Provence chez son aïeul, et moitié au palais de Nancy, Marguerite de Lorraine, sœur de René II, épousa l'avant-dernier duc souverain d'Alençon, et mourut en odeur de sainteté. —Consulter sa Vie, écrite par M. l'abbé Laurent (Argentan, 1854).

(30)

Les États l'en pressaient.

Lire cette scène dans M. Digot. (*Hist. de Lorraine,* tome IV, p. 1 à 7.)

(31)

L'héritier, c'est ton fils, c'est le fils de Réné.

A savoir, Antoine le bon, né du mariage de la reine Philippe de Gheldres avec René II. —Il est permis, comme on sait, d'écrire *René* ou *Réné*. De ces deux orthographes, la première tend à prendre le dessus, et avec raison ; aussi la suivons-nous ordinairement. Mais dans ce vers-ci, nous avons conservé la seconde, qui, après l'*e* muet de la préposition *de*, est moins sourde et plus euphonique.

(32)

Il sera le vainqueur du Désordre incarné.

C'est-à-dire de la phalange des niveleurs alsaciens. (Se reporter à la note 7, qui précède.)

(33)

Ligier nous gardera tes traits religieux.

C'est au Michel-Ange lorrain, au sublime Ligier Richier, qu'on doit la statue couchée sur le tombeau de la reine Philippe de Gheldres, tombeau transporté de Pont-à-Mousson aux Cordeliers de Nancy.

(34)

Feront vibrer encor ta vénérable tombe.

Sur cette tradition, voir la *Vie de Philippe de Gheldres*, par M. l'abbé Guillaume (p. 70).

(35)

Auprès d'eux les *barbeaux,* les *croix aux pieds fichés,* Etc.

C'était là les armes du duché de Bar, comme les *alérions* étaient celles du duché de Lorraine. A la susdite cérémonie d'abdication de la Régente, les représentants des trois Ordres de ces deux États étaient rangés le long de la Salle des Cerfs ; ceux de Lorraine à droite de la Duchesse (côté de la cour), et ceux du Barrois à sa gauche (côté de la rue); le trône au fond.

(36)

Antoine, enfant de Bar.

Antoine était né, le 4 juin 1489, au château ducal de Bar, dans la Haute Ville.

(37)

On discutait les lois, on votait les impôts.

Le vote des impôts, en Lorraine, était un acte réel et sérieux ; il en était de même de la discussion des lois. C'est devant les États, et par conséquent dans la Galerie des Cerfs, que furent homologuées en 1594 les Coutumes de Lorraine : législation pratique, qui régit encore aujourd'hui certains points non réglementés par le Code Napoléon.

(38)

Qui du pauvre, en haut lieu, faisait parler la voix.

Aux *Assises*, tribunal souverain, les membres de l'*Ancienne Chevalerie* n'étaient pas seulement juges de tout crime, mais défenseurs de tout opprimé. Il n'y avait si chétif citoyen lorrain, qui, s'il se défiait des avocats, ne pût s'adresser à l'un des gentilshommes de cette Pairie, et le prier de lui en servir : — le gentilhomme prenait en main la cause, il la plaidait. — Ainsi s'appliquait, dans toute sa plénitude, la belle maxime, qui souvent restait méconnue ailleurs : « Noblesse oblige ».

(39)

L'écho des grands arrêts de ce sénat de rois.

On ne saurait s'en rapporter, sur cette noble magistrature

d'épée, aux plaisanteries de Florentin le Thierriat, homme animé de sentiments hypercritiques, et qui se reconnut à lui-même « *les vices d'un malin esprit* ». Sans doute, il n'y a rien qui n'ait son terme, et les Assises devaient à la longue céder place à d'autres institutions. Mais leur fin, que rien ne rendait encore nécessaire, fut injustement hâtée. Et quand le despotisme de Charles IV en précipita l'époque, mieux eût valu pour lui qu'il laissât encore subsister un corps si loyal et si respecté, qui lui eût donné d'utiles conseils, et qui, tout en contrariant ses actes d'autocratie fantasque, lui eût fourni les moyens de se maintenir sur le trône. Le pays fut blessé à mort dès qu'on eut cessé de prendre l'avis des *pères de la patrie*.

(40)
Près des pompes d'alors pompes incomparables.

Proverbialement, comme on sait, les trois plus imposantes cérémonies en Europe, c'était le couronnement d'un Empereur à Francfort, le sacre d'un roi de France à Reims, *et l'enterrement d'un duc de Lorraine à Nancy*. Encore cette dernière dépassait-elle les deux autres, tant elle était majestueuse.

Quand on en lit les descriptions positives, celles par exemple que nous donnent Du Boulay ou La Ruelle; — quand surtout on consulte les planches qui accompagnent le récit de ce dernier, et qui en sont le meilleur commentaire; — on ne sait si l'on dort ou si l'on veille.

Comment un pays de si peu d'étendue parvenait-il à faire si magnifiquement les choses, et à élever ainsi les faits extérieurs jusqu'à l'éminente hauteur de ses sentiments? — Personne ne peut l'expliquer. — Mais il n'y a pas de scepticisme qui tienne: les plus petits détails sont racontés; et, d'ailleurs, la gravure les confirme. A la vue de l'atlas dit « de la *Pompe funèbre* », on est forcé d'avouer l'inconcevable GRANDIOSE de la petite nation lorraine, et de se répéter : « Le vrai peut quelquefois n'être pas vraisemblable. »

(41)

Pour son fils, non moins vives douleurs.

C'est-à-dire pour le bon duc Henri II, mari de Catherine de Bourbon-Navarre. — Que dire pour Léopold !

(42)

Tressan, Hénault et Montesquieu.

Le comte de Tressan, à qui il était réservé de remettre en vogue pour un temps les romans de Chevalerie, habitait la Lorraine et fut l'un des travailleurs habituels de l'Académie de Nancy. De loin, Montesquieu et le président Hénault y firent lire de leurs travaux : le premier composa pour elle son *Lysimaque;* et le second, son *Réveil d'Épiménide.*

Fontenelle, déjà nonagénaire, ne s'unit que de nom à l'entreprise, et voilà pourquoi nous ne l'avons pas cité, rien de lui n'ayant été lu dans la Salle des Cerfs. Plus tard, d'autres auteurs, non Lorrains, voulurent faire partie de la Société et attachèrent du prix à lui appartenir. Florian, par exemple, s'intitulait toujours « membre des Académies de Madrid et de Nancy ».

(43)

Chantre des prés, des bois, s'éleva Saint-Lambert.

Cet écrivain, né à Nancy, est le premier poète français qui ait vu dans les arbres des forêts autre chose que des Hamadryades; dans les ruisseaux, autre chose que des Naïades; et dans les flots de la mer, autre chose que des Tritons ou des

Néréides. En tant qu'auteur d'une réforme si décisive, il n'avait eu qu'un précurseur (Thompson), ET CELA EN ANGLE-TERRE. Sur le Continent, personne, avant Saint-Lambert, n'avait imaginé que LA NATURE valût la peine d'être chantée pour elle-même et sans mythologie.

(44)

Ici parut François et débuta Gilbert.

De ces deux enfants de la Haute-Lorraine, l'un est placé au rang dont il est digne : c'est Gilbert, — mort jeune, mais qui possédait le double talent du satirique et du poète lyrique.

Quant à François, dit de Neufchâteau, — écrivain remarquable, quoique de second ordre, — il n'a pas obtenu toute la renommée qu'il mérite; mais c'est qu'il eut la mauvaise fortune, vraiment cruelle, ET QUI N'EST ARRIVÉE QU'A LUI AU MONDE, de voir TOUS SES OUVRAGES CAPITAUX périr de son vivant, non publiés. Sa traduction de l'Arioste, qui était, dit-on, un chef-d'œuvre de poésie légère, fut noyée, dans un naufrage, lorsqu'il revenait de Saint-Domingue, où il avait été magistrat. Et sous la Terreur, au moment de son arrestation, furent égarées ou brûlées deux grandes comédies en vers, qui avaient été *reçues* pour le Théâtre-Français. — On ne connaît plus guère de lui que son Discours sur la manière de lire les vers, — art qu'il possédait lui-même parfaitement.

Du reste, il y aurait ingratitude à oublier ses travaux dans le domaine de l'Utile. Zélateur sincère du bien public, il ne se fit pas seulement remarquer, pendant son passage au pouvoir, par une probité poussée jusqu'à la délicatesse, et fort rare dans les temps du Directoire, mais aussi par l'impulsion bienfaisante qu'il sut donner sous plusieurs rapports à la France. Comme ministre, il est le premier, depuis Sully, qui ait encouragé sérieusement l'agriculture ; et c'est à lui aussi que l'on doit l'idée des exhibitions de produits industriels. Si l'on était juste, sa statue devrait dominer la principale galerie de toute Exposition universelle.

François de Neufchâteau, l'un des hommes les plus précoces qui aient existé, fut reçu dans l'Académie de Stanislas à treize ans et demi. Autant en firent pour lui les académies provinciales de Lyon, Marseille et Dijon, dont il se trouvait membre avant l'âge de quinze ans.

(45)

Solignac et Sivry; Palissot, plus caustique.

Solignac, premier Secrétaire perpétuel de l'Académie de Stanislas. Sivry, son successeur, homme éblouissant d'esprit, père de Mme de Vannoz. Palissot, l'auteur de la comédie des *Philosophes,* et de la *Dunciade.* — Ces deux derniers étaient enfants de Nancy.

(46)

Précurseur de Cugnot et rival de Vayringe.

Quarante-deux ans avant la réunion de la Lorraine à la France, Vayringe, sous le règne de Léopold, fabriquait à Lunéville des pompes à vapeur RÉELLES, *marchandes,* fonctionnantes, et qu'on lui achetait; — qu'on lui achetait non pas pour l'Europe, — trop aveugle encore, — mais pour le Pérou, où elles étaient affectées aux travaux des mines. — Cela n'est pas croyable; — seulement cela *est.*

Cugnot, venu plus tard, mais né cependant encore sujet de la couronne de Lorraine, imagina la traction par vapeur pour les routes, et parvint à exécuter une première locomotive.

(47)

Par la seule vapeur, sans le secours des vents.

QUATORZE ANS avant Jouffroy et QUARANTE-QUATRE ANS avant Fulton, le Lorrain Gauthier enseignait positivement à substituer la vapeur aux moteurs des rames des navires. Son étude, présentée à la séance publique de 1753, est imprimée tout au long, avec figures, dans le tome II des Mémoires de l'Académie de Stanislas (Nancy, chez Pierre Antoine, 1755). Eh bien! grâce à la paresse des compilateurs, la chose demeure tellement ignorée, que l'on voit encore Anglais et Français se disputer naïvement cette invention, — laquelle n'appartient ni aux premiers ni aux seconds, mais A LA NA-TION LORRAINE, alors encore autonome (¹).

(48)

Ni les lambris ornés par La Faye et Bellange.

Sur ces deux peintres, qui avaient décoré la Galerie des Cerfs, voir le *Palais ducal* de M. Henri Le Page.

(49)

Ni les mouvants décors du magique opéra.

Une rue de la Ville-Vieille consacre encore le souvenir de cette superbe salle d'Opéra, dont les machines surtout pas-

---

(¹) Ici finissait la mention des divers emplois auxquels fut affec-tée la Salle des Cerfs, après qu'eut cessé son rôle politique et sou-verain.

On nous fait observer, — et la remarque est juste (*Mém.* de M. J. Renauld dans le *Journ. d'Archéol. lorr.* de février 1873), — qu'il n'y aurait pas eu lieu, à la rigueur, de s'arrêter là. — Quand ses murailles, dépouillées jusque de ses rayons à placer des livres, furent arrivées au délabrement absolu, la Galerie des Cerfs, avant

saient alors pour sans rivales. Aussi l'appelait-on quelquefois *salle des machines.*

« Le *Temple d'Astrée* fut joué à Nancy le 9 novembre 1709, devant la Duchesse de Lorraine, dans la *salle des machines* du Palais royal. » — Voir *Études sur le théâtre en Lorraine* par H. Le Page (*Mém. de l'Acad.*, 1848). — Le nom de l'artiste auquel on en était redevable a été un peu francisé; car on l'appelle LE BIBIANE, et il se nommait *Bibiéna.*

(50)

Ni cent valets jonquille, aux revers d'écarlate.

La livrée de Léopold était jaune et rouge.

(51)

Ni les riches tapis, etc.

Entre les richesses du Palais ducal, les tapis et tapisseries étaient une de celles que remarquaient le plus les étrangers. Jodocus Sincerus dit qu'on les lui a montrées en nombre IMMENSE (*immani numero*), et qu'elles étaient d'une magnificence PLUS QUE ROYALE (*magnificentiæ plus quam regiæ*). Voir, dans le *Bulletin d'Archéol. lorr.*, tome III, p. 269 à 286, le *Coup d'œil sur l'état de la Lorraine vers* 1600.

---

d'être réduite à l'état de simple grenier à fourrages, rendit encore d'utiles services au Savoir, employée qu'elle fut comme local d'enseignement anatomique par le zèle de quelques doctes citoyens. Et pendant des époques difficiles, c'est-à-dire jusqu'au mois de frimaire an XI, c'est là que les leçons d'anatomie continuèrent à se donner. — Aussi la noble Salle avait offert quelque refuge à la Science, pour une partie des cours que faisaient alors, à titre volontaire, des professeurs, devenus libres, soit de l'ex-*Collège de Chirurgie*, soit de l'ex-*Faculté de Médecine*, de Nancy.

(52)

La table de vermeil et la table d'agate.

Sur ces deux meubles, — que l'on considérait en leur
temps comme des prodiges, — consulter aussi le *Bulletin
d'Archéologie* précité; savoir, au tome I, p. 114, le *Palais
ducal* de M. Le Page, et, au tome III, p. 272 et 279, l'extrait du *Manuel des Voyageurs,* de Jodocus Sincerus.

La table de vermeil n'était pas seulement remarquable par
la richesse de la matière, qui faisait d'elle une sorte de
lingot colossal, mais aussi, et surtout, par la beauté de ses
figures sculptées. Et quant à l'autre, qu'on nous décrit comme
étonnante par sa grandeur et sa largeur, elle paraît avoir été
d'un marbre admirable; marbre tellement rare que le public,
l'assimilant à une sorte de pierre précieuse (*l'achates*), n'avait
pas craint de l'appeler *agate.*

(53)

Dans cette *Grand'maison* par son cœur élargie.

La GRAND'MAISON. Le peuple avait nommé ainsi *l'antiquum
palatium* de Ferry III, situé, comme on sait, vers la rue de
la Monnaie. Cette désignation fut ensuite transportée à la
demeure souveraine que se fit bâtir Raoul sur l'emplacement
du Maréchalat actuel, à côté de la chapelle Saint-Georges
(Petite Carrière), et qui, plus tard, reçut, de René II et
d'Antoine, des développements sur la rue principale de la
Ville-Vieille.

Il ne faut pas croire que le terme *maison* ne s'appliquât
jadis qu'à des édifices petits ou médiocres : les habitudes de
la langue du moyen âge nous montrent le contraire. Ne
voyons-nous pas, en effet, que métaphoriquement le mot
maison ne s'entend que des lignées illustres? Être d'une *fa-*

mille noble, noble depuis même assez longtemps, ne sauve-
rait pas du reproche de bizarrerie les gens qui, pour cela, se
diraient d'une noble *maison*. On est de la *famille* de Valde-
more, de Florian, de Scudéry, mais on est de la *maison* de
Lorraine, de Savoie, de Bourbon, de Bragance, de Montmo-
rency, de Rohan, de Beauvau, de Lignéville, de Médina-
Céli, de La Rochefoucauld.

(54)

Et servis en vaisselle d'or.

La célèbre vaisselle d'or des ducs de Lorraine, pour le
moins égale à celle de Louis XIV, constituait un des principaux articles de leur magnificence royale (ou, comme dit
Jodocus, *plus que royale*).

(55)

Deux oiseaux fatidiques.

Allusion à une particularité bien étrange, souvent relatée,
et que Lionnois ne croit pas fabuleuse ; c'est à savoir, l'apparition, qui aurait eu lieu en 1729, d'un aigle et de son aiglon,
lesquels, après s'être montrés quelque temps au-dessus de la
Carrière, s'allèrent fixer, dit-on, sur le faîte aigu du toit de
la Salle des Cerfs. Le peuple, qui les observait avec surprise,
les vit enfin déployer leurs ailes, et, par un vol inaccoutumé, tourner trois fois autour du palais. Alors l'aigle tomba
mort ; l'aiglon, resté seul, prit son essor vers l'Est, et dis-
parut. — Or, le duc Léopold mourut un mois après ; et son
fils, parti pour l'Allemagne, fut le dernier de sa race à Nancy ; ayant échangé le trône de Lorraine contre celui du
Saint-Empire.

Si la chose est vraie, on ne connaît rien, dans l'histoire,
de plus surprenant que ce *portentum* ; que ce fait extraordinaire, qui semble vivement symbolique.

Voir, entre autres, Lionnois (*Histoire de Nancy*, tome I, p. 53, 54).

(56)

Et qui, seule, à moitié formerait leur tenture.

Il s'agit de la fameuse Tapisserie qui formait la tente de Charles le Téméraire, et qui fut pour les Lorrains, en 1477, le trophée de la mémorable bataille de Nancy.

(57)

Et des rangs empourprés de la Magistrature, etc.

Au siècle dernier, lors de la démolition de l'ancien Hôtel-de-Ville de Nancy, la belle dépouille du Téméraire risquait d'être mal soignée ; car le vent ne soufflait pas à la conservation, et, comme nous l'avons dit quelque part, les *antiquités* s'appelaient alors des *vieilleries*. Pendant que l'on bâtissait un Hôtel-de-Ville nouveau, la Cour souveraine de Lorraine et Barrois prit sous sa garde la Tapisserie bourguignonne. Or, de nos jours, la Cour de Nancy — qui avait hérité, à ce sujet, d'une pieuse tutelle, et qui s'en était dignement acquittée, — vient, par délibération unanime, de restituer aux successeurs des échevins de l'ancienne capitale, pour leurs concitoyens, un trophée dont la place est désormais au Musée lorrain.

(58)

Il est votre Versaille, il est votre Cluny.

Deux âges de l'histoire de France ont leur expression pittoresque, l'un au Musée de l'hôtel de Cluny, l'autre à celui du palais de Versailles. Quant au musée du Palais ducal de Nancy, il est le noyau d'une série unique et complète ; il est

7

destiné à renfermer dans un seul lieu tous les monuments historiques du temps pendant lequel vécut la nationalité lorraine.

Bien entendu qu'il ne doit embrasser QUE CETTE DURÉE. Rien de ce qui est ou antérieur à Frédéric de Bar, comte de Chaumontois et premier duc de Lorraine mosellane (959), — ou postérieur à Stanislas, roi de Pologne, dernier duc de Lorraine (1766); — rien, disons-nous, s'il est en dehors de ces limites, n'appartient à la série dont nous parlons, et ne peut sans inconvénient y prendre place (voire même l'y conserver).

Étrangers à la LORRAINE (dans le noble et vrai sens du mot), et n'ayant eu, avec le pays où elle exista huit cents ans, que des rapports de *localité matérielle,* — les objets qui ne se lient d'aucune manière à sa vie propre (959-1766), n'ont que faire au Palais ducal, où ils sont un hors-d'œuvre. Mainte autre collection locale s'ouvrira pour les recevoir; mais au Palais ducal, c'est-à-dire dans un Musée historique spécial, qui a L'HONNEUR d'être le Musée d'une ancienne *nation* ('), de tels objets forment disparate; ils y sont une excroissance fâcheuse, un élément hétérogène, non-seulement superflu, mais nuisible. Aussi tout voyageur éclairé les re-

---

(') *Nation,* c'est le terme propre. La Normandie, la Bourgogne, etc., étaient de grandes *provinces :* la Lorraine était une petite *nation.* Non-seulement on ne peut douter du fait, mais LE MOT accompagnait l'idée; il était hautement et diplomatiquement employé. Nous en avons donné des preuves décisives, dont il nous serait aisé de quadrupler le nombre. — Au reste, ce serait inutile, car la chose n'est plus niée. Le Gouvernement, dans ses lettres officielles au sujet du Musée lorrain, l'appelle avec justesse « la collection des œuvres de pensée et d'art de l'ancienne *nation* lorraine ».

garde-t-il là comme en simple état de dépôt. Et puisse même ce dépôt provisoire ne pas durer longtemps! Les articles qui le constituent peuvent être employés à d'utiles échanges, lesquels enrichiront le Musée lorrain.

Depuis longtemps l'opinion réclame qu'il soit ouvert à Nancy un *Musée des Antiques*. Dût-il être peu considérable, il aurait du moins le grand avantage d'empêcher la confusion des idées. Il recevrait *toutes les antiquités locales non comprises dans la sphère du vitalisme lorrain;* c'est-à-dire des débris gaulois, grecs, romains, mérovingiens, etc., qu'on a pu (ou qu'on pourra) trouver dans le pays. — Quant aux choses postérieures (¹), leur place est au Musée de la Ville, puisqu'ils n'appartiennent plus à des hommes ni à des temps qu'ombragea un drapeau propre, le drapeau national des Alérions et des Barbeaux.

(59)

Des membres séparés qui rejoindront le corps.

On comprend qu'il s'agit de la partie du Palais ducal qui continue la Galerie des Cerfs. La Gendarmerie, qui se trouve placée là à l'étroit, et qui gêne en même temps qu'elle est gênée, mérite qu'on lui crée ailleurs (à la Citadelle, par exemple) un casernement plus commode. — Cette combinaison, du reste, n'a rien qui étonne Paris; l'idée en a même été émise par un directeur général des Beaux-Arts.

(60)

Vers le *rond-point* funèbre aura des corridors.

La marche naturelle est d'aller, sans interruption, de la Salle des Cerfs à la tribune des Cordeliers, où serait prati-

---

(¹) Souvenirs du maréchal Oudinot, du général Drouot, etc.

qué un escalier qui permît aux visiteurs de descendre à couvert pour aller à la Chapelle-Ronde.

Cette communication de l'église des Cordeliers avec le premier étage du Palais ducal ne serait pas nouvelle. Elle existait jadis au moyen d'une arcade (¹).

(61)

Où parfois Stanislas se montrait un moment.

De même que les rois de France habitaient Versailles et ne se montraient à Paris que par exception, ainsi Stanislas faisait sa demeure au château des ducs de Lorraine, à Lunéville, et ne venait à son palais de Nancy que dans des circonstances assez rares ; — quand, par exemple, il voulait assister à une séance de son Académie.

(62)

Fut encor le *Gouvernement*.

C'est le nom que prit, au départ de la Souveraineté, la partie de la demeure princière qui fut affectée aux Gouverneurs ; il n'a jamais totalement cessé de le porter. Le peuple continuait de le lui donner pendant le temps même où l'on y avait installé soit un simple généralat divisionnaire (1791-1817), soit même une simple préfecture.

(63)

Envoyaient y siéger de puissants gouverneurs.

On y envoya le duc de Fleury d'abord, puis le maréchal de Choiseul-Stainville.

(¹) Hélas! cette combinaison large et juste n'a pas été suffisamment saisie. L'idée s'est arrêtée dans sa marche; elle s'est ralentie et rétrécie. — L'incendie de 1871, surtout, est venu prêter renfort aux conceptions exiguës (1873).

(64)

Ce séjour des héros et des « *larges donneurs* ».

A l'abbaye de Beaupré, dans l'épitaphe du duc Raoul, c'est-à-dire du créateur même du palais sur l'emplacement duquel l'architecte Héré construisit plus tard l'édifice nommé Gouvernement (aujourd'hui le Maréchalat), on lisait :

> Sage, courtois, rempli d'honneur,
> Sans envie et *large donneur*.

Du reste, cette qualité formait le trait le plus saillant des princes de Lorraine (*hilares datores*), et, comme disait gaîment le bon duc Henri, *le péché originel* de leur maison.

On sait, par exemple, que Léopold, s'étant fait faire une opération par le chirurgien La Peyronie, la lui paya *cinquante mille francs* (au moins 125,000 d'aujourd'hui), sans compter le don d'un superbe diamant. Le même souverain, allant passer quelques semaines en France pour une affaire, avait été logé au Palais-Royal, chez son beau-frère le Régent : en partant, il laissa pour les gens de livrée... devinez combien... *Cent mille livres*, c'est-à-dire l'équivalent de 250,000 francs d'à présent. — Or, quand la reine d'Angleterre est venue dernièrement à Paris, elle a laissé, pour les gens de service de l'Empereur, *mille livres sterling* (vingt-cinq mille francs), et l'on a trouvé que cela suffisait très-bien. Ainsi, un duc de Lorraine exerçait autrefois ses munificences non pas comme un roi, mais sur une échelle *décuple* des munificences des rois.

De telles choses, nous le répétons, sont inconcevables, et pourtant parfaitement vraies. Elles expliquent mille étranges impressions d'alors; elles font comprendre, notamment, le mot fameux de Mme de Retz : « Ces princes de Lorraine... près de qui tous les autres princes *paraissent peuple* ».

(65)

Puisqu'il est pavillon d'un général d'armée.

Pavillon (du latin *papilio*) est proprement le petit drapeau d'honneur qui, faisant flotter au vent les couleurs d'une nation, annonce la présence soit de son monarque en personne, soit des hauts délégués qui le représentent, commandants en chef ou ambassadeurs. On le hissait jadis sur un château féodal habité par son seigneur; on le hisse sur les Tuileries ou sur Compiègne, quand l'Empereur s'y trouve. A Pétersbourg ou Constantinople, on l'arbore sur le palais de France; à l'armée, sur la tente du général commandant; en mer, sur le vaisseau que monte l'amiral de la flotte. Dire donc que le palais de Nancy est *pavillon* d'un général d'armée, c'est dire très-exactement, quoique dans la langue des vers, qu'il est *grand quartier général*. Et tel est, en effet, son privilège honorifique comme centre permanent du commandement en chef de l'armée du Nord-Est.

(66)

Puisque l'Empire, ici, des lauriers de Crimée
A placé les deux moissonneurs.

Lorsque le maréchal Canrobert partit pour la guerre d'Italie, ce fut un autre Crim: en, le maréchal Pélissier, qui vint à Nancy lui succéder.

(67)

Porte les écussons de quatre royautés.

Aragon, Hongrie, Sicile et Jérusalem. Consulter *Vraies Armoiries de Nancy* (mémoire inséré dans le *Bulletin d'Archéol. lorr.*, tome VI, p. 65 à 95).

(68)

A quatorze départements.

Tel avait été, pour un moment, le ressort promis au maréchalat de Nancy. Et dans les départements qu'il embrasse,
se trouvent comprises les trois grandes forteresses de notre
frontière la plus exposée : Metz, Strasbourg et Besançon ([1]).

(69)

Instrument d'autres besoins.

Outre la Société d'Archéologie lorraine, il va sans dire que
Nancy est le centre de beaucoup d'associations intellectuelles,
dont ici l'on ne désigne aucune : Société de Médecine, Société
d'Agriculture, Société hippique, Société des Amis des arts,
Société régionale d'Acclimatation, Conférence littéraire, etc.
Nous n'avons pas même indiqué dans nos vers l'Académie
de Stanislas, qui pourtant couronne toutes les autres.

(70)

Échappe aux langueurs de mort.

Entre les écrivains qui ont aperçu et signalé ce fait, on
peut citer surtout G. de la Tour, qui, dès l'année 1851, a
nommé Nancy comme la ville de France où l'on pouvait,
avec chance de réussite, tenter en grand les premiers essais
d'une décentralisation sérieuse.

(71)

Des vœux de quarante villes.

Le rétablissement de l'École de Droit de Nancy (de cette

([1]) Depuis l'époque où ceci fut écrit, quel changement (1873) !

École que, par l'article XIV du traité de Vienne, de 1736, la France s'est interdit le pouvoir de détruire), a été réclamé en 1850, dans l'intérêt de toute la contrée du Nord-Est, par les pétitions de quarante-deux villes. — Récépissé général en a été donné par le Ministère de l'Instruction publique, le 23 août 1851 (¹).

(72)

Quand des Lettres le Mécène,

Le Mécène officiel : le Ministre de l'Instruction publique. (C'était alors M. Fortoul.)

(73)

De la terre de Minerve
Il donna le nid d'aiglons.

Au moment où fut reconstitué le Rectorat universitaire des pays lorrains, Nancy parut mériter une Faculté des Lettres PLUS QU'ORDINAIRE. Celle qu'on lui envoya, aussi homogène que remarquable, se composait tout entière d'anciens élèves de l'École d'Athènes.

(¹) L'École de Droit, ainsi réclamée, a été restituée aux Lorrains par un décret du 9 janvier 1864, duquel on ne pourra jamais trop signaler les remarquables *considérants*. C'était la première fois, en effet, que sous forme officielle, un des gouvernements de la France, depuis 1789, consentait à reconnaître les mérites d'un sage Provincialisme, et à rendre justice aux promoteurs d'une Décentralisation intelligente et modérée. Le rapport qui précède ce notable décret reconnaît avec éloge les caractères exceptionnels de Nancy, et le double genre de récompense auquel lui donnent droit ses deux titres d'honneur : soit comme ville studieuse et polie, non courbée sous le joug de la matière; soit comme ville désintéressée, sachant, au profit de la pensée, faire des sacrifices d'argent.

(74)
Reviendra tout éclairer.

Le futur rétablissement de son École de Droit n'est pas, en fait d'enseignement supérieur, la seule espérance que doive nourrir Nancy. Tôt ou tard la force des choses y reconstituera une école des Beaux-Arts. Sa célèbre maison de Sourds-Muets, reconnue par l'Institut la troisième de France, ne peut manquer de devenir École *impériale,* puisque les deux premières (Paris et Bordeaux) portent déjà ce titre. Autre chose : les études asiatiques ne resteront pas toujours chez nous dans l'état d'oubli qui met à cet égard notre patrie en arrière de toute l'Europe ; il faudra bien se déterminer à créer quelque part des chaires d'arabe et de sanscrit ; — eh bien ! où donc en placer D'ABORD, sinon dans la ville initiatrice d'où sont partis les premiers efforts, et qui a proféré les trois mots, généralement acceptés maintenant, dont se compose la formule du besoin nouveau : *l'Orientalisme rendu classique.*

(75)
De Claude le grand Lorrain.

Après l'auteur des statues du sépulcre de Saint-Mihiel (le *divin* Ligier Richier, comme parlent les Italiens), l'École lorraine n'a pas produit d'artistes plus universellement admirés que le graveur Jacques Callot et le paysagiste Claude Gelée, dont chacun demande que les effigies en marbre viennent se placer bientôt à l'entrée de la Galerie des Cerfs.

Quant à leurs ouvrages, l'orneront-ils un jour en grand nombre ? — On peut espérer d'y voir, à la fin, l'œuvre complet de Callot. Pour ce qui est de Claude, on n'en possède à Nancy que l'échantillon donné par Alphonse de Saint-

Beaussant; mais l'avenir offre bien des chances, car les villes ont heureusement la vie longue.

(76)

Des faits d'entre Meuse et Rhin.

En leur qualité de *marchis,* — c'est-à-dire de chefs des *marches* du Saint-Empire, — les descendants de Gérard d'Alsace étaient censés restés juges de toutes les querelles d'honneur qui s'élevaient *entre Meuse et Rhin.*

Il y avait là le vestige d'une ancienne réalité. Car, au fond, qu'était-ce que la Lorraine? — La prolongation, — légitime, quoique amoindrie, — du royaume de Lotharingie ou de Loherrègne, et même de celui d'Austrasie. Or, l'Austrasie, abstraction faite de ses possessions extérieures (qui s'étendaient bizarrement quelquefois jusqu'en Provence ou en Poitou), avait pour territoire véritable le triangle que renferment le Rhin et la Meuse. Malgré donc le peu de fixité de l'acception du mot, — ce qu'avaient été les Austrasiens, les Lorrains le furent à peu près; en gros, ils demeurèrent, dans l'histoire, les « hommes *d'entre Meuse et Rhin* » ([1]).

([1]) Et seulement, leur centre d'action fut toujours ou vers la Haute-Moselle, ou vers les confluents de la Moselle avec la Meurthe ou le Madon. Car, au fond, toujours Mosellans et jamais Rhénans, les *Lorrains* proprement dits étaient de souche *gauloise,* sans aucune portion de sang germanique.

VERS INSCRITS SUR UN VOLUME ARTIFICIEL

Pour une loterie de charité, qui allait se tirer,
— c'était en 1839, — un relieur avait associé, de
manière à en former un volume de luxe, deux brochures encore assez récentes alors.

L'une, historique : c'était la première édition du
Nancy ; 1837.

L'autre, religieuse : — l'édition primitive du *Foi
et Lumières.*

Or, l'auteur, ayant été prié d'ajouter, de sa main,
au volume une page *d'en-tête*, y écrivit les lignes
suivantes, — vers par où semblait s'expliquer la liaison des deux pensées qu'on avait mariées ainsi sous
la même couverture.

VERS INSCRITS

SUR UN VOLUME MIS EN LOTERIE

(1889)

I.

O toi, qui fus de la Lorraine
La force, l'honneur et l'amour.
Et dont l'enceinte souveraine,
Des paladins noble séjour,
Jadis ouvrit sa douce arène
Aux combats où la lance est reine (1),
Aux assauts d'esprit d'une cour ;
— Nancy, dont j'ai tracé l'image,
Nancy qu'on avait méconnu,
Vois tes enfants te rendre hommage !
Le jour de justice est venu.
— Dignes d'un âge qui s'éclaire,
A ta majesté séculaire
Ils ont voué des cœurs brûlants ;
Et leur essaim, qui t'environne,

Avec ses vertus, ses talents,
Va tresser la riche couronne
Que réclamaient tes cheveux blancs.

Pourtant, sous la mélancolie,
Ton œil, ce semble, est éclipsé.
Ah! le joug pèse, il t'humilie ;
Parfois, vers un éclat passé,
Ton rêve lointain se replie....
— Mais quoi! le Ciel a prononcé.

II.

Amis, aux vieilles capitales,
Permettons de pleurer longtemps
Leurs vicissitudes fatales
Et du sort les coups insultants.
A l'*homme* sied l'oubli modeste ;
Aux *nations* le juste orgueil.
C'est un beau titre qui leur reste
Que l'amertume de leur deuil.
Oui, — que cent ans, mille ans encore,
Leur souvenir religieux
Regrette et leur nom glorieux
Et leur libre et sublime aurore!
Laissons-leur ce culte pieux :
S'il les afflige, il les honore.

III.

Mais pour les antiques cités
Qui penchent leurs fronts attristés,
N'est-il point de tâche nouvelle?
Point d'avenir, — qui se révèle
Par la voix des nécessités?

IV.

— Il en est. — L'active Industrie
Réclame des soutiens nombreux...
Mainte cité, chez qui des Preux
Survivait la fierté chérie,
— Déposant (effort douloureux!)
Sa couronne, encor non flétrie,
— Doit à la commune patrie
Prêter ses travaux généreux (2).

Il en est un surtout pour celle
Dont l'esprit, lorsque tout chancelle,
Lorsque le monde est ébranlé
Rallume en soi l'humble étincelle
Du feu dont les Saints ont brûlé.
Il en est pour l'auguste ville
Qui, *résignée* et non *servile,*

—Éprise d'un monde meilleur,—
Ses peines, les rend volontaires,
Et de ses labeurs tributaires
Sait offrir l'hommage au Seigneur.

V.

Nancy, telle est ta destinée.
—Courage, ô reine détrônée!
Un lot choisi reste le tien.
Veuve de tes grandeurs premières,
Deviens un centre de *lumières*,
Un foyer de zèle chrétien.
Oui, réalisant les présages
Que déjà l'on forme sur toi,
Séjour d'apôtres et de sages,
Au vrai *savoir* unis *la foi* (3).
— Tes Ducs ont fui de la mémoire;
L'oubli sur eux s'est répandu...
Emprunte à Dieu quelque autre gloire :
Son nom, qui porte la victoire,
Partout encor règne entendu.
—Le rang que t'accordait l'Histoire
Peut, à ce prix, t'être rendu.
Sache *aimer, espérer* et *croire;*
Bientôt tu n'auras rien perdu.

NOTES.

(1)
Aux combats où la lance est reine.

Le bel espace rectangulaire qui s'étend depuis le flanc de l'ancien Palais ducal jusqu'à l'Arc-de-Triomphe, — emplacement qui servait de lice aux jeux chevaleresques, — a gardé, par le nom qu'il porte, le souvenir de son antique et noble destination, puisqu'il s'appelle encore « la Carrière ».

La Carrière, tout simplement; et non point, ainsi que parlent les ignorants, la *place Carrière,* la *place des Carrières,* la *rue de Carrière,* etc., etc.; bizarres dénominations qui présentent chacune une idée fausse quelconque (¹).

En disant *la Carrière,* on dit la Lice ou l'Hippodrome; or c'est précisément ce qu'il faut.

(2)
Prêter ses travaux généreux.

Il n'est pas sans intérêt de constater que ce conseil, donné à l'ancienne *ville couronnée,* de tourner son zèle vers un genre de soins jusqu'alors peu conforme à ses habitudes, remonte

---

(¹) A la rigueur on admettrait *place de la Carrière,* c'est-à-dire place où fut jadis la Carrière des tournois; de même qu'on a dit à Paris *place du Carrousel,* place où exista le Carrousel. Mais l'usage avait consacré, avec raison, l'abréviation par laquelle un Parisien disait : « Je demeure *sur le Carrousel* »; ainsi en a-t-il toujours été pour le Nancéyen qui demeurait « *sur la Carrière* ».

à 1839. Observez aussi que ce plaidoyer en faveur de l'Industrie était fait, non pas au nom des chances de gain, mais, bien au contraire, au nom du dévouement, au nom des sentiments généreux, au nom du devoir, lequel change de nature avec le temps. Du reste, qu'une tendance toujours noble et désintéressée caractérise les actes de la ville de Nancy, ç'a été reconnu par les dépositaires du pouvoir. Le fait est proclamé en termes formels dans les considérants du décret du 9 janvier 1864, qui a restitué aux Lorrains la possession de leur Faculté de Droit.

(3)

Au vrai savoir unis la foi.

Ceci faisait allusion à la fondation qui venait d'avoir lieu, de la Société *Foi et Lumières :* institution dont l'existence, quoique passagère, n'a pas été sans fruit, puisqu'au moins, pendant le temps de sa durée, elle a rendu visible le double vœu des contrées où elle avait pris naissance ; contrées qui, d'une part, désiraient voir s'opérer l'avènement de doctrines élevées, mais qui, de l'autre, souhaitaient ne voir s'en établir le règne que par l'apostolat de la Science.

Sur le morceau intitulé :

VERS A UNE COUTURIÈRE NANCÉYENNE (¹)

Ce que fut dans les salons la jeune FILLE AUX DOIGTS DE FÉE qu'on appelle à présent *la Mère Clara ;* sous quels aspects se montra longtemps la belle fondatrice du remarquable atelier féminin connu à Nancy sous le nom de *Maison du Cœur de Marie ;* — nous n'avons point à l'apprendre à nos lecteurs. — Ou ils en sont aussi informés que nous ; ou, si des renseignements leur manquent, ils peuvent se faire, de la chose, une idée approximative suffisante, en consultant deux des petites monographies qui, sous la qualification de *Notes,* accompagnent notre *Nancy* (édition de 1847). —Y voir, dans la seconde partie du volume, la *note 41* (pages 267 à 279) et la *note 44* (pages 282 à 286).

(¹) Mademoiselle (ou plutôt *Madame*) Clara de Gondrecourt (*). — Les Gondrecourt étaient à Nancy une famille locale. Ils avaient fourni jadis à la *Cour souveraine* des duchés royaux de Lorraine et Barrois, un premier président, et avaient été faits *comtes* du Saint-Empire.

(*) *Madame*, en qualité de chanoinesse.

Pourquoi donnons-nous place ici aux derniers *vers
de société* qui furent adressés à Madame Clara? —
Parce qu'ils rappellent l'une des scènes de mœurs qui
pouvaient quelquefois se dérouler encore sur le
théâtre nancéyen.

Celle-ci (la transformation graduée d'une charmante femme du monde en une pieuse maîtresse de
couture, de broderie, d'imagerie, etc.) — avait causé,
dans le temps, des mouvements de surprise et d'admiration très-vifs, chez un touriste parisien, déjà
notable, qui s'est conquis depuis lors une renommée
d'écrivain.

Il avait été d'autant plus frappé d'un ensemble de
faits encore à demi nouveaux pour lui, que le voyage
qui l'en rendit témoin avait justement lieu à leur
époque la plus intéressante : pendant les phases
principales de cette douce métamorphose, — accomplie avec un si parfait naturel, par nuances si bien
ménagées, et de manière à écarter tellement tout ce
qui aurait pu ressembler à de l'*effet* (1).

---

(1) Voir dans la seconde édition du *Nancy* (1847) un passage relatif à ceci. — Y lire les pages 73 et 74.

VERS

A UNE COUTURIÈRE NANCÉYENNE

(JANVIER 1843)

Si des salons où vole
Maint hommage flatteur
La royauté frivole
Eût séduit votre cœur,
Des tributs qu'à la femme
Paye un monde ébloui,
Plus que vous, noble Dame,
Nulle autre n'eût joui.

Mais, chétif et précaire
Devant l'éclat divin,
Tout cet éclat vulgaire
Vous l'avez trouvé vain;
Votre âme, qui s'exile
Par un attrait meilleur,
S'est choisi pour asyle
Un nid près du Seigneur.

Loin de la foule errante,
Loin des sentiers battus,
Fleurit plus odorante
La rose des vertus.
Un Dieu bon vous dérobe,
En son amour jaloux...
Et qu'offrait notre globe
Qui fût digne de vous!

De votre paix profonde
Sachant parfois sortir,
Vous vous prêtez au monde,
Mais pour le convertir,
Son bonheur éphémère
Séduirait-il vos yeux?
Chrétienne, vierge et mère,
Vous touchez presque aux cieux.

A qui porte l'empreinte
Du sceau d'humilité,
Madame, on peut sans crainte
Montrer la vérité.
Près de vous la louange
N'obtient qu'un faible accueil.
Non, vous n'êtes pas l'Ange
Qui s'élève d'orgueil.

Votre reconnaissance
A Dieu sait renvoyer
L'honneur de la puissance
Qu'il vous daigne octroyer.
Si vous marchez fidèle,
C'est grâce à son appui.
S'il vous pose en modèle,
La gloire en est à lui.

Généreuse ouvrière
De ses vastes desseins ;
Forte par la prière,
A l'exemple des saints ;
Aidez, — vous dont la lampe
A de l'huile et du feu, —
Ceux dont l'âme, qui rampe,
Voit tant, et *fait* si peu !

VITTONVILLE

Situé en face des célèbres vignobles de Pagny-sur-Moselle, de manière à voir se dessiner sur le ciel les ruines de la vieille et fameuse forteresse de Prény, dont l'énorme donjon, nommé le *mande-guerre,* achève à peine de s'écrouler (1), — Vittonville est l'un des villages de cette admirable *véga* (2) mosellane dont les délicieux *mésouages* mussipontains étaient le centre (3), et qui formaient autour de Mousson une sorte de paradis terrestre.

(1) Le cri de guerre des ducs de Lorraine (au temps des Croisades, par exemple) était même : *Prény, Prény.*

(2) Une *véga.* Ce mot, emprunté aux Espagnols, commence à n'être plus inconnu des lecteurs un peu lettrés. Il désigne une vallée riche, cultivée, féconde; une sorte de vaste jardin naturel. On dit « la véga de Grenade, etc. »

(3) Sur Pont-à-Mousson et ses *mésouages,* voir le livre intitulé *Nancy.* Grand in-8°, 1847, pages 174 à 179.

Pendant deux journées passées là, en 1835, chez
la comtesse Marie de Fréhaut, récemment veuve, —
l'auteur écrivit quelques vers en rapport avec les
temps et les lieux. On en supprime toute la seconde
moitié, comme trop particulière à ses hôtesses; mais
on en laisse subsister le début, qui en était la partie
descriptive. Elle semble réclamer place ici, comme
renfermant des touches paysagères relatives à l'un
des sites lorrains les plus remarquables (1).

---

(1) Sur le caractère propre des paysages lorrains, voir le
même ouvrage, pages 172-173, et aussi 180 à 185.

VITTONVILLE ^(*)

(3 ET 4 JUIN 1835)

I.

Noble toit, séjour champêtre
Où l'amitié m'introduit,
Séjour en deuil de ton maître (1),
Je m'assieds à la fenêtre
Où ses jours coulaient sans bruit.

C'est ici que la tendresse,
Que l'esprit, que les vertus,
L'entourant de leur caresse,
Par une innocente ivresse
Charmaient ses sens abattus.

C'est ici qu'au chant sonore
De mille oiseaux bocagers,
Il vivait heureux encore,
Et saluait dès l'aurore
La cîme de ses vergers.

(*) C'est dans ce village, sur la route de Pont-à-Mousson à Metz, qu'était située la maison de campagne où demeurait Madame la comtesse Marie de Fréhaut.

C'est ici que ferme et sage,
Dans son arrière-saison,
Il lisait un doux présage
Aux bornes du paysage
Où rit plus beau l'horizon;

Comme, par delà la vie
Et ses rêves enchantés,
Un sort plus digne d'envie
Découvre à l'âme ravie
D'ineffables voluptés.

II.

Il est vrai, rien ne contente
Un cœur altéré des cieux;
Mais, durant les jours d'attente,
Qu'établir ici sa tente
Semblerait délicieux !

Dans la demeure orpheline
Où servit un nom si pur;
Au penchant de la colline
D'où le regard, qui s'incline,
Suit un long ruban d'azur;

Sur ces bords où tout seconde
Les élans du feu sacré ;
Sol béni, terre féconde,
Où la grappe rubiconde
Succède à l'épi doré.

Fiers de votre riche sève,
De vos âpres monuments ;
Pays du soc et du glaive,
Un double honneur vous relève,
Lieux célèbres, lieux charmants.

Des Lorrains nobles frontières,
Restes d'un éclat terni,
L'œil embrasse, avec Vandières,
De Mousson les tours altières
Et les vieux murs de Prény.

Des arbres de cette route,
Où maint char vole entraîné,
Quelque tronc a vu sans doute
Fuir la Bourgogne en déroute
Devant le fer de Réné (2) ;

Et de ces prés, où foisonne
Tant de luxe végétal,
La verte rive emprisonne
Les flots que chantait Ausone,
La Moselle au pur cristal.

Ah ! les souvenirs antiques
Vont partout se détruisant;
Mais tant de beautés rustiques
Ont des cordes poétiques
Sur la lyre du présent.

Vallons qu'un doux ciel éclaire,
Vos hameaux aux toits pressés,
Vos grands bois, votre onde claire,
N'ont pas besoin pour nous plaire,
Du reflet des temps passés.

Sur nos preux, si fiers de croire,
L'oubli jette un voile épais.
S'il faut perdre leur mémoire,
Beaux lieux où régnait la gloire,
Conservez du moins la paix.

III.

Toi surtout, riant domaine
Couronné de pampres verts,
Que de l'inconstance humaine
Pour toi le hasard n'amène
Ni désastres ni revers.

Que longtemps l'œil se repose
Sur tes treilles de jasmin;
Sur tes doux buissons de rose;

Sur tes arbustes qu'arrose
Une belle et chaste main (3).

Oh ! loin des bruits de la ville,
Où se heurtent vingt drapeaux,
Que la discorde civile
Des bosquets de Vittonville
Ne trouble point le repos !

De l'honneur parfaits modèles,
Oh ! sous leurs ombrages frais,
Que des âmes trop fidèles
Cherchent enfin autour d'elles
Quelque baume à leurs regrets ;

Et, cédant à l'évidence
Du cours des faits d'ici-bas,
Abjurant l'outrecuidance
Qui veut à la Providence
Livrer d'impuissants combats ;

Laissent couler le grand fleuve,
Supportent l'iniquité,
Et, plaignant qui s'en abreuve,
Sachent, dans nos jours d'épreuve,
Trouver la félicité ! (4)

. . . .

NOTES

(1)

Séjour en deuil de ton maître.

Le général vicomte Marie de Fréhaut était mort l'année précédente.

(2)

Devant le fer de Réné.

Comme c'est sur le Luxembourg que les troupes bourguignonnes voulaient opérer leur retraite après la bataille de Nancy, ce fut par la route de Pont-à-Mousson qu'elles se retirèrent, non sans éprouver de nouveaux échecs dans leur marche, notamment au pont de Bouxières. Une longévité de trois siècles et demi (1477-1835) n'est pas telle, que l'imagination ne puisse la prêter fort bien à quelque vieux arbre; car on cite de nombreux exemples d'une durée plus considérable, sinon pour la tige, au moins pour la souche, de grands végétaux ligneux.

(3)

Une belle et chaste main.

Les soins de ce jardin faisaient seuls diversion aux vives préoccupations politiques de Mademoiselle de Fréhaut.

(4)

Trouver la félicité.

Nous arrêtons ici notre copie, car le reste du morceau n'était plus autre chose qu'une chaleureuse exhortation au calme et à l'indulgence; une prière faite à de belles âmes de laisser à Dieu le jugement des cœurs.

RÉPLIQUE IMAGINAIRE

Il ne faudrait pas, dans cette harangue fictive, ne voir qu'un simple jeu d'esprit; car elle avait son genre d'utilité.

Candidat admis à occuper l'un des fauteuils des Stanislaïtes, un brillant professeur de rhétorique, M. Duchesne, allait prononcer son discours de réception. A ce discours spirituel, — écrit par lui non pas en prose, comme c'est l'usage, mais dans la langue des vers, — il avait donné pour sujet l'éloge de M. de Caumont, l'ancien Recteur, — homme doué, comme on sait, des aptitudes les plus diverses, et qui, jadis, ayant quitté tout à coup l'atmosphère des causeries, des couplets, des jeux d'esprit, pour celle des sciences les plus ardues, y avait tellement réussi que, devenu d'abord remarquable dans l'art de former des mathématiciens, il avait conquis ensuite à Nancy le poste universitaire culminant : le Rectorat.

Or, comme M. Duchesne, en tant que fonctionnaire enseignant, avait dû être porté à présenter son héros sous des aspects *graves*, — restés en effet les derniers connus, — la personne qu'il faisait apparaître était surtout l'*amplissimus rector*. On n'y entrevoyait qu'à peine la figure du sémillant poète de

9

salons, de l'aimable type « d'homme du monde » qui s'appela jadis Henri de Caumont.

C'est pour remplir cette lacune, — naturelle dans l'œuvre du peintre, lequel n'avait pas été témoin de la jeunesse de son modèle, — que l'un des vétérans de l'Académie imagina l'innocente plaisanterie qu'on va lire.

Feignant de se croire encore en possession de la présidence, quoique le fauteuil en fût alors rempli par un autre membre, — et certes par un de ceux que l'on ne saurait aisément oublier (1), — il composa, comme par méprise, la réponse au récipiendaire; réponse conçue (c'était tout simple) dans la même langue dont M. Duchesne s'était servi (2).

A l'aide du rôle de convention assumé, il devint possible au *président imaginaire,* d'achever, par des touches juvéniles, le portrait un peu incomplet.

---

(1) Alexandre de Metz-Noblat. — Philosophe, historien, économiste ; avec cela, amateur éclairé de tous les beaux-arts ; en outre, homme d'une politesse charmante ; esprit fin, cœur chaud et sincère. Nous nous permettons d'ajouter... ami sûr.

(2) L'idée était si naturelle que le vrai président lui-même se sentit porté à y obéir. Sa réponse académique (réelle) se termine par une prétendue *citation,* laquelle n'est qu'une péroraison *sienne ;* sienne, bien que versifiée. — On peut la lire dans les *Mém. de l'Acad. de Stanislas,* nouvelle série. (Tome I, p. 87 à 89 de la pagination en chiffres romains.)

—o•o**o**o•o—

RÉPLIQUE IMAGINAIRE

ADRESSÉE PAR L'UN DES VÉTÉRANS DE L'ACADÉMIE

A M. DUCHESNE

APRÈS COMMUNICATION FAITE EN SÉANCE PARTICULIÈRE, A LA SOCIÉTÉ
DU DISCOURS EN VERS, DESTINÉ PAR CE RÉCIPIENDAIRE A ÊTRE PRONONCÉ
DANS LA SÉANCE PUBLIQUE DU 31 MAI 1860 (1)

Felix cui fulsit festiva et amabilis ætas,
Urbanique salis qui memor esse potest
***

I.

Vous, Monsieur, qu'appelaient l'étude et la nature
Au doux professorat de la littérature (2),
Et qui, riche des biens de cet humble trésor,
Aux écoliers placés sous votre verge d'or
Prodiguez vos leçons (je dirais vos SERVICES);
Vous qui, pour lui sauver l'ignoble appât des vices,
Prêtant à la jeunesse un attrayant soutien,
Par les routes du Beau la conduisez au Bien;
Il est tout naturel qu'en prenant ici place,
De vos prédécesseurs vous y cherchiez la trace.

Car notre ami défunt (3) ne fut pas seulement
Académicien ; — non : — cet homme charmant,
D'autre manière aussi propageant la pensée,
Occupa, comme vous, la chaire d'un lycée.
A ce titre, on le sent, la gloire de Caumont
Vous touche... C'est permis. Notre écho vous répond.

II.

Fils aimable, en effet, du siècle heureux des grâces,
Caumont, chez qui notre œil en observait les traces,
Forme un vrai type. — Il montre, à partir du berceau,
Des êtres distingués l'inimitable sceau.
Voyez : sur son enfance un doux soleil rayonne ;
Noble et vif, il n'a lieu de jalouser personne ;
Sous Bailly, sous Barnave, élevé dans Paris,
Des restes du « grand monde » il obtient les souris ;
Puis, lorsque, sans regrets, changeant de capitale,
Ici, nouveau Lorrain, de l'*École centrale*
Il s'élance, — à son cœur les cœurs volent offerts ;
Partout devant ses pas les salons sont ouverts ;
Partout il y rencontre, en briguant leur suffrage,
La main qui l'applaudit et l'œil qui l'encourage.

III.

Se rappelle-t-on bien les jours du Consulat ?
Les jours du jeune Empire, alors dans son éclat ?

Où la France rêvait conquêtes sur conquêtes !
Où l'odeur de la poudre avait tourné les têtes !
Où l'on mêlait aux sons du fifre et du tambour
Des accents de folie et d'ivresse et d'amour !
— Caumont prit large part à ces chaudes années.
Nos guerriers de Tilsitt courant aux Pyrènées,
Son couplet les chanta. C'est encor lui, plus tard,
Qui servit d'interprète au cœur de maint vieillard,
Lorsque passa, timide et blonde souveraine,
Un pâle rejeton du vieux tronc de Lorraine (4).

IV.

Plein d'un feu sémillant, — de nos jours disparu, —
Ainsi l'heureux Henri (5) resta longtemps couru.
Il inspirait les jeux, il dominait les fêtes.

A la fin, ces retours qui parlent en prophètes
L'avertirent. — Déjà s'approchait la Raison.
Les fruits, après les fleurs, réclament leur saison.
Avec de petits vers on séduit ; mais, en somme,
Il fallait au piquant et joli gentilhomme
Autre chose à Nancy que le sort d'un *cadet*.

Dès lors, tout papillon, tout rimeur qu'il était,
Il se fit... ALGÉBRISTE.

Il en avait l'étoffe.

Certes, galant poète, aimable philosophe,
Conteur, gai chansonnier, penseur indépendant,
C'était, sous maints aspects, un Horace ; — et pourtant,
D'aucune Lalagé le gracieux fantôme
Ne lui souffla dégoût des chiffres du binôme ;
Aucun roucoulement des oiseaux de Vénus
Ne lui fit embrouiller tangente ou cosinus.
Loin de là ; — jamais main ne sut, prenant la craie,
Armer l'x et l'y *grec* d'une force plus vraie.

Qu'ayant l'esprit gaulois, il fût lucide et net,
Passe ; — mais cependant, toujours on s'étonnait
Qu'une bouche... aux doux vers, ce semble, destinée,
Parlât si bien d'abscisse et de coordonnée.

Quoi qu'il en soit, Henri, professeur excellent,
A son nouveau métier mettant tout son talent,
S'y distingua. Sa verve et ses méthodes brèves
Avaient en haute école envoyé tant d'élèves (6),
Qu'il monta, soutenu par le vœu général,
De degrés en degrés au fauteuil rectoral.

VI.

Caumont, en mûrissant, ne prit point mine austère ;
Mais, comme il faisait BIEN tout ce qu'il voulait faire,
Des belles de son temps ce brillant favori,
Sitôt qu'il se fixa, fut un parfait mari.
On ne le vit jamais, par un retour volage,
S'enivrer, après coup, des erreurs du bel âge,
Ou (beaucoup moins encor) montrer l'ignoble ennui
De ces époux-garçons, trop communs aujourd'hui,
— Petits sages d'abord, — moralistes précoces, —
Qui, CONVERTIS AU MAL, six ans après leurs noces,
— Sáns excuses d'esprit, d'âge ou de sentiment, —
Prennent le vice à froid, comme *un abonnement.*
— Lui, par les doux sentiers que la sagesse indique,
Loyal, il atteignit le bonheur domestique.
Sa compagne y marchait... et lui tendait la main.

VII.

Un berceau manquait seul à leur couche d'hymen.
A la fin, ramenant la gaîté fugitive,
Un jour sous leurs lambris une fille adoptive
Entra... Choix raisonnable autant que généreux,
Qui déjoua le Sort — et qui fit trois heureux.

Puis, quand l'heure sonna qu'à l'enfant douce et
Il fallut un époux, — la fille d'un tel père   [chère
Avait droit d'exiger honneur, savoir, esprit.
Ces dons, votre héros, Monsieur, les découvrit...
Comment? — Chut!... La louange est une fleur su-
                                              [prème
Due aux morts : — les vivants, c'est assez QU'ON LES
Seulement, il n'a pas disparu tout entier,   [AIME.
Et jusque dans nos rangs il laisse un héritier (7).

                        VIII.

N'en a-t-il laissé *qu'un?*
                        Pour ranimer sa cendre,
Faut-il absolument, faut-il... être... son gendre?

Je ne sais; mais aux vers que je viens d'écouter,
Il me semble, Monsieur, qu'on en pourrait douter.
— Tout à l'heure, en effet, lorsque d'après nature
Vous dessiniez si bien cette aimable figure,
DE PLUS D'UNE FAÇON vous la ressuscitiez.
N'entrevoyait-on pas l'une de ses moitiés?
Son côté délicat, élégant, littéraire?

Hélas! pour crier *oui*, le docte et vieux confrère
Que votre habile esquisse eût rendu certe heureux,
N'est plus là : c'en est fait de Justin Lamoureux (8);

Mais d'autres survivants, qui jugeaient en silence,
Ont senti de Caumont poindre la ressemblance.
— C'est que, disciple ami, vous n'avez pas en vain
Cultivé jusqu'au bout son commerce si fin.
Il vous en est resté... de quoi peindre un tel maître.
Bravo ! — Tant mieux pour ceux qui ne l'ont pu
                                        [connaître.
Tant mieux pour nous aussi ; car, du moins une fois,
Nous aurons, grâce à vous, cru retrouver sa voix.

NOTES

(1)

La séance publique du 30 mai 1860.

Dans cette allocution fictive, le membre qui parle à
M. Duchesne est supposé jouer le rôle de président.

(2)

Vous, Monsieur, qu'appelaient, etc., etc.

Cette sorte de langage, cette prosopopée, fait comprendre
qu'on est censé s'adresser à un récipiendaire, qui succéde-
rait à d'autres, dans une séance collective.

(3)

Car notre ami défunt ne fut pas seulement, etc.

M. H. de Caumont, autrefois professeur au Lycée de
Nancy, plus tard Recteur universitaire des départements
dont cette ville est le centre.

(4)

Un pâle rejeton du vieux tronc de Lorraine.

Il avait fourni l'inscription de l'arc de triomphe dressé
près de Bon-Secours pour l'arrivée de Marie-Louise (25 mars
1810). Par sa voix, les habitants de Nancy, saluant la « fille
de Léopold », lui promettaient de se montrer à la fois

« Français pour la défendre, et Lorrains pour l'aimer. »

(5)

Ainsi l'heureux Henri resta longtemps couru.

Henri de Caumont demeura connu, bien des années, sous ce prénom, que l'amabilité du porteur avait popularisé.

(6)

Avaient en haute école envoyé tant d'élèves.

Il passait pour un des *fournisseurs* ou *recruteurs* principaux de l'École polytechnique.

(7)

Et jusque dans nos rangs il laisse un héritier.

M. Alfred Mézières, Stanislaïte, alors professeur à la Faculté des Lettres de Nancy, — aujourd'hui à celle de Paris.

(8)

N'est plus là : c'en est fait de Justin Lamoureux.

Judicieux magistrat, — philologue et biographe distingué, — M. Justin Lamoureux, qui venait de mourir (25 décembre 1859), était le dernier « vrai contemporain » de M. de Caumont dans l'Académie de Stanislas, où même il l'avait précédé. Son admission remontait à 1805, tandis que celle de Henri de Caumont n'y datait que de 1807.

CANTATE POUR LA FÊTE DROUOT

I.

L'érection d'une statue au général Drouot, dans sa ville natale et moins de dix ans après sa mort, ne pouvait passer inaperçue. Inutile donc de rappeler les diverses manifestations ou cérémonies dont se composa cette belle et noble fête.

Le chant, paisiblement *tyrtéen*, que nous reproduisons ici, est un de ceux qu'elle inspira.

Hymne patriotique où l'on s'astreignait à l'observance de certaines formes imitées de l'antique (1), cette cantate avait en outre à tenir compte d'une seconde gêne, — imposée, disait-on, à ses auteurs; — c'est à savoir, de la nécessité de faire entrer pério-

---

(1) Voir, à la suite de la Cantate, la note 1.

diquement dans son texte deux mots frappants :
« Lorraine ! Lorraine ! » formellement demandés pour
refrain.

II.

Dans le héros de la statue, — dans le Nancéyen
brave et bon dont chacun, quoiqu'à des degrés divers, voulait avec sincérité glorifier la mémoire, —
il y avait, évidemment, deux hommes différents,
quoique réunis en un seul être ; deux hommes que
la masse du public, trop peu instruite, ne réussit pas
à distinguer assez :

Il y a d'abord le militaire parfaitement droit,
probe, pur, — qui sut se conserver tel à une époque
où trop peu de Français savaient en faire autant. —
Il y a d'abord, disons-nous, le guerrier à courage
calme, à mœurs réglées, à formes simples et douces,
chez qui rien ne démentait les conditions natives
d'un véritable *enfant de Nancy* (1).

Il y a ensuite l'homme spécialisé : celui qui, vers
la fin de la première phase impériale, conduit par le
hasard des événements à se trouver en rapports per-

---

(1) Homme antique, Messieurs, sous un récent costume,
    Et du vieux tronc lorrain vrai rejeton posthume.
            (*Cent Ans de l'Académie;* ci-avant, page 15.)

sonnels fréquents avec le César auquel était dévolu le commandement général des armées françaises, — prit aux vicissitudes de la fortune décroissante de l'Empereur un intérêt chevaleresque; et cela, jusqu'à finir par le suivre dans l'île toscane où s'en allait trôner le géant déchu (1).

Non point que notre Lorrain eût trempé jadis dans les actes illégaux du 18 brumaire, mais parce que sa générosité le portait à oublier (en noble courtisan des grandeurs renversées) que la colossale victime de nos désastres en avait, plus que personne, été l'auteur.

III.

Or, chez Drouot, par suite des agissements de groupes politiques zélés, dont il était loin d'aiguillonner l'ardeur, — et grâce aux procédés de certaines trompettes, dont les fanfares, un peu vives, ne le faisaient que sourire, lui, le moins charlatan des

---

(1) Nul ne prévoyait, lors de ce départ, que le monarque renversé à qui étaient laissés tous les honneurs de la souveraineté, d'une souveraineté sans orages (*otium cum dignitate*), irait les remettre en enjeu. Qu'il préférerait à la perspective de la majestueuse vieillesse d'un *philosophe couronné* à qui toute l'Europe aurait apporté des hommages, la folle témérité d'un Encelade incorrigible, s'en allant se faire foudroyer de nouveau.

mortels;—chez Drouot, dis-je, c'est le second des deux personnages, non le premier, que l'habitude mélodramatique a souvent mis en scène.

Mais il faudrait mal connaître Nancy, ville d'une modération si permanente, ville douée d'un sens si droit,—pour ne pas voir lequel des deux elle a tenu surtout à honorer. Là,—comme les esprits judicieux se sont constamment montrés en nombre,—si le *Sage de l'Armée* a toujours été jugé remarquable, c'était à des titres graves et solides, et non point au titre futile de certaine couleur politique; d'autant que l'accentuation particulière de cette couleur n'était résultée, pour lui, que de circonstances originairement fortuites.

IV.

En la personne de Drouot, les Nancéyens (soit ses voisins de rue ou de quartier, soit ses confrères d'Académie) tenaient principalement à fêter les vertus sérieuses de leur concitoyen : vertus modestes, vertus civiques; vertus d'un soldat loyal, dévoué avant tout à sa patrie. Car, personnellement exempt des préjugés et des passions de quelques-uns de ses adulateurs, Drouot ne regardait sa mémoire comme indissolublement unie à celle de l'Aigle, que parce

que jadis il avait considéré Napoléon comme l'expression vivante des gloires de la France, résumées alors
dans ce chef (1).

---

(1) Non-seulement le général Drouot s'exprimait toujours
avec convenance sur certains princes que chacun croit faire
à merveille d'insulter, mais on l'a entendu rendre formellement justice à plusieurs de leurs actes libéraux ; surtout à la
sincérité de leurs efforts, en maintes circonstances, pour
essayer de remettre sur pied, devant l'Europe, la Nation
française, alors épuisée. Et il disait cela simplement, loyale-
ment, dans des termes dont la mâle franchise étonnerait de
nos jours bien des ignorants. — On est tellement l'esclave
des *légendes* (vieilles ou nouvelles)! On sait si peu l'*histoire*,
c'est-à-dire la vérité !

GRANDE CANTATE

OU DITHYRAMBE LYRIQUE (1)

POUR LA FÊTE D'INAUGURATION

DE LA STATUE DU GÉNÉRAL DROUOT

A NANCY, LE 17 JUIN 1855

———✧———

CHŒUR.

Noble Lorraine,
Autrefois souveraine,
En vain le temps entraîne
L'orgueil de ton passé :
Va ! garde en reine
Ta majesté sereine ;
Car ton astre, ô Lorraine,
Lorraine (2),
Ne s'est point éclipsé.

STROPHE.

Moselle et Meurthe et Meuse,
Et Vôge aux fiers sommets (3),
Dont la ligue fameuse
Renaîtra désormais (4);
Venez, famille heureuse,
En foule plus nombreuse
Que jamais! que jamais!
Et toi, qui par Drouot vois tes gloires accrues,
Ouvre plus largement, cité des rois, Nancy (5),
Aux foules accourues,
Ton cœur, tes bras, tes rues...!
C'est bien ta fête aussi.

CHŒUR.

Noble Lorraine,
Autrefois souveraine,
Etc.

ANTISTROPHE.

Sol magnanime
Qui prit l'honneur pour lot;
Berceau sublime
Des Claude et des Callot (6);
Riche contrée
Par les arts illustrée;

Terre sacrée,
Nid du bonheur !...
Chez toi, sous la livrée
De bravoure ou labeur,
Creusent leurs traces
De fortes races
Sans reproche et sans peur.

CHŒUR.

Noble Lorraine,
Autrefois souveraine,
Etc.

STROPHE.

Sœur de la France (7),
Jadis à sa souffrance
Tu portas délivrance
Dans les murs d'Orléans (8).
Plus tard, sous elle,
Ta part fut encor belle :
Toujours le sort t'appelle
A des combats géants.
Ah ! dans les jours fameux de nos luttes étranges,
Quand l'Europe en courroux et ses mille phalanges
Semblaient devoir briser nos efforts sous les leurs,
Forte guerrière,

Tu portes la première,
Notre bannière,
L'enseigne aux trois couleurs.
Trente victoires
Vont redorant tes gloires
Des rayons les plus chauds ;
Et comme un rêve
Lorsqu'un pavois s'élève,
C'est sur le glaive
De tes huit maréchaux (9).

CHŒUR.

Noble Lorraine,
Autrefois souveraine,
Etc.

ANTISTROPHE.

Tandis que sous leurs yeux, le fer au fer se heurte,
Un doux guerrier, humble enfant de la Meurthe,
Est dans les rangs français ;
Comme eux, d'un vieux sang pur apportant l'héritage,
Il triomphe, il partage
Les lauriers du succès.
Mais quoi ! l'homme est-il fait pour vivre de fumée,
Et dans la renommée

Voir « TOUT CE QU'IL LUI FAUT ? »
Le *Sage de l'Armée*
Levait les yeux plus haut.
Aussi, quand succomba l'Hercule de l'Empire,
Drouot prit en partage, — avec ou sans espoir, —
Les chemins d'un exil... où son regard crut lire
Le conseil du devoir.
Il ressemblait alors, sous ses formes timides,
Près de Napolèon,
Au sphinx inébranlé, gardien des palais vides,
Qui, depuis trois mille ans, au pied des Pyramides,
Sourit, vierge et lion.

CHŒUR.

Noble Lorraine,
Autrefois souveraine,
Etc.

ÉPODE.

Drouot mort, les tributs d'un respect légitime
Bientôt lui sont donnés,
Et l'on voit, en dépit de son silence intime,
Tous ses droits à l'estime
Connus et couronnés.
Les vrais héros sont rares ;
Sonnez, fanfares !

Bronzes, tonnez !
Et toi, qui, simple et calme,
Reçois la palme
Des honneurs décernés,
Souris, modeste sage,
Aux murs de ton jeune âge,
A nos fronts prosternés.

CHŒUR.

Noble Lorraine,
Autrefois souveraine,
En vain le temps entraîne
L'orgueil de ton passé ;
Va ! garde en reine
Ta majesté sereine ;
Car ton astre, ô Lorraine,
Lorraine,
Ne s'est point éclipsé.

NOTES.

(1)

Ou dithyrambe lyrique.

Il a semblé que cette vieille forme, usitée dans les chœurs des grandes solennités théâtrales des Anciens (*strophe, anti-strophe, épode, chœur*), était un souvenir bien placé dans la fête populaire consacrée à un homme pour ainsi dire antique, qui rappelle les héros de Plutarque.

(2)

Lorraine, Lorraine !

Le refrain « *Lorraine, Lorraine* », avait été demandé.

(3)

Et Vôge aux fiers sommets.

La Vôge, pour le pays des Vôges, est une locution jadis très-usitée, qui demeure l'un des termes du langage historique.

(4)

Renaîtra désormais.

Le lien d'un même rectorat venait de rattacher officiellement, par les nœuds de la science et de la littérature, ces quatre départements frères.

(5)

Ouvre plus largement, cité des rois, Nancy.

« Cité des rois. » Les souverains qui avaient Nancy pour capitale, étaient, comme on sait, rois honoraires ; portant dans leurs armes les quatre écussons *royaux* d'Aragon, de Hongrie, de Sicile et de Jérusalem. Plus tard, le dernier duc de Lorraine, quoique né d'une autre maison, portait aussi le titre de roi (roi de Pologne).

(6)

Des Claude et des Callot.

Claude le Lorrain, l'immortel paysagiste; Jacques Callot, le plus illustre de tous les graveurs, aussi connu par son patriotisme lorrain que par son talent d'une vigueur et d'une originalité sans égales.

(7)

Sœur de la France.

Par sympathie fraternelle, la Lorraine, au moyen âge, s'en allait combattre pour la France, dont elle n'était alors ni la sujette, ni même la vassale. Faisant pour les Français ce que font, en 1855, les Sardo-Piémontais à l'armée d'Orient, les Lorrains s'en allaient, sous leur propre bannière, soutenir en alliés volontaires la cause française, sur les champs de bataille de Cassel, de Crécy et de Poitiers.

(8)

Dans les murs d'Orléans.

Par le moyen de Jeanne d'Arc, l'héroïque vierge dont la Meuse et les Vôges se disputent le berceau.

(9)

De tes huit maréchaux.

Huit Lorrains, généraux de la première République ou du premier Empire, sont devenus maréchaux : Ney, Victor, Oudinot, Saint-Cyr, Molitor, Gérard, Lobau, Excelmans.

CANTATE POUR LA FÊTE ÉQUESTRE D'ÉPINAL

Cette cantate, — qu'à raison des lois d'analogie nous plaçons immédiatement après celle de 1855, quoique neuf années l'en séparassent, — fut composée pour une magnifique fête équestre célébrée à Épinal en 1864, à l'occasion de la grande Exposition dont le chef-lieu des Vôges (1) était le théâtre.

---

(1) Nous écrivons toujours *Vôges* le nom de ce département. Pour y laisser un *s* (comme si l'on mettait encore *un asne*, au lieu d'*un âne*), il existe d'autant moins de raison que l'antique existence de cet *s* (conservé, prétend-on, à titre étymologique) n'est nullement certaine. On a dit au moyen-âge VOSAG-*us mons*, nous en convenons; mais, primitivement, les auteurs classiques avaient dit *mons* VOGES-*us*, qui vaut bien autant, et qui n'introduit pas d'*s* dans la syllabe VOG.

Nous disons *fête équestre,* au lieu de *caval-cade historique,* parce que cette dernière locution, bien qu'elle soit le terme propre, donne une idée très-insuffisante de ce que furent les véritables faits.

Ordinairement, en effet, si belle que puisse être une cavalcade dite *historique,* le manque de sérieux s'y décèle bientôt par quelque bout. Au fond, elle sent toujours, plus ou moins, la scène de *cirque,* pour ne pas dire de foire.

Dans le cas dont nous parlons, au contraire, l'ordre parfait du cortège, l'irréprochable manière d'être des figurants, l'entière fraîcheur des costumes (dessinés exprès pour la circonstance), l'absence du *sans-gêne* qui vient d'ordinaire se mêler à ces sortes de choses, — tout donnait à la fête un étonnant degré de décorum. On assistait à une noble *représentation* des évènements de 1466, — ou à mieux encore.

L'imitation du passé avait été poussée si loin que la porte hersée d'Épinal et sa tour de beffroi, démolies depuis plusieurs années, avaient été RECONSTRUITES pour la cérémonie. — Refaites en bois (non pas en pierre), cela se comprend; mais rebâties à merveille.

Et comme la chevauchée ducale partit à la minute précise, — tellement que les *ombres portées,* peintes par les artistes, concordaient absolument avec l'effet

naturel de la position solaire prévue, —rien ne tra-
hissait l'artifice ; l'œil pouvait en être dupe (1).

. Au moment où, sur le signal tiré par les faucon-
neaux, les cloches d'Épinal se mirent en branle (2)
et où les drapeaux de *Lorraine* et de *Bar* furent
hissés au sommet de ce donjon factice, — arrivait à
la porte, sur son destrier, le prince Nicolas, en man-
teau de drap d'or (3). — Un frémissement s'empara
des milliers de spectateurs. Par un étrange effet de
commotion électrique, le cri de : Vive Monseigneur !
sitôt poussé par un des *échevins* en costume, fut

---

(1) On assure qu'un voyageur, qui se trouvait là par hasard,
partit sans être détrompé. N'y étant resté que dix minutes,
il emporta l'idée que la tour du donjon d'Épinal, à titre sans
doute de monument archéologique, avait été vraiment rebâtie, rebâtie en permanence.

(2) Dirigée qu'elle était par un chef intelligent (M. Mau-
d'heux père), la Mairie d'Épinal n'avait pas eu peur d'en
donner l'autorisation. — Faire sonner, sonner à grande volée,
les cloches d'une ville, pour l'entrée d'un prince *imaginaire,*
voilà ce qui n'est pas concevable, mais qui eut lieu et que
ratifia l'opinion publique unanime. Il y a de ces folies grandioses qu'une fois à travers les siècles il faut savoir risquer.
Tout dépend de la justesse et de l'à-propos.

(3) Au lieu de clinquant et de brocart, on avait eu l'heureuse et noble idée de ne représenter l'*étoffe d'or* que par
la soie jaune, sans teinture. Ces beaux reflets d'*or naturel*
produits par le jeu des rayons d'un soleil éclatant, substi-
tuaient à ce qu'aurait été la *prose* des oripeaux une triom-
phale *poésie.*

répété de la foule entière. — C'est que l'illusion avait gagné tout le monde ; le fictif était oublié ; on s'était mis à *rêver éveillé*. Rajeunie de quatre cents ans, la ville assistait tout de bon à l'entrée du souverain choisi par elle (1).

----

(1) Les Spinaliens avaient eu la bonne fortune d'amener à prendre la direction de leur fête un jeune magistrat dont on ne connaissait encore ni les travaux comme publiciste, ni les mérites comme philologue, mais dont les connaissances en histoire avaient déjà quelque notoriété, — et qui laissa percer en cette circonstance, outre les talents d'un organisateur, le savoir d'un lotharingiste.

CANTATE

POUR LA

FÊTE ÉQUESTRE D'ÉPINAL

DU 21 MAI 1864

FÊTE QUI REPRÉSENTAIT CELLE DU 14 JUILLET 1466
C'EST-A-DIRE LA RÉCEPTION DU PRINCE NICOLAS D'ANJOU-LORRAINE
SOUS LA TOUR DU ROUDIOU, ET SON ENTRÉE SOLENNELLE DANS LES MURS D'ÉPINAL
LORSQUE LES HABITANTS DE CETTE VILLE, CHOISISSANT POUR SOUVERAIN
LE DUC JEAN SON PÈRE, SE FURENT FAITS SPONTANÉMENT CITOYENS LORRAINS

RÉCITATIF.

Vous avez repoussé la rapine et l'outrage ;
Vous avez mis en fuite, ô vaillants citoyens,
L'Ennemi dont l'orgueil nous croyait déjà *siens*.
Épinal a conquis, pour prix de son courage,
Indépendance, honneur, ces deux premiers des biens.

CHŒUR.

Qu'ailleurs la foule en souffrance,
Réduite à bout d'espérance,

Ait plié sous l'Étranger ;
De notre cité guerrière,
Thiébault (1) a vu la bannière
Vaincre menace et danger.

SOLO.

Paix à chacun ! — Libre au riche Burgonde
De s'ébaudir sur sa terre féconde,
D'y célébrer ses antiques exploits.
Mais libre à nous aussi, cherchant des nœuds intimes,
De préférer, en nos vœux légitimes,
Et d'autres mœurs et d'autres lois.

CHŒUR.

Hôtes des bords de la Saône,
Tendez, glissez vers le Rhône :
Nos penchants sont bien divers.
A nous Jeanne la Pucelle ;
Car Meuse et Meurthe et Moselle
Vont se perdre ensemble aux mers.

SOLO.

Épinal, pour toi plus d'ombrage !
Le duc choisi par ton suffrage,
C'est un maître que tu connais.
C'est Jean, c'est l'ami de la France,
L'heureux défenseur de Florence,
Le vainqueur des Aragonnais.

CHŒUR.

Du duc Jean le fils arrive.
Vive Anjou! Qu'il vive, vive!
Ouvre-toi, tour du rempart!
Entrez, flottez avec joie,
Fiers drapeaux où se déploie
L'écu de *Lorraine et Bar.*

SOLO.

Le doux Nancy, noble cité royale,
Que nous prenons pour capitale,
Verra dans les Vôgiens ses plus fermes soldats;
Et, dût sa coupe, un jour, contenir maints déboires,
Nous voulons embrasser ses gloires,
Ses épreuves et ses combats.

CHŒUR.

Oui, nous suivrons ses conquêtes,
Au bruit des arts et des fêtes
Ou du glaive et du canon.
Pour jamais,—martyre ou reine,—
Nous t'épousons, ô Lorraine;
Car Lorraine est un grand nom.

RÉCITATIF.

Qui sait si des Gaulois la race, mieux unie,
Ne formera pas corps dans les siècles lointains (2)?

11

Eh bien, viennent ces temps (encor trop incertains),
Et l'on verra la Vôge, en son propre génie,
S'armant pour sauver *Gaule* et chasser *Germanie*,
De Nancy jusqu'au bout partager les destins.

CHŒUR.

Beaux jours qui pourrez éclore,
Épinal dans votre aurore
Prendra place avec fierté.
Pour Vôge et Lorraine et France,
Même instinct, même espérance :
Ordre, gloire et *liberté !*

NOTES

(1)

Thiébault a vu la bannière.

Thiébault de Neufchâtel, maréchal de Bourgogne.

(2)

Ne formera pas corps dans les siècles lointains ?

Ici, les Spinaliens de 1466 sont supposés prévoir, quoique vaguement, le travail d'union entre tous les peuples de souche gauloise; travail qui, commencé sous le roi Henri II en 1552, s'était achevé en 1766 à la mort de Stanislas, dernier porteur de la couronne de Lorraine et, par conséquent, dernier monarque spécial des *Celtes orientaux*.

RÉPONSE A M. LEUPOL

DU ROLE DE LA LORRAINE QUANT A L'ORIENTALISME

Dans la séance publique annuelle du 24 mai 1862, M. Leupol venait de prononcer, devant l'Académie de Stanislas, son discours de réception. Il y avait choisi pour thème l'influence avantageuse que pourrait avoir sur la littérature française la pratique vulgarisée des études sanscrites.

Le membre qui se trouvait occuper ce jour-là le fauteuil venait déjà d'avoir à répondre à deux autres récipiendaires (un mathématicien et un jurisconsulte). Naturellement, il l'avait fait en prose. — Obligé de prendre une troisième fois la parole, il la reprit en vers. Jamais cas ne semblait mieux réclamer pareille courtoisie que celui-là, où l'on se trouvait en face d'un récipiendaire exceptionnel, heureux favori tout ensemble des muses gangétiques et des muses gréco-latines.

Du reste, l'admission du premier *orientaliste* qu'eût reçu pour membre *en cette qualité* une académie *non spéciale,* fournissait ouverture à de vastes aperçus.

Elle donnait occasion de montrer de quelle gratitude le monde lettré sera redevable aux Lorrains de notre époque, pour avoir reçu d'eux, — soit en fait de Grammaires, soit en fait de Lexiques, — les moyens commodes dont on manquait pour organiser un enseignement *scolaire* de la belle langue des Brahmes, un véritable *classicisme* du sanscrit.

Ces instruments précieux, ces *outils* en quelque sorte indispensables, — c'est NANCY, et non point Paris, QUI EN A DOTÉ LA FRANCE. — Or, dans leur création, M. Leupol aura figuré pour une énorme part. Son labeur, doux et patient, aura été de ceux qui laissent des traces.

ACTION EXERCÉE

PAR LA LORRAINE

AU PROFIT DE L'ORIENTALISME

RÉPONSE ACADÉMIQUE A M. LEUPOL (*)

(1862)

I.

Vous qui d'un jour nouveau nous décrivez l'aurore,
Monsieur, — l'on se souvient du temps où, jeune encore,
Vers la Meurthe appelé par un espoir peu sûr,
Vous vîntes, dans l'ardeur du désir le plus pur,
Pour des récits lorrains dresser une tribune (1).
Là, — portant double part de la charge commune, —
Vous sûtes, quoique seul et resté sans appui,
Remplir et votre tâche et la tâche d'autrui (2).

(*) Cette réponse est ici imprimée sous sa forme intégrale
et primitive ; sans omission de quelques vers que l'on était
convenu de *sauter* pour la séance publique.

Mais à des tours de force il fallait mettre un terme :
Vous le vîtes, Monsieur; et bientôt, d'un œil ferme,
Vous cherchâtes le joug de travaux moins trompeurs.
— Or, cédant, à la longue, à vos humbles labeurs,
Le Sort a déposé sa rigueur ennemie;
Pour vous de Stanislas s'ouvre l'Académie.
Un renom d'honnête homme y précédait vos pas...

Justice, QUELQUEFOIS, se fait dès ici-bas.

II.

Quel fortuné hasard vous a mis dans la voie
Où le zèle savant qui chez vous se déploie,
Avec tant d'à-propos a su choisir son but ?

III.

Heureux qui dans la vie, à l'âge du début,
Voit de près... *au moins un* de ces hommes d'élite
Dont le commerce éclaire et dont l'exemple excite !
Ah ! bons et paternels, s'ils ont daigné parfois
Nous donner les conseils d'une éloquente voix,
Soyons-en, non pas fiers, mais touchés... De tels
                                        [hommes,
Vingt ans après leur mort, nous font ce que nous
                                        [sommes.

IV.

Ce lot, que le Destin garde à ses favoris,
Il fut votre partage. — Autrefois, dans Paris,
Vous aviez pu saisir, ainsi qu'un chant du cygne,
Monsieur, quelques leçons de Casimir Lavigne (3).
Eh bien, quoique entouré d'honorables succès,
Il vit,. — lui, le dernier des Classiques français, —
Que l'entier *statu quo* n'était plus défendable ;
Qu'à travers la révolte, un besoin véritable
Parlait, — et qu'au milieu de mille absurdités,
Surgissaient des avis... par la Raison dictés. —
Au vœu des temps nouveaux il fallait condescendre ;
Casimir le sentit. — Mais des chemins à prendre,
Lequel choisir ?

        Sans doute, à défaut du savoir,
Un INSTINCT vif et sûr le lui fit entrevoir..,
Puisque son *Paria,* première tentative,
De l'INDE à notre nef osa montrer la rive.

V.

L'Inde..! l'Inde..! A des yeux lassés de leur prison,
Quel tableau !

        Disons tout. — D'un si riche horizon,

D'un théâtre si beau, le chantre de Messène
N'avait pas été seul à nous ouvrir la scène.

Avant qu'il ne parlât, une ville, — Nancy, —
En observant les faits, avait compris aussi
Que la tige de l'Art, languissante, énervée,
De sucs puissants et frais voulait être abreuvée.
Et voilà quarante ans qu'ici même, — en des lieux
Où vit de Stanislas le souvenir pieux, —
Des voix, pour vrai moyen de palingénésie,
Aux poëtes futurs montraient la vieille Asie (4).

VI.

Oui, Nancy prit la thèse, et par mille arguments
La soutint. — Selon lui, de forts enseignements
Devaient, tombant du haut de chaires écoutées,
Varier les leçons, désormais mieux goûtées,
En livrant au public, pour lui meubler l'esprit,
Les *joyaux* de l'arabe et l'*or pur* du sanscrit (5).

Bientôt à la doctrine on ajouta l'exemple.
Maint profane, amené jusqu'aux portes du temple,
Put apprendre à connaître... ou l'admirable auteur
Qui, nourri d'amour chaste et de vive pudeur,
Nous peint Damayantî, ferme, naïve et pure,
Préférant son époux à toute la nature (6);

Ou ce grand Valmiki, l'honneur des bords indous (7),
Géant de l'épopée, astre sublime et doux,
Qui semble réunir, tendre et puissant génie,
Les chantres de Nisus, d'Achille et d'Herminie (8).

Sur un sol si propice, où vous viviez caché,
Tout vous servait, Monsieur.
                    Quand le temps eut marché,
Vous vous fîtes, sans peur, vélite brahmanique.

Le Ciel plaçait ici, par un bonheur unique,
Pour guider, appuyer votre vol hasardeux,
L'héritier des Burnouf, maître digne encor d'eux (9).
Grâce à vos soins unis, un vœu pris pour chimère
S'exécute : — une simple et commode Grammaire
De tous côtés déjà s'introduit hardiment ;
Le Lexique bientôt suivra le Rudiment (10).
— Ainsi, ce qu'attendait presque sans espérance
L'écolier, — ce qu'en vain sollicitait la France, —
Deux hommes l'auront fait... Au public étonné,
A défaut de Paris, Nancy l'aura donné.

VIII.

Point de crainte..! Un réveil pour les bonnes études
Ne peut sur ses effets laisser d'incertitudes.
Quand l'eau d'un tel canal, aux vergers desséchés,
Aura porté ses flots, avec calme épanchés,

On verra maint rameau reverdir.., et la sève
Nous créer de ces fruits qu'un chaud soleil achève.
— Notre littérature, alors, montrant vigueur,
Offrira, pour charmer intelligence et cœur,
Non point ce romantisme, audace irréfléchie,
Œuvre de soubresauts, d'orgueil et d'anarchie ;
Mais le règne d'un ORDRE, à la fois large et neuf,
Espoir des bons esprits, noble *quatre-vingt-neuf.*

IX.

Ah ! si l'Inde, jamais, nous rend pareil service,
Il faudra qu'on ajoute un *comble* à l'édifice.

Oui, dût par ses bienfaits justifiant ses droits,
La Mère du savoir et la Fille des rois (11),
En seize jets vitaux, ressource *domestique,*
Avoir fait ruisseler la veine asiatique (12) :
— Il reste (ainsi le sent qui porte en haut les yeux)
A fonder un gymnase... au loin, — sous d'autres cieux.

Déjà bien des savants se demandent QUAND EST-CE
Qu'admise aux bords du Gange en pacifique hôtesse
La France y plantera son studieux drapeau.
— Sa tâche est de veiller près des sources du Beau ;
Son vrai rôle est d'avoir, — sentinelle avancée, —
Aux trois lieux où jadis les rois de la pensée

Ont sous forme *classique* énoncé leurs arrêts..,
Ses trois écoles : ROME, ATHÈNE et BÉNARÈS (13).

X.

Marchons ! — De l'avenir les pages se déroulent ;
De l'antique Orient les empires s'écroulent.
Tout périt, tout renaît ; — jamais ébranlements
Ne furent plus féconds en renouvellements.
— Avant qu'au monde éteint un autre ne succède,
Hâtons-nous.., et sauvons de l'oubli sans remède
Les traces d'un passé qui fut sublime et fier.

Restes majestueux, — si mal connus hier, —
Istakhar, Ellora, Babylone, Ayodie,
Ninive..! il est bien temps que l'on vous étudie,
Car c'en est fait ; voici qu'on vient vous effacer : —
Le PROGRÈS. — Vos splendeurs, il va les remplacer.

XI.

Les messages fuyants transmis par la colombe,
C'est un foudre muet, puissant comme la trombe,
Qui les porte ; — qui fait, pour des amis absents,
De Londre à Calcutta voler trois mots pressants. —
Le Soleil, par sa touche aussi prompte que vraie,
Depuis qu'il s'est fait peintre, étonne, charme, effraie.

La Science, en boisson change les flots amers ;
Le plongeur, abrité, travaille au fond des mers ;
La navette, l'aiguille, actives dans leur tâche,
A la modeste vierge accordent du relâche;
L'hélice fend les eaux ; le niveleur savant,
Ouvrier d'union, partout pousse en avant
Sa pointe.., et, pour le char de nouveaux Salmonées,
Perce de son foret Alpes et Pyrénées.   [humain?
— Entendez-vous, Messieurs, la voix du Genre
Il veut que par l'Égypte on lui creuse un chemin..;
—Et, comme un serviteur qui reconnaît son maître,
L'isthme des Pharaons s'apprête à disparaître.

XII.

Certes, sur l'univers, nous ignorons... comment
Agira dès l'abord un tel rapprochement ;
Quel effet va produire, en vingt et vingt royaumes,
La rencontre des lois, des mœurs, des idiômes.

Mais tout vers l'unité gravite... Le Hasard
Suit des règles, Messieurs, qu'on aperçoit plus tard.

Oh, dans nos propres mers, quand les peuples en
                                          [foule,
Débouchant par Suez comme un torrent qui roule,
Viendront chercher Paris et ses vives clartés ;
Quand chacun les verra, — de leur route écartés

Pour payer un hommage aussi grave que libre, —
Visiter en passant la majesté du Tibre,
Le renom d'une ville où s'est assis deux fois
Un pouvoir éminent, salué par les rois ;
—Où d'augustes vieillards, portraits du Divin Maître,
Dans leur sainte faiblesse, en paix tiendront peut-être,
Affranchis des douleurs d'un règne contesté,
L'empire INCORPOREL, — sceptre d'immensité ; —
Qui sait..? peut-être aussi, le choix d'UN SEUL LAN-
Semblera d'alliance être le dernier gage.   [GAGE

XIII.

Eh bien, si le discours, — miroir des actions, —
Doit, sur la fin des temps, unir les nations.. ;
— Alors, fasse le Ciel... que la voix qui leur plaise
SOIT LA NOTRE ! — et qu'un jour, notre langue fran-
                                                  [çaise,
—Enrichie, — assouplie, — et sachant toutefois
De Racine et Pascal garder les nobles lois ;—
Fine, claire, expressive, éloquente.., bénie..,
—Instrument du bon sens autant que du génie, —
Sur des rayons de fer emportée en tout lieu,
Soit la langue DE L'HOMME et la langue DE DIEU (14)!

NOTES

(1)

Pour des récits lorrains dresser une tribune.

La Lorraine, journal historique et littéraire (antiquités, chroniques, légendes, etc.), — par deux rédacteurs venus *ad hoc* de Paris. — Il en parut trois volumes : 1839 et 1840.

(2)

Remplir et votre tâche et la tâche d'autrui.

M. Leupol eut l'honorable bonheur de pouvoir remplir en leur entier les engagements, soit commerciaux, soit littéraires, que se trouvait avoir contractés une association dont il avait fait partie.

(3)

..... Quelques leçons de Casimir Lavigne.

Rédigé en 1794, à une époque où la particule *de* était ou supprimée, ou, plus souvent (et par tolérance), réunie au corps du mot, — l'acte de naissance de Casimir *Lavigne* (ou *de Lavigne*) dut nécessairement porter écrit « Casimir *Delavigne* ». Mais les fastes de la gloire s'accordent rarement avec les registres des plumitifs ; et l'on aurait beau vouloir faire écrire « Jean *Delafontaine* » pour « Jean *de Lafontaine* », ou bien exiger que devant les tribunaux, « Alphonse *de Lamartine* » s'orthographiât niaisement « Alphonse *Delamartine* » : tout cela n'empêcherait jamais le Bon sens public d'immorta-

liser sous forme simple « *Lafontaine* et *Lamartine* ». Il est
donc ridicule de vouloir nous forcer à dire « les OEuvres *de*
Delavigne ». Est-ce que l'oreille peut supporter deux fois de
suite la syllabe *de ?* — Que les idolâtres de l'ÉTAT CIVIL
prononcent *de-de* si cela leur plaît ; nous ne leur envierons
point leur « dada ».

D'ailleurs, pour l'auteur des *Messéniennes*, — dès ses glorieux débuts, et avant même que sa célébrité fût complète..,
le *de* avait déjà disparu, — et cela aussi bien sous la forme
séparée que sous la forme réunie. — Non-seulement quand
nous nous pressions à ses *Vêpres Siciliennes* (1819), mais dès
l'automne de 1815, quand nous répétions ses vers sur
Waterloo ou sur le Musée, le poète n'était appelé dans tout
Paris que « Casimir *Lavigne* ». Durant les cinq premières
années de sa popularité poétique, nous n'avons entendu
PERSONNE, absolument personne, lui donner un autre nom.

(4)

Aux poètes futurs montraient la vieille Asie.

Allusion au mémoire qui, composé à Nancy en décembre 1820, fut lu au sein de l'Académie de Stanislas dès le
8 mars 1821, sur le rôle que destinait aux langues de l'Orient
un prochain renouvellement des conditions du Classicisme
français.

(5)

Les *joyaux* de l'arabe et l'*or pur* du sanscrit.

Expression symbolique de la différence qui existe entre
les richesses d'une splendide nature sémitique, — brillante,
mais non exempte de clinquant, — avec celles d'une noble
littérature âryenne régulière, — soumise aux règles sinon
de *notre* goût, du moins *du* Goût.

(6)

Préférant son époux à toute la nature.

Damayantî, qui, par un choix empreint de la plus délicieuse modestie, avait accordé sa main au simple prince Nalas, quoique parmi les prétendants, concurrents de ce dernier, se trouvassent des Immortels; — Damayantî est, comme la vertueuse Sitâ, l'un des types de ces chastes héroïnes qu'avait conçues l'Inde antique, et que chantaient les poètes sanscrits dès une époque où d'autres littératures ne songeaient guère encore à se créer de pareilles idéalités.

L'épisode de Nalas (ou Nala) a été traduit, à Nancy, par M. Burnouf. — Il a fait partie, comme on sait, de la Bhâratide ([1]); de cet immense poème, épique ou plutôt cyclique, qui renferme d'innombrables choses dont plusieurs sont admirables. Or, cet ouvrage colossal est attribué à Vyâsa.

Vyâsa, qui semble une épithète (signifiant collecteur ou compilateur), n'est-il que la personnification d'un groupe d'anciens rhapsodes? ou en a-t-il été le chef réel..? Peu importe. Son nom restera toujours attaché à la gigantesque Bhâratide.

(7)

Ou ce grand Valmiki, l'honneur des bords indous.

Il n'en est pas de Valmiki comme de Vyâsa : son existence individuelle est infiniment plus certaine. Outre qu'il est beaucoup moins difficile d'avoir écrit vingt-cinq mille vers

---

([1]) En sanscrit, le *Mahâ-Bhârata*. — Un homme s'est trouvé (M. Hipp. Fauche) qui n'a pas reculé devant l'idée d'en faire passer dans la langue française les deux cent mille vers. Et peut-être, pourvu qu'il vive assez longtemps, parviendra-t-il à conduire à fin sa prodigieuse entreprise. — Il ne l'a pas pu, il est mort à la tâche.

que deux cent mille, la Râmaïde porte bien plus aussi le
cachet d'une puissante personnalité.—A part, en effet, certaines pages, qui ne sont pas à la hauteur du reste, et dans
lesquelles, d'après leur peu d'accord avec l'ensemble, il y a
tout lieu de voir des additions ou des intercalations, — cette
œuvre sublime montre, par sa marche régulière, l'imposante
loi d'*unité* qui caractérise les véritables ÉPOPÉES, et qui les
sépare d'avec les poèmes héroïques simplement *cycliques*.

On sait que Nancy, avant toutes les villes de l'Empire, —
avant Paris même, — a fourni à la France studieuse un
échantillon de la Râmaïde, triplement publié (en texte origi-
nal, en vers latins et en vers français), dans les conditions
dites *universitaires* ou *classiques* (¹).

(8)

Les chantres de Nisus, d'Achille et d'Herminie.

Ceci ne veut pas dire que Valmiki soit, à lui seul, l'équivalent de Virgile, d'Homère et du Tasse. Loin de nous des exa-
gérations pareilles..! d'autant que cet homme de génie n'a
même pas pu échapper au défaut général de la littérature in-
doue,— à la surabondance.— Il se livre à ces développements,
trop longs pour nous, qui fatiguent souvent le lecteur européen, bien qu'ils aient une *raison d'être* (car ils correspondent
là, sur le terrain de l'Art, à la prodigieuse luxuriance dont la
Nature fait preuve dans ses productions sur le sol de l'Inde).
— Ce que notre vers signifie, c'est que le grand épique
sanscrit réunit certaines beautés qui ne se retrouvent que
séparément chez l'un ou l'autre des poètes dont nous par-

(¹) *Yadjnadatta-Badha* (la mort de Yaznadate), morceau faisant
partie de l'ouvrage intitulé *Fleurs de l'Inde*; Nancy, 1857.

lons. Or ceci est très-vrai. Encore ne comptons-nous pas celles dont nul des trois ne présente exactement l'image.

(9)

L'héritier des Burnouf, maître digne encor d'eux.

M. Émile Burnouf, dont nous avons eu occasion de parler à propos de l'épisode de Nalas (ou Nala), — et l'un des deux auteurs de la trilogie sanscrite conçue et réalisée en Lorraine, — est neveu de l'helléniste de ce nom, et cousin (quoique fort *junior*) du grand sanscritiste Eugène Burnouf.

Professeur alors à la Faculté des Lettres de Nancy, il vient, comme on sait, d'être nommé directeur de l'École nationale que nous possédons sur le sol de la Grèce. Appelé ainsi dans l'Athènes véritable, dans la glorieuse Athènes hellénique, il a quitté pour elle une ancienne capitale bien modeste, mais demeurée intelligente et toujours créatrice; la ville encore polie, encore lettrée, que maints voyageurs bienveillants ont saluée du nom d'Athènes française.

(10)

Le Lexique bientôt suivra le Rudiment.

L'heureuse révolution commencée par la *Grammaire* sanscrite de MM. Burnouf et Leupol (1859 et 1861) va être corroborée par leur *Dictionnaire sanscrit français* (lequel fut effectivement imprimé en 1864-1865) et se trouve actuellement complétée par le *Selectæ* sanscrit (1866), où les morceaux indous sont accompagnés de leur analyse « *rudimentale* » (¹).

(¹) Depuis lors, la trilogie est devenue une tétralogie, par la publication d'un quatrième ouvrage scolaire, le *Jardin des Racines,* de M. Leupol. (Note ajoutée en 1873.)

(11)

La Mère du savoir et la Fille des rois.

On comprend que ceci désigne l'Université de France. Celle de Paris s'est longtemps qualifiée « fille du Roi ».

Du reste, pareil usage existait ailleurs. Ainsi l'Université de Lorraine recevait, des Souverains de son pays, le même titre (¹) et le prenait à leur égard (²).

(12)

En seize jets vitaux, ressource domestique.

Il s'agit des chaires demandées (de sanscrit d'abord, puis aussi d'arabe coranesque), dont nous avons parlé, et qui, placées dans les seize Facultés des Lettres, permettraient enfin à la France de trouver chez elle, au centre de chacune des seize *provinces* universitaires, c'est-à-dire des seize rectorats, les ressources qu'elle est réduite, hormis dans Paris, à s'en aller chercher à l'Étranger.

(13)

Ses trois écoles : Rome, Athène et BÉNARÈS.

L'unanime adhésion qui fut accordée à la pensée dont ce passage est l'expression, — les électriques applaudissements qu'il provoqua, — sont de nature à éveiller l'attention des dépositaires du pouvoir. — Parmi les nécessités avec lesquelles la France est tenue de compter, il y a l'ensemble

---

(¹) Ordonnances du duc Charles III des 20 et 28 juillet 1580, du 27 mars 1582, et du 23 décembre 1596 ; idem de Charles IV du 13 février 1629, etc. (Dans la collection Rogéville, article *Université*.)

(²) Requêtes du 9 novembre 1627, du 1ᵉʳ septembre 1630, etc. (*Ibidem.*) « L'Université, *fille* de Votre Altesse, etc. »

imposant de ses nobles fondations intellectuelles et morales; car c'est dans ce sens-là, surtout, que « gloire oblige ».

Et il ne faut pas croire que le beau, le majestueux, soit plus impraticable qu'autre chose. La GRANDEUR d'une conception peut très-bien n'en diminuer ni la JUSTESSE, ni quelquefois même la FACILITÉ.

Aux gardiens officiels supérieurs du grand rôle des Écoles françaises de Rome et d'Athènes, rien ne paraît s'imposer plus naturellement que la création de celle de Bénarès. On peut dire que l'Europe entière s'attend à leur voir tracer ce troisième côté du triangle.

(14)

Soit la langue de l'homme et la langue de Dieu.

Ces amples perspectives, qui s'enchaînent les unes aux autres, et dont trop peu de personnes aperçoivent encore la liaison, — il était à propos que la Poésie, armée de sa force propre, les déroulât hardiment en entier; les présentât, une bonne fois, dans leur majestueux ensemble.

Mais à quelle intention?

Ce que le pinceau de l'artiste a cherché là-dedans, serait-ce le futile honneur d'avoir exécuté (ou pour les badauds ou pour les connaisseurs même) une *toile* majeure, — plus ou moins large de composition? — plus ou moins ferme de dessin? — plus ou moins riche de couleurs?

Enfantillage! — « Si les choses que nous faisons », dit le Fabuliste latin, « ne renferment pas *d'utilité,* les avoir faites n'est qu'un sujet de vaine gloire (¹).»

(¹) *Nisi utile est quod facimus, stulta est gloria* (Phèdre).

L'*effet* à produire ici, n'était donc pas un effet oculaire, un effet de *Salon,* mais bien celui qui consiste à donner lieu de réfléchir. Peu importerait que le tableau eût parlé aux imaginations, s'il n'avait parlé plus encore à la raison; si les impressions produites n'étaient de nature à faire sentir aux gens combien il est temps enfin de *songer* aux graves questions qui surgissent.

En face de signes grandioses, dont le moindre début d'apparition suffirait, si nous étions sages, pour nous servir d'avertissement, chacun a quelque chose à faire. De tout ce qui s'annonce, — chacun, selon le genre de sa tâche sociale, est tenu de tirer des conclusions pratiques.

De nouveaux devoirs incombent, aux peuples comme aux individus.

Quant aux simples observateurs (qui, pour n'être chargés de rien gouverner, n'ont guère moins d'obligations que d'autres), la fonction de sentinelles leur commande d'élever la voix, afin de dissiper le sommeil de la France; de la France, si peu préparée maintenant, d'après la langueur et la faiblesse de ses Hautes Études, aux exigences qu'apporte le nouvel état du monde.

Devant ce futur univers, elle ne se met, jusqu'à présent, en mesure que sous les rapports industriels et commerciaux. Par le côté des agrandissements intellectuels (qui jamais aurait pu pressentir un pareil phénomène?), elle semble *dormir* encore. On dirait qu'elle n'aperçoit qu'à demi combien il faut que sa pensée et son savoir s'étendent.., afin de balancer, par les accroissements d'activité de l'esprit et de l'âme, les inévitables accroissements du règne de la matière.

Les Lorrains, du moins, — pour leur faible part, —l'au-

ront dit haut et souvent. — Leurs nombreuses pages sont
là (¹).

Et s'ils insistent encore, à présent même, pour en conseiller vivement la lecture, — ce n'est à coup sûr point qu'ils
aient le sot orgueil de se faire déclarer doués d'un coup
d'œil plus pénétrant que le coup d'œil d'autrui. C'est simplement parce que l'examen des Mémoires par eux fournis, n'a
point cessé d'être *nécessaire*. — Quiconque va vouloir *organiser*, aura besoin de ne point ignorer de telles données,
quel que soit le parti qu'on puisse se proposer d'en tirer, —
attendu qu'il y a là des renseignements qui ne se ren-
contrent nulle part ailleurs.

Quand la portion active de l'Europe donne à son Enseignement *supérieur*, et aux chaires qui le distribuent, tant de
développements en tout genre, — la France savante, érudite,
littéraire, peut-elle se résigner longtemps à une attitude
devenue relativement si humble ?

Sursùm corda ! — Sursùm mentes ! — Sursùm et studia !

(¹) L'Orientalisme rendu *classique* dans les limites de *l'utile* et
du *possible* (1853-1854-1857). — Sur l'Enseignement *supérieur*, tel
qu'il est organisé en France, et sur les *extensions* qu'il réclame
(1865). — *Besoins intellectuels de la France* (1868). — *Les Trois
Langues classiques*, idem. — Etc., etc.

. (Note qui remonte à 1868, et fut imprimée dès
cette époque-là.)

Sur le morceau intitulé :

LE PETIT CHATEAU DE LUNÉVILLE

Si les deux anecdotes qui forment le sujet de ces deux petites compositions sont de caractère bien différent (la première, gaie, enfantine, — la seconde, grave et touchante) — elles ont pour héros le même personnage (Charles-Alexandre) et pour théâtre le même château (Lunéville). La réunion, ici opérée, de deux tableaux qui se forment *pendants*, a pour effet de bien faire sentir sous quel jour, malgré la diversité des circonstances, se présentaient, dans leurs États, les princes de la dynastie nationale de Lorraine.

Créer à cette intention deux historiettes de ce genre-ci, ç'aurait pu être jugé ingénieux et d'une certaine utilité scolaire. Mais, au lieu du mérite de les inventer, nous avions le bonheur de les trouver TOUTES FAITES, et notre tâche ne consistait plus qu'à les raconter.

On ne pourra pas dire de ceci : *Materiam supera-
vit opus*. Bien au contraire. Aucun travail de forme
ne pouvait dépasser en valeur un pareil fond (1).

---

(1) Quelques passages, dans les pages subséquentes, de
vers ou de prose, pourront, dit-on, sembler au lecteur faire
allusion à la dernière guerre franco-germanique (1870-1871).
Certes, l'effet qui se produirait ainsi, viendrait du pur hasard, puisque ce morceau tout entier, — texte et notes, —
avait vu le jour dès l'été de 1869, — douze ou treize mois
avant que n'éclatât le conflit, et quand personne ne devinait
même la future querelle que Saint-Cloud se proposait d'aller
chercher pour conquérir le Rhin.

LE PETIT

CHATEAU DE LUNÉVILLE

HISTORIETTE EN DEUX JOURNÉES

LUE A LA SÉANCE PUBLIQUE ANNUELLE DE L'ACADÉMIE DE STANISLAS
LE 27 MAI 1869

I.

On dit, Messieurs, qu'au bout de notre prose,
(Si doctes feux que son phare allumé
Lance au public, des sciences charmé),
Pour complément, il faudrait quelque chose
D'un peu moins grave, et même de RIMÉ.

II.

Est-ce bien vrai?
     Je ne sais trop si j'ose
Tenter un air sur ce diapason.
Quelle figure, — ainsi hors de saison,
En plein milieu d'un siècle *utilitaire*, —
Ferait Corneille, ou Racine, ou Voltaire...?
Foin du disciple, à plus forte raison.

III.

Mais bah! Qu'importe! On veut des vers..? En
Si la séance en paraît exiger,   [somme,
Couronnons-la par ce tribut léger;
Car, avant tout, il faut être bonhomme.

IV.

Va pour des vers!
              Seulement.., faits sur quoi?
Un triple champ peut s'ouvrir devant moi.
Prendrai-je l'Art? la Morale? ou l'Histoire?

V.

Messieurs, des trois, je choisis le dernier;
— Sans néanmoins m'enfermer prisonnier
Dans des refrains dictés par la Victoire;
— Sans me soumettre à *broder* l'écriteau
Qu'aura tracé quelque Force insolente
A qui le sort de la fève sanglante
A fait échoir l'éloge... et le gâteau.
— Non pas. Ma voix, sur franche et libre note,
Va vous conter une simple anecdote :
« *Charle-Alexandre et son* PETIT CHATEAU. »

PREMIÈRE JOURNÉE.

I.

Reportons-nous à cent cinquante années ;
Temps où semblaient d'augustes destinées
S'ouvrir encor pour les peuples lorrains ;
Temps où brillait, — perle des souverains, —
Non par le glaive ou la folle richesse,
Mais par des faits, de grandeur d'âme empreints (1),
Ce Léopold, exemple de sagesse,
Cher aux meilleurs, honoré des plus craints.

II.

Sous Léômont (2), aux bords où la Vezouse
Modestement parcourt des prés fleuris,
Un art local, émule de Paris (3),
Pour ce doux maître et sa royale épouse (4)
Avait planté des bosquets favoris (5),
Où, non loin d'eux, de leur plaire jalouse
Errait la foule, invoquant leur souris.

Dans leurs salons, au centre du poupris (6)
Qu'à tout mérite ouvrait leur courtoisie,

Entrons un peu, Messieurs.

Sous ces lambris,
D'esprits ornés quelle troupe choisie !

III.

   Ici Vayringe, au succès triomphal (7),
De laboureur devenu machiniste.
Là Claude Charle et Jacquart, couple artiste (8);
Là Saint-Urbain le graveur (9); là Duval,
Pâtre, on le sait, fait bibliothècaire (10);
Là ces grands noms qui ne sonnent plus guère,
Des Pairs lorrains ce groupe sans rival,
Chefs d'un sénat fidèle et non servile (11) :
Du CHATELET, LÉNONCOURT, LIGNIVILLE (12),
Puis Bassompierre, ou Ludre, ou Raigecourt,
Mitry, Choiseul, Du Hautoy, d'Haussonville,
D'Ourches, Gourcy, Custine...... Coupons court.
Les Étrangers, voyant, dans cette cour,
Grandeur princière, élégante et civile (13),
Et retrouvant AUSSI BIEN (sinon mieux)
Que ce qu'en France avaient cherché leurs yeux,
De vingt pays arrivaient comme en file.
— « Qui de Versaille allait à Lunéville,
» Ne croyait pas avoir changé de lieux » (*).

(*) Voltaire : *Siècle de Louis XIV.*

IV.

Mais avançons. Point ne faut qu'on babille,
Même à Voltaire en faisant des emprunts :

Or, sur un banc soustrait aux importuns,
Siège entouré de marbre et de charmille,
Vers qui, dans l'ombre, envoyaient leurs parfums,
De loin, l'orange, et de près, la jonquille (14),
L'heureux Monarque aspirait l'air, un soir.
En cercle intime il avait fait asseoir
Quelques amis et sa jeune famille.

V.

L'un de ses fils, esprit ouvert et vif, —
Charle-Alexandre, — avec élan naïf,
Dit tout à coup :
                « Papa duc, je ne cesse
» D'entendre ici, jusque par les valets,
» Jusqu'à la paume, avant, après la messe,
» Vanter Boffrand, qui bâtit vos palais.
» —Les chefs de l'Art, certes je les respecte ;
» L'Art, nous dit-on, c'est un souffle divin.
» Mais est-il donc si difficile, enfin,
» De devenir excellent architecte ?
» D'atteindre un jour votre Monsieur Boffrand ?
» J'y tâcherais, bien sûr, si j'étais grand.
» Même..., qui sait ?

—Vraiment? dit le bon père :
Qui sait ?

— « Mais oui. Dès à présent, j'espère,
» A mon honneur, je m'en pourrais tirer.
» Ma plume a beau laisser à désirer,
» Je tracerais, en ordre et symétrie,
» Porte, plafond, fenêtre, galerie. »

—Tu construirais un pavillon ?

— « Fort bien.
» A ma bâtisse il ne manquerait rien. »

—Mais c'est très-bon à savoir.

— « Moquerie !
» Vous vous gaussez de moi, je le parie. »

— Moi ! cher enfant ; me moquer ? Point du tout.
Je voudrais voir mis à l'œuvre ton goût :
Commençons-en l'épreuve, je t'en prie.

« — Le puis-je ? Et l'or de mes *menus plaisirs*
» Suffirait-il au plan de mes désirs ?
» Pour la dépense où serait ma recette ? »

—Marche sans peur : j'ai permis d'essayer.

— « Quoi ! vrai ? — bien vrai..? Vous daigneriez
[payer ? »

—C'est entendu ; — payer sur ma cassette.

— « Oh ! papa roi (15)! quels dons inespérés !
» Je serai sage et prudent... Vous verrez. »

VI.

L'enfant, soudain, s'échappe. — A son pupitre
Il court se mettre.

        On l'a fait plein arbitre;
Soyez tranquille; il n'abusera point;
Il va chercher à tout faire avec soin (16).

VII.

La maman rit. — Craon, ami du prince (17),
S'étonne encor.

       « Non, non; le risque est mince »,
Dit Léopold, « et j'en ai fait la part.
» Écoutons bien Cicéron : *Le jeune homme,*
» *Dont à l'excès nous redoutons l'écart,*
» *S'il n'a pas* TROP, *n'a pas* ASSEZ *plus tard.*
» Ainsi parlait le vieux consul de Rome,
» A grand'raison. Croyez-moi, cher Beauvau;
» Charle-Alexandre est aux moments d'effluve,
» Le vin d'orgueil qui lui monte au cerveau
» S'affaissera. Qu'il bouillonne et qu'il cuve.
» Fougue impuissante amène ordre et niveau.
» Laissons agir notre petit Vitruve. »

                  13

VIII.

Ainsi fut fait.

Au fils du Souverain,
Qui put à l'aise y bercer sa marotte,
On s'empressa d'accorder un terrein
(Terrein connu : *le jardin Saucerotte*) (*).
Puis, gens experts, — gens de divers métiers, —
Maçons, paveurs, plâtriers, charpentiers,   [vice
Peintres, — que sais-je ? — au constructeur no-
Furent prêtés, — mis à son plein service. —
Charles voyait tous ses ordres suivis;
Nul ouvrier ne risquait un avis.
Chut..! L'escouade, intelligente et digne,
Avait vu clair... et compris la consigne.

IX.

Talent et zéle opérant à la fois,
En peu de temps la tâche fut remplie.
— Nul trait bizarre; aucun air de folie,
L'adolescent, s'il se donnait sa voix,

(*) *Sic.* — Le nom prosaïque est placé crûment là, pour
mieux timbrer les choses de leur cachet de pleine réalité.

Se la donnait pour une œuvre jolie.
Fier de l'avoir terminée en six mois,
Il pouvait bien la trouver ACCOMPLIE.

X.

De triompher vient pour lui le moment:
A son appel la Cour et le Monarque
Se sont rendus. Chacun loue et remarque ;
Chacun au prince offre son compliment.

Blancheur de lait, par l'azur rehaussée,
Met en relief un fier rez-de-chaussée (18).
« Très-bien, mon fils; c'est noble, régulier »,
Dit Léopold, aux splendeurs familier.
« Reste à juger de ton premier étage. »

Or, on venait d'ôter l'échafaudage;
Et, pour monter, manquait... UN ESCALIER.

XI.

Qui fut surpris et penaud...?
                              Le Duc père
Ne souffle mot, — fait *les yeux* à Boffrand.
— Boffrand, bénin, d'un air indifférent,
S'avance... Il parle ; — et chacun de se taire.

« —Messieurs, » dit-il, « charmant est ce travail;
» Galant, complet; — complet, sauf un détail.
» Si Monseigneur n'a pas fait... les tourelles,
» Il a fort bien.... LAISSÉ PLACE pour elles. » —

Aux entendeurs le demi-mot suffit;
Vive un bon peuple et sa délicatesse!

XII.

Deux minarets... Le vieux Boffrand les fit (19).
On peut encor les voir (non sans tristesse)
Entre des toits dont un reste survit.
—Mais la leçon parlait... La jeune Altesse
Sut la comprendre — et la mettre à profit.

Charles, — muet, — de son étourderie
Avait rougi jusques au blanc des yeux.
Il vit dès lors.... (chaque jour il vit mieux)
Que le vouloir ne fait pas la science,
Que difficile est le métier de roi;
Qu'il faut toujours se défier de soi...

Nul APERÇU ne vaut l'EXPÉRIENCE.

SECONDE JOURNÉE.

I.

Ici, Messieurs, vous supposez fini
Votre devoir d'auditeurs..? Oh! nenni;
Car, vous et moi, nous avons fait un pacte.
Charle-Alexandre et son petit château
Fut notre thème. Or, cette histoire exacte
A deux moitiés. — Poursuivons (et *presto*),
Puisque la pièce attend son second acte.

II.

Vingt ans à peine ont fui; mais les vingt ans
Ont du palais changé les habitants.

Les lois d'en haut, dont la force enveloppe
Tous les mortels; — ces lois, par un congrès,
Ont, couronnant de longs efforts secrets,
Renouvelé la face de l'Europe.

III.

Versaille a pu des Gaulois d'Orient
Joindre le sceptre au sceptre de Neustrie :
Des Lohérans disparaît la patrie.
— Mais le contrat sous un aspect riant

S'est présenté. Loin de mourir flétrie,
Elle finit avec suprème honneur,
Sous des rayons de gloire, de bonheur,
D'amour... Que dis-je? Elle semble encor vivre.
A des questeurs croyez-vous qu'on la livre?
Oh! pas si tôt. — On la laisse trôner ;
Et si Paris dans son orbe l'entraîne,
Paris, du moins, la donne à gouverner
A Stanislas.., le père de la Reine !

IV.

D'une autre part, à François de Lorraine,
« Premier des ducs de la *Chrétienneté* » (20),
Le rang qu'il cède est certes racheté
Sur une échelle en tous points souveraine.
— Par un échange auguste, inusité,
On a payé, — pour obtenir l'aubaine
Du fier pays ardemment convoité, —
Si noble prix... que l'altière Équité,
Malgré ses droits, l'eût pu rêver à peine.

Le Duc, c'est vrai, s'exile au sol germain,
Devient Teuton ; — mais... il obtient la main
D'une charmante et royale personne.
Bientôt il doit d'une triple couronne,

En prince-époux, être fait *co-régent*.
On lui promet que sans dol, sans chicane,
Hongrie, Autriche et Bohème.., et Toscane..,
Seront sa dot. — Son règne, intelligent,
Des vrais besoins s'y pourra faire organe (21),
Puis, à la mort du césar ennuyé (22)
Sous qui tout croule et va de mal en pire,
Par un choix prompt, de la France appuyé,
Il deviendra le chef du Saint-Empire.

V.

A la bonne heure ! Et c'est donc pour le mieux.

VI.

Mais rarement on a vu, sous les cieux,
Quand chacun signe une paix qui console,
Tous être francs ; NUL ne trouver bien folle,
Si d'un gros gain l'appât s'offre à ses yeux :
La sainte horreur de fausser sa parole.

Des Mazarins ainsi fait l'héritier.
Le vieux Fleury, reprenant leur sentier,
Bien qu'engagé, vers d'autres nœuds convole (22).

VII.

Avec quel art, séparant des amis,
Un cardinal, doux, poli, débonnaire,

Mais à son roi croyant *beaucoup* permis,
Fit-il gronder, —fraudeur nonagénaire, —
Des Bavarois le coupable tonnerre
Contre des FAITS bien et dûment PROMIS...?
—Pour l'expliquer, il faudrait que j'accrusse
Ce long récit (trop long, j'en fais l'aveu).
Mais... de nos torts nous profitions fort peu ;
Si nous trichions, c'est pour le Roi de Prusse :
Pour Frédéric, dont nous servions le jeu (24).

VIII.

Quoi qu'il en soit, l'ambition mauvaise
Qui pensait voir son triomphe assuré,
Reçut échec. Des Lois le feu sacré,
Pris pour éteint, sous cendre gardait braise.
On sait comment les sublimes Magyars,
Tirant le sabre, —hommes, enfants, vieillards, —
Surent sauver leur *roi Mary-Thérèse* (25).

IX.

Or, commandant des corps impériaux,
Charle-Alexandre (à qui cet honneur pèse),
Est bien forcé, par des devoirs loyaux,
De refouler l'invasion française.

Chargé d'un rôle où son cœur ne peut rien,
—Où son talent ne le sert que trop bien, —
Par vingt exploits sa valeur le distingue.
—Noaille en vain veut l'abattre à Dettingue :
Il nous disperse, il sait nous mettre un frein.
A lui le droit, le succès et l'audace.
Il nous a fait virer de l'Elbe au Rhin :
Il le franchit.., il met pied en Alsace.

X.

De Stanislas un puissant familier
Se trouble...— Ah! ah! le fameux chancelier
Qui tient un peu son bon Maître en lisière ?

   — Oui ; — du pouvoir ce solide pilier,
Oui, l'âpre et dur Chaumont-la-Galaizière (26),
Entre en souci.
       Tiré de son sommeil,
Au *Bienfaisant* il apporte un conseil
Qu'âme ou plus mâle ou d'honneur plus jalouse
En si haut lieu n'aurait émis jamais...
-— De FUIR; d'aller dans les remparts de Metz
Abriter... qui..? L'ami de Charles douze ! ! !

XI.

Les pas royaux restent lents, mesurés ;
Mais, tôt ou tard, les trembleurs effarés

Vont prévaloir : dans leurs eaux on s'embarque.

Quand tout-à-coup, au tomber de la nuit
(Ne sais comment, au palais introduit)
Un messager, que nul œil ne remarque,
Avec respect met aux mains du Monarque
Une dépêche, — et disparaît sans bruit.

XII.

De chambellans la salle est dégarnie.
Le Roi s'étonne ; il cherche en vain d'où part
Cette missive, envoi d'un bon Génie.

Pour le savoir, se tirant à l'écart,
Il rompt les sceaux... La chose est aplanie.

XIII.

A Stanislas, duc de Lorraine et Bar,
Roi de Pologne et de Lithuanie.

« Sire,

      J'apprends, par gens bien informés,
» Qu'à mon approche, émus de folles transes,
» Autour de vous, dans leurs mille ignorances,
» Vont s'agitant serviteurs alarmés.

» Quoi ! si l'époux de votre auguste fille,
» Nous attaquant, a contraint ma famille

» A protester par la voix du canon,
» Le choc à vous doit-il s'étendre ? — Non.
» Vînt la Fortune à favoriser Vienne,
» En seriez-vous moins fort ? — Quoi qu'il ad-
» Mon frère est là. Que Votre Majesté [vienne,
» Garde en Lorraine asyle incontesté.

  » Ce n'est pas nous (on l'aurait dû comprendre)
» Qui poursuivons, qui froissons des bannis :
» Nos cœurs, nos bras, sont prêts à les défendre.
» Ah ! vos malheurs sont ET RESTENT finis ;
» Fiez-vous-en à Charles-Alexandre.

  » Je ne sais, Sire, — et vous ne savez pas, —
» Ce qu'a réglé l'Arbitre des combats,
» Dont les desseins sont autant de mystères.

  » Mais, dût le poids de son puissant marteau
» Sur les Bourbons s'abattre à coups sévères...,
» Sire, — dormez dans le lit de mes pères, —
» Sur leur chevet, — sous leur double rideau. —
» Si pour ma soif Dieu versait un peu d'eau ;
» Si, réveillant des douceurs disparues,
» De Lunéville il me rouvrait les rues.. ;
» J'y logerais... dans mon *petit château.* »

Qu'en dites-vous, Messieurs..? Je le demande :
Chez quels vainqueurs avez-vous rencontré
Pareil langage ? — accent mieux inspiré ? —
Voix plus HONNÊTE et plus SIMPLEMENT GRANDE ?

I.

Mais brisons-là...

        Regretter serait vain.

Tout a fini; — n'en cherchons point les causes, —
De par l'arrêt du Tribunal divin,
Tout doit finir : les hommes et les choses.

Ainsi le veut la loi du changement;
Le tour de roue.

II.

        Observons, seulement,
Qu'il est parfois d'heureuses *martingales*.

Voyez du sort quel caprice charmant
Mit, — par un lot de faveurs sans égales, —
Quatre cents ans, au trône de Nancy
Des souverains dont la race excellente
(De qui la sève à s'épuiser fut lente)
Sentait, pensait, savait parler... ainsi.

De coups heureux quelle étonnante veine!
Neuf ou dix fois, rien de mou, rien de bas;
Relief, esprit, vigueur dans les combats : —
C'est presque trop pour la nature humaine;

Et dix anneaux d'une semblable chaîne,
L'Histoire ailleurs ne nous les montre pas (27).

Quels *compagnons* (28) que Messieurs de Lor-
[raine !

III.

On pouvait dire, à les voir tant aimés,
Tant du public admirés, estimés,
Qu'ils étaient faits pour le rôle de maître ;
Que chacun d'eux se fût servi d'ancêtre ;
Que, si, de pourpre et d'éclat désarmés,
Loin du pouvoir le Ciel les eût fait naître ;
Eh bien, —sous l'œil des vouloirs exigeants ;
N'ayant d'appui que l'équité des gens ;
—Fût-ce aux clartés des flambeaux de notre
C'est eux, encor, que l'urne du Suffrage [âge ; —
Aurait élus « magistrats dirigeants ».

IV.

Vrais fils d'un sol où rien d'impur ne pousse,
Drapeaux vivants du « fais ce que tu dois »,
Ils déployaient nature ferme et douce :
Prompts à l'aumône et prompts à la rescousse,
Et *grands seigneurs* jusques au bout des doigts.

L'âme toujours de hauts faits occupée,
Soutiens du faible ou protecteurs des Arts,
Enviaient-ils ces rois ou ces césars
Dont la langueur, impunément frappée,
Pour se remettre attendait leur épée ?
Non. — Fiers rivaux du Turc ou du Hongrois,
Quand d'un Habsbourg ils sauvaient la puis-
                              [sance (29),
Voyez..! contents de ses compliments froids,
Ils savaient, — même en lui rendant ses droits, —
Le dispenser de la reconnaissance (30).

V.

C'est que le glaive, ah! Messieurs, dans leurs
Avait un sens.   [mains,
               C'est qu'aux yeux des humains,
Lorraine était la plus haute bannière
Qui vînt en aide aux armes de lumière.

Gloire à vos Ducs! — Rejetons généreux,
Fils à la fois du Progrès et des Preux, —
Ils s'avançaient, élite héréditaire,
Type éminent d'un groupe volontaire,
De maints oublis par ses bienfaits vengé,
— Et forts d'un nom, le plus pur de la terre,
Que pour nul autre ils n'auraient échangé (31).

VI.

Oh oui, c'étaient des princes vraiment *princes*,
Sur qui l'Europe avait les yeux ouverts (32);
Classés PETITS au *toisé* des provinces,
Mais, par le cœur, GRANDS... COMME L'UNIVERS.

NOTES

(1)
Mais par des traits de grandeur d'âme empreints.

Il serait trop long de vouloir rappeler le quart seulement des actes de générosité de ce monarque, *qui mettait dans ses dons*, selon l'heureuse expression de Voltaire, *la magnificence d'un prince et la générosité d'un ami.* — Stanislas fut payé pour en savoir quelque chose, — lui, qui, traversant Lunéville, lors de ses infortunes (à la suite de sa première expulsion de Pologne), s'était vu réduit à y faire offrir secrètement en vente, aux seigneurs de la cour de Lorraine, par des joailliers de confiance, les bijoux les plus rares. — Grâce à la perspicacité du Duc, Stanislas se les vit acheter à haut prix, et les reçut ensuite sous cachet, comme si le marché n'avait pas eu lieu.

Mais le trait le plus remarquable, celui qui sort tout à fait de la ligne, c'est la surprenante conduite que sut tenir Léopold à l'occasion du *chevalier de Saint-Georges* (Jacques II).

Lorsque la France et l'Espagne songèrent à se réconcilier avec l'Angleterre, elles ne crurent pas devoir continuer à pratiquer l'hospitalité envers le Prétendant. L'Autriche ne pouvait guère leur succéder dans ce rôle, alliée qu'elle était alors des Anglais. Celui-ci fut donc sur le point de ne plus trouver refuge nulle part. — Rougissant pour le roi *très-chrétien*, pour le roi *catholique* et pour l'empereur *apostolique*, de cette triple faiblesse d'âme, le duc de Lorraine acquitta, lui, la dette d'honneur de l'Europe non protestante. Ce que les forts n'osaient faire, il le fit, et sans hésiter. Il offrit noblement asyle au monarque Stuart (¹), qui, bien différent du fin calculateur gascon (²), n'avait pas craint — objet de la risée des habiles de son époque, — de perdre *trois royaumes pour une messe.*

Mais, comme Léopold voulait ne pratiquer la vertu qu'avec sagesse, et ne faire courir par son héroïsme aucun risque à ses sujets, — il n'alla point, en fanfaron, braver l'Angleterre. — Que fit-il donc ?

— Ah! une chose charmante, que peu de gens devineraient. Il prescrivit, tout simplement, que jusqu'à nouvel ordre, en Lorraine, on ne *battît aux champs* pour PERSONNE, — pas même pour lui. — Se privant ainsi des honneurs souverains, il put dès lors, en toute politesse, se dispenser de les faire rendre à son hôte royal, et par conséquent n'ouvrir carrière aux réclamations diplomatiques d'aucune puissance.

Combien d'esprit, ici, à travers la bonté! Et quel ingénieux moyen de pratiquer les plus courageux devoirs! C'est le sublime, à la fois, de la force et de la délicatesse. — Il n'y avait que des princes de Lorraine pour avoir de ces inspirations-là. Vauvenargues l'a fort bien dit : « Les grandes pensées viennent du cœur. »

(¹) Séjour au château ducal de Bar, et ressources de dépenses convenablement princières.

(²) Qui ne connaît le mot de Henri IV, encore protestant, mais résolu à se faire catholique afin de pouvoir régner au Louvre : « Paris vaut bien *une messe.* »

(2)

Sous Léômont, aux bords où la Vezouze, etc.

Bâti sur un point élevé, d'où la vue s'étend d'un côté jusqu'aux tours de Saint-Nicolas-de-Port, tandis que de l'autre,
l'œil domine (et de bien plus près), la vallée de la Vezouze,
— Léômont, — ancien village dont les ruines, au siècle dernier n'avaient pas encore totalement disparu, — avait jadis été
fameux par un temple de Diane, une fontaine et un bois
sacré. Lunéville, qui tire de là son nom (*Lunæ villa*), porte
encore dans ses armoiries, en souvenir de ses vieilles
gloires gallo-romaines, les trois croissants de la Déesse.

(3)

Un art local, émule de Paris.

L'art des Gervais et des Des Ours. — Nesle, dit Gervais,
natif de Lunéville, professeur de jardinage, fut célèbre à
Nancy, sous le duc Léopold, en qualité de dessinateur-plan-
teur. Comme il devint, plus tard, premier architecte des
parcs impériaux à Vienne, sa réputation a fini par absorber
celle de son prédécesseur Yves des Ours ('), lequel mérite-
rait d'être aussi connu (ou plus connu) que lui. Car c'est à
celui-ci, et non point à Gervais, qu'on fut redevable des
magnifiques jardins de Commercy, de ceux d'Einville-au-
Jard, et même de la conception et de la presque entière
exécution de ceux de Lunéville.

(4)

Pour ce doux maître et sa royale épouse.

Élisabeth-Charlotte de France-Orléans, propre nièce de

(') Des Ours, bien souvent appelé *Des Cours*, car cette altération
de son nom a presque généralement prévalu.

Louis XIV, mais excellente princesse, qui n'avait rien de la morgue et de l'égoïsme de son oncle.

(5)

Avait planté des *bosquets* favoris.

Il convenait de conserver ici le mot, puisqu'à Lunéville ce qui subsiste des plantations ducales ne s'appelle pas encore autrement. *Le Bosquet*, tel est le terme consacré.

Si tronqué que soit aujourd'hui ce beau parc depuis qu'il a perdu ses dépendances, son orangerie et la magnifique allée qui conduisait à l'élégant pavillon de Chanteheux (duquel il ne reste plus trace), — le caractère souverain de pareils jardins n'a pas tout à fait disparu. Ils portent un je ne sais quoi d'ineffaçable grandeur, caractère que n'atteint pas même la charmante *Pépinière* de Nancy. Si agréable que soit cette dernière dans sa riche et royale coquetterie, — le vieux *Bosquet* de Lunéville, tout privé qu'il est de ses statues et de ses eaux ([1]), rappelle mieux, aux connaisseurs, quel souffle de majesté respirait dans toutes les créations des princes de la maison de Lorraine ([2]).

(6)

Au centre du pourpris.

Pourpris. — Puisque le hasard amène ce mot (lequel est

([1]) On peut voir encore dans les jardins princiers de Schwetzingen, près de Heidelberg, deux cerfs de marbre jetant de l'eau, et cinq pièces de bronze destinées à remplir le même rôle (Arion sur son dauphin, et quatre enfants tourmentant des cygnes). Ces sept morceaux de sculpture proviennent du *Bosquet* de Lunéville.

([2]) Il n'y a, par exemple, qu'à comparer, pour la noble grandeur, Bosserville à toutes les autres Chartreuses, même à celle de Grenoble. Certes, Pavie l'emporte pour le luxe; mais jamais les ducs de Lorraine ne firent, du luxe, leur objectif. Du grandiose, à la bonne heure.

du meilleur français), faisons remarquer en passant, — à l'intention des jeunes gens encore peu au courant des origines de notre langue, — que, nonobstant toutes les apparences, la *pourpre* n'a rien à voir dans ceci. Quelquefois le vraisemblable n'est pas le vrai. Ici l'étymologie du terme est toute différente de ce qu'aisément on croirait.

Dans nos vieux auteurs, le mot *pourpris* désigne tout aussi bien la chétive propriété d'un villageois que celle de son seigneur; car il n'est autre chose que l'expression par laquelle, classiquement, on désignait, en style noble, un *enclos*, une *enceinte* quelconque (¹). Un *pourpris* signifie simplement la portion de terrain *prise* (c'est-à-dire *comprise*) dans une clôture, soit de murs, de palissades ou de haies, autour d'une habitation petite ou grande. — La préposition *pour* (²) est employée là dans le sens du grec πєρι, *autour, alentour;* signification qu'elle possédait fréquemment autrefois, et dont on a encore dans *pourtour* (circonférence) un échantillon frappant (³).

(7)

Ici Vayringe, au succès triomphal.

Fils d'un paysan de Nouillompont (dans le duché de Bar),

(¹) ENCLOS, ENCEINTE, telle est la définition qu'en donnent les vocabulaires français; et le dictionnaire latin de Noël et Laplace le traduit par *conceptum* ou *ambitus.*

(²) Souvent confondue jadis avec *par;* confusion qui subsiste encore en italien dans les acceptions de la particule *per.*

(³) Il y en aurait bien d'autres exemples à citer, ne fût-ce que dans l'ancien verbe *pourmener,* — à présent, PROMENER, — qui ne voulait dire originairement que MENER A L'ENTOUR (latin *circumducere*). Mais nous n'avons point ici à faire un cours de lexicologie.

Vayringe, après avoir passé par l'état de garçon serrurier, devint un éminent mécanicien. Faisant faire d'immenses progrès pratiques à l'emploi de la vapeur d'eau, comme force motrice, c'est lui qui le premier, — bien longtemps avant les Anglais ou les Français, — confectionna, non plus à titre de curiosité, ni pour des princes, mais comme objet d'utilité courante, mais *pour le public*, — des machines à vapeur, et qui les livra le premier au pur et simple commerce.

Si étonnant que soit le fait (dont on a coutume d'omettre partout la mention), il est indubitable. Vayringe tenait publiquement fabrique de ces objets en Lorraine, sous le règne de Léopold, dès 1725. — Seulement, comme les esprits, en Europe, étaient encore bien peu à cette hauteur, c'est d'Amérique que lui venaient les commandes. C'est aux exploitateurs des mines du Pérou (lesquels s'en servaient surtout comme de pompes à épuisement) qu'il expédiait les machines faites dans ses ateliers de Lunéville.

(8)

Là Claude Charle et Jacquart, couple artiste.

Charles (Claude), premier peintre de Léopold, et directeur de l'Académie lorraine des Beaux-Arts fondée par ce souverain, était un homme si merveilleusement doué par la nature, que, la veille même de sa mort, à l'âge de quatre-vingt-six ans, il travaillait encore sans lunettes (et, qui plus est, à une miniature). Les vivants ne peuvent plus guère juger de son mérite, attendu que ses meilleurs tableaux se trouvent avoir péri, avec les édifices dont, par malheur, ils dépendaient.

Jacquart, l'un de ses élèves, qui, lui aussi, avait décoré bien des constructions disparues, n'a pas éprouvé d'une manière si absolue ce genre de mauvaise fortune. Des œuvres de son pinceau, il reste au moins la coupole de la cathédrale de Nancy.

Si nous n'avons pas fait mention d'un autre des élèves de Claude Charles, le célèbre Girardet, c'est que nous n'eussions pu sans anachronisme le mettre en scène. Il était à peu près de l'âge du Prince. A l'époque de la construction du Petit Château, il n'avait qu'une dizaine d'années, tandis que Claude Charles en avait environ soixante, et Jacquart près de quarante.

(9)
Là Saint-Urbain le graveur... etc.

Ferdinand de Saint-Urbain, incomparable médailliste, l'une des gloires de ce Nancy qui a produit tant de burins célèbres. C'est à lui qu'est due la longue série numismatique des ducs et duchesses de Lorraine. — Les Italiens du siècle dernier avaient coutume de l'appeler *il divino Sant'-Urbano*.

(10)
Pâtre, on le sait, fait bibliothécaire.

Pâtre n'est pas même le mot propre ; à la rigueur il faudrait dire *porcher*.

Il n'y a guère de manuel anecdotique fait pour l'usage des adolescents, qui ne raconte l'étrange fortune de Valentin Jameray Duval. Afin de les encourager au travail, on leur apprend que ce docte personnage — gardait les pourceaux des ermites de Sainte-Anne, dans une forêt voisine du confluent de la Vezouze et de la Meurthe, lorsque ses dispositions intellectuelles furent découvertes par deux seigneurs de la cour de Léopold (¹). Ils signalèrent l'enfant à ce prince, lequel lui fit faire ses études à l'université de Pont-à-Mousson. Duval en profita si bien, qu'il se mit en état, comme on sait, d'être fait, d'abord, gardien de la bibliothèque ducale à Lunéville, puis chef des bibliothèques impériales à Vienne.

(11)
Chefs d'un sénat fidèle et non servile.

Il s'agit ici du célèbre corps dit de l'*Ancienne Chevalerie*, institution qui sous plusieurs rapports pourrait être comparée au sénat de Rome ou à celui de Venise, mais supérieure à ces deux patriciats en ce qu'elle n'a point d'aussi tristes pages qu'eux à placer dans ses annales.

Comme rien d'humain n'est exempt de vieillir, un temps vint, sans contredit, où cette magistrature suprême diminua de crédit, ne pouvant plus répondre qu'en partie aux besoins d'une civilisation qui devenait plus compliquée; de nouveaux tribunaux devinrent donc nécessaires, pour aider, ou pour remplacer le tribunal des Assises, et l'*Ancienne Chevalerie* ne fut plus qu'une Pairie de moins en moins consultée; mais cet affaiblissement fut moindre et plus tardif en Lorraine qu'ailleurs, parce que la classe des seigneurs y avait fait preuve de sentiments dévoués dans les dangers; qu'elle avait toujours noblement exercé son patronage et pris constamment les intérêts des faibles. Aussi ne vit-on pas régner contre elle, au siècle dernier, l'une de ces profondes haines populaires qui, dans d'autres provinces, donnèrent lieu à tant de malheurs et d'excès.

(¹) Le comte C. de Vidampierre, et un baron allemand fort lettré.

(12)

Du Châtelet, Lénoncourt, Ligniville.

Des quatre familles appelées les *Grands Chevaux*, il ne restait, sous Léopold, que ces trois-là, les Haraucourt ayant déjà disparu. — A présent, comme on sait, par l'extinction des Lénoncourt ([1]) et des Du Châtelet, — il n'en subsiste plus qu'une seule : les Ligniville ([2]).

([1]) *Lénoncourt* (par un *é* plein ou soutenu), et non point *Lenoncourt* (par un *e* sourd) comme on imagine à présent d'enseigner à l'estropier. Sans contredit, il était rare qu'on prît la peine d'écrire l'accent sur la première syllabe, parce qu'on avait jadis coutume de n'employer d'accents que sur les syllabes finales; mais, dans le corps des mots, les E sonores n'en étaient pas pour cela moins reconnus, et personne ne les prenait pour muets. Au reste, de nos jours même, il subsiste des traces nombreuses de cet ancien état de choses. Est-ce que par hasard, il se rencontrerait des gens qui, sous prétexte du manque d'accent dans *bec*, *miel*, *exemple*, *prestige*, oseraient prétendre que ces mots doivent être prononcés *beuc*, *mieul*, *euxemple*, *preustige?* — D'ailleurs, pour *Lénoncourt*, l'ancien fait n'est même pas ce qu'on prétend; car, dès 1779, on y voit l'accent, très-formellement placé par les imprimeurs. (Voir Durival, tome III, page 225.)

([2]) *Ligniville*, — ou plutôt *Lignéville*. — La majorité des vieux parchemins porte *Ligniville*, c'est vrai; mais la tradition nationale faisait toujours prononcer *Ligné*, au lieu de *Ligni*, — comme dans les mots *Juigné*, *D'Andigné*; ou comme dans *Sévigné* (nom qui jadis s'est écrit aussi *Sévigny*.)

Au reste, ceci n'a rien d'étrange. Dans le nom de la plupart des bonnes familles, le phonétisme du bel usage ne coïncidait presque jamais avec le graphisme qui avait prévalu.

Qui ne sait, notamment, que les CASTRES s'orthographient *Castries* et les RAGECOURT *Raigecourt?* C'est la coutume seule qui disait que l'L final des *Choiseul* était réputé mouillé; et on se fût fait moquer de soi en les appelant autrement que CHOISEUIL.

Pourquoi ces quatre Maisons étaient-elles investies, par l'opinion, d'une sorte de rang à part, bien que leurs membres ne possédassent, en faits de droits ou de titres, aucune prééminence, et ne fussent, dans le corps des Assises, que des *primi inter pares ?* — C'est ce qu'a fait comprendre à ses lecteurs, en 1866, le recueil *l'Intermédiaire* (III, 249, 301), et ce que d'ailleurs nous avions expliqué, dès 1861, par quelques pages insérées au *Journal de la Société d'Archéologie lorraine.*

(13)

Élégante et civile.

Dans l'ignorance du bon langage, à laquelle arrivent beaucoup de Français, il y a peut-être des gens qui en sont déjà à ne plus voir dans *civil* que l'opposé de *militaire.* Mais nous n'écrivons pas pour eux. Nous nous adressons à des lecteurs qui savent que la *civilité* équivalait grandement à l'*urbanité,* et atteignait presque la *courtoisie.*

Là dedans le port de l'épée n'était point un obstacle. Personne ne se montrait plus *civil* que Turenne, Catinat, le maréchal de Saxe ou le maréchal de Richelieu.

Pareillement, la célèbre maison poitevine dont les fils étaient princes de Talmont, avait beau s'écrire (sans *u*) *La Trimoille* ou *Trémoille;* est-ce que jamais son nom a été articulé soit *Trimoueille* (ou Trimouaille), soit *Trémoueille* (ou Trémouaille)? Nullement. Toujours on a dit *Trimouille* (ou *Trémouille*), de manière à rimer avec le verbe *mouille.* — Jadis ces choses-là ne faisaient pas un pli. — Dans la bonne compagnie, au lieu de se montrer judaïque, on se riait *du pied de la lettre.* Les salons, les académies même, étaient éminemment traditionnistes.

(14)

De loin l'orange et de près la jonquille.

Ceci n'est point d'une couleur arbitraire. — Vers 1720 le cercle des fleurs cultivées était bien moins riche qu'aujourd'hui, mais la jonquille en faisait partie, et partie notable; elle formait l'un des principaux ornements des parterres. — Quant à l'arbre des pommes d'or, il avait alors, dans les jardins des princes, une importance bien supérieure à celle qui lui est restée. — L'orangerie de Lunéville, en particulier, était citée comme fort belle (¹).

(15)

O papa roi, quels dons inespérés !

Par suite de ses mariages, la dynastie de Lorraine (originairement le sang d'Eberhard et de Charlemagne), — avait fini par descendre aussi de monarques qui avaient porté diverses couronnes royales : Hongrie, Aragon, Sicile, Jérusalem. Or, comme elle n'avait jamais pactisé sur son droit à ces couronnes, dont elle était la *prétendante* régulière à titre d'héritage, les *titres* lui en étaient restés. En tant que souvenir honorifique, l'Europe ne les lui contestait point (²).

Ainsi les souverains qui régnaient à Nancy étaient à la fois *ducs* et *rois :* — ducs réels, rois honoraires.

(¹) Et par parenthèse, il en était de son emplacement comme de celui de la chapelle. Pour leur situation quant au château, l'une et l'autre correspondaient exactement aux lieux occupés à Versailles par l'orangerie et la chapelle, relativement au palais.

(²) Nous avons vu de ces choses-là subsister jusqu'à nos jours. Il y a bien peu d'années que Victor-Emmanuel ajoutait encore à son titre de roi *de Sardaigne* celui de roi *de Chypre.*

Au reste (dans les derniers temps surtout) les termes usi-
tés marquaient très-bien cette nuance. Par exemple, Léopold
ne se faisait titrer qu'*Altesse*, et non point *Majesté* ; mais, seul
entre tous les ducs souverains, au lieu d'être qualifié altesse
sérénissime, il était, lui, altesse *royale*.

Et chose plus forte : quel était, croyez-vous, le titre officiel de son fils aîné ? — de l'héritier de sa couronne ?

En France, on a dit le *Prince impérial*. En Lorraine disait-
on le *Prince ducal ?* — Point du tout. — *Le Prince royal*.

Dès lors, nul manque de justesse de couleur dans les mots
que nous laissons s'échapper, comme un petit cri, de la
bouche du jeune architecte ; au contraire, ils ont la nuance
précise. Habituellement Charles-Alexandre appelait Léopold
papa duc, mais, puisqu'il avait droit de dire aussi *papa roi,*
jamais une telle expression ne dut venir mieux sur ses lèvres
qu'au moment de sa vive joie, et quand son excellent père
venait de condescendre si largement, si *royalement*, à ses
désirs. Cette petite flatterie caressante est tout à fait dans la
nature.

(16)

Il va chercher à tout faire avec soin.

Si quelques lycéens, en voyant ici *soin* et *point* rimer
ensemble, se figuraient que nous usons d'une licence, ils
auraient tort : ce mariage rhythmique ne froisse aucune des
règles de la versification la plus sévère.

Qu'en effet les syllabes homophones se terminent par la
dentale (T ou D), ou que cette dentale en soit absente, cela
n'ôte rien au droit qu'elles ont de rimer entre elles, —
pourvu qu'il y ait monosyllabisme soit dans les deux mots
finaux, soit au moins dans l'un des deux. — Ainsi, quoique
besoin ne puisse rimer avec *pourpoint,* il peut légitimement

rimer avec *point;* et quoique *essor* ne soit point admis à rimer avec *ressort,* il rime très-bien avec *sort.*

En tout, connaître les règles et les traditions de la langue. — Mais qui est-ce qui *sait* encore le français ?

(17)

Craon, ami du prince.

Marc de Beauvau, Grand d'Espagne de première classe et prince du Saint-Empire. C'est lui qui se fit construire par Boffrand, à Harouel, près des bords du Madon (¹), un superbe château, qui existe encore; manoir à fossés pleins d'eaux vives, sur lequel fut reporté le nom angevin de Craon.

(18)

Met en relief un fier rez-de-chaussée.

La pièce principale de ce rez-de-chaussée est un beau salon d'honneur, très-reconnaissable malgré les prosaïques remaniements qu'il a subis à diverses reprises.

Il est de forme ovale, non sans accuser des arêtes octogones. Il a sept mètres et demi de hauteur, et sa corniche, seule, mesure près d'un mètre cinquante. Chauffé par deux majestueuses cheminées il était éclairé par six grandes fenêtres, à cintre surélevé. Cette salle d'honneur était décorée non-seulement d'attributs guerriers, mais de groupes, bustes,

---

(¹) Comme la consonne finale n'était que de luxe dans le mot *Harouel,* l'Administration l'écrit à présent *Haroué;* et elle a raison. On aurait dû en faire de même pour le nom de *Châté* (Châtel), où voici qu'une sotte élégance veut se mettre à faire retentir mal à propos la consonne L , qui n'y a jamais sonné. Cette ville ne s'est appelée pendant cinq cents ans que *Châté* (à la manière dont on dit un *pâté).*

médaillons, etc., en stuc, et d'un superbe plafond qu'avait peint Jacquart ([1]).

Ces ornements n'existent plus guère (la peinture surtout); on y chercherait en vain ce beau tableau ([2]), et les autres ornements de moindre importance ont à peu près disparu aussi ; mais le pavé à losanges, dont la superficie est d'environ cent mètres carrés, garde encore à son centre le chiffre du prince Charles-Alexandre. Ce chiffre (un A entre deux C croisés) est formé de lettres de marbre noir, incrustées dans un monolithe blanc, qu'entoure un cordon de marbre rouge.

Il vient d'être dessiné précisément pour nous, par M. Albert Pichon ([3]), gendre du propriétaire actuel des lieux.

(19)

Deux minarets, le vieux Boffrand les fit.

Comme de grands changements ont été opérés dans la partie des bâtiments qui prenait entrée sur la cour, ces deux tourelles, destinées à remplacer l'escalier manquant, sont moins visibles que jadis. Elles demeurent pourtant très-reconnaissables.

([1]) Un tableau qui demandait tellement de soin, ne peut évidemment pas dater du moment de la construction. On devait l'avoir remplacé par du provisoire, lorsque le jeune prince exhiba si joyeusement son *petit château*.

([2]) La noble page de peinture dont nous parlons, a totalement disparu. Par bonheur il en existe le *carton* entre les mains de M. l'architecte Morey ; carton fort beau et d'autant plus précieux qu'il porte la signature de Jacquart.

([3]) De la branche des Pichon mussipontains, qui se trouve alliée à la famille des marquis de Joviac et à celle des comtes d'Haristay de Châteaufort. — L'aïeule maternelle de M. Albert Pichon était la dernière héritière de cet honorable nom de Châteaufort, que rendit

Quant à l'aspect qu'au siècle dernier présentait l'édifice
(l'édifice une fois complété, c'est-à-dire déjà garni de ses minarets), on peut en juger fort bien par les vues que nous
donnons ici (¹) de ses deux faces. Ces précieuses gravures,
devenues infiniment rares, nous ont été procurées, — l'une
(la façade tournée vers les jardins), par M. Saucerotte, le
maître actuel du Petit Château; — l'autre (la façade d'entrée), par un correspondant de l'Institut : par M. Morey,
l'architecte de la Ville de Nancy.

A quelle époque, au juste, se sont passées les choses? On
ne sait trop. Autant l'aventure est connue, autant on est privé
de renseignements certains pour en fixer la date.

Il existe bien un indice, mais trompeur.

Sur le dessin de Belprey (dont copie appartient à M. Morey), on découvre, non point au bas de la perspective, mais
crayonné dans un coin des plates-bandes du jardin, un millésime, tracé d'une main déjà ancienne, et pourtant fantaisiste.
Ce chiffre paraît représenter 1717 ou 1727. — Or, nul moyen
de songer à 1717, puisque le jeune prince n'aurait eu que
cinq ans (²). Si au contraire on lit 1727, il peut y avoir là un
renseignement; car, en déduisant de ce chiffre les deux années (peut-être les trois) nécessaires tant à la construction

---

si cher à la magistrature lorraine, à tous les habitants de la contrée,
le patriotisme du courageux conseiller qui le portait. On sait avec
quelle persévérance il osa défendre les lois et le peuple contre les
ruineux caprices du trop fameux La Galaizière. Son retour de l'exil
fut un triomphe; et les citoyens décidèrent, plus tard, qu'une des
rues de Nancy s'appellerait rue Châteaufort.

(¹) *Ici* veut dire « dans les Mémoires de l'Académie de Stanislas », desquels ceci est extrait.

(²) Cinq ans, même après construction des tourelles. C'est purement l'absurde.

des tourelles qu'à la complète mise en état du château, non plus bâclé par un tour de force, mais pleinement régularisé et terminé (comme la gravure le représente là), on est naturellement reporté à 1724 ou 1725, pour le moment de l'historiette. Eh bien, l'on approcherait alors assez du vrai, puisque Charles-Alexandre, né qu'il était en 1712, aurait eu alors douze ou treize ans. — A Lunéville, la tradition a toujours attribué ce célèbre enfantillage à un espiègle d'environ onze ou douze ans.

(20)
Premier des ducs de la *Chrétienneté.*

Si nous employons ici l'ancienne forme du mot français qui répond au latin *christianitas* ou à l'anglais *christianity*, — forme qui fut la seule employée pendant la durée des siècles chevaleresques, — ce n'est point par fantaisie d'archaïsme ; c'est afin d'avoir occasion de mentionner une curieuse particularité phonétique, qui se perd comme tant d'autres, et que voici :

Au mot régulier *chrétienneté* avait bien succédé l'abréviation *chrétienté ;* mais l'adoption, simplement graphique, de celle-ci, n'avait pas fait disparaître toute trace de l'articulation primitive, articulation qu'à défaut de l'écriture, le bel usage conservait. —Ainsi, il était de tradition, soit pour les salons, soit pour les bons pensionnats, que dans ce terme, et par exception, la syllabe *tien* n'était point nasale ; que l'N devait y garder sa force consonnante propre, et qu'il y fallait dire *tienn*. Tout en écrivant *chrétienté,* on l'articulait *chrée-tieN'té*. Quiconque n'aurait pas observé cette nuance ; quiconque aurait confondu le son de la pénultième de *chrétienté* avec celui de la pénultième d'*éreinté* ou d'*absinthé,* eût été

regardé comme un rustre, un homme non instruit des déli-
catesses du bon français ([1]).

(21).

· De maints progrès il y sera l'organe.

La présence des Lorrains en Italie y fut, au dix-huitième
siècle, le signal d'une foule de progrès. Déjà c'était un duc
d'Elbœuf ([2]), premier *prince du sang* de Lorraine, qui avait
découvert Herculanum, fait commencer les fouilles, et fondé
le musée de Portici. A l'arrivée de François III comme
grand-duc de Toscane, Florence sortit de la langueur où elle
était tombée sous le dernier des Médicis, et donna de visibles preuves de son réveil ([3]). Mais surtout, c'est à l'influence, plus ou moins directe, des idées semées au delà des
Alpes par la maison de Lorraine, que l'on attribue, — non
sans raison, — le grand et lumineux système de rénovation
judiciaire dont Beccaria se fit l'apôtre ([4]).

(22)

Et qu'à la mort du César ennuyé, etc.·

C'est-à-dire à la mort de l'empereur Charles VI, le der-

([1]) Ce n'est guère que vers 1800 que se sont effacées ainsi une
foule de règles non écrites, qui se transmettaient comme se trans-
met la prononciation de *femme* (FAME). L'une de ces CONSIGNES
VERBALES était celle dont nous parlons ici : « Dans *chrétienté*, la
lettre N doit sonner: »

([2]) Emmanuel-Maurice de Lorraine-Elbœuf. .

([3]) Par exemple, l'idée, conçue et réalisée alors, de reproduire
en *fac-simile* l'antique et précieux manuscrit de Virgile que possédait la bibliothèque médicéenne.

([4]) Voir dans les *Mémoires de l'Académie de Stanislas* (tome XX,
p. LXXIX à LXXXVIII) quelle avance possédait déjà vers l'époque du

nier des Habsbourg : monarque non moins insignifiant que l'avait été son grand-père, et qui, comme lui, s'était laissé battre par les Turcs ([1]).

(23)
Le vieux Fleury vers d'autres nœuds convole.

Lacretelle jeune, dans son *Histoire du dix-huitième siècle,* cherche bien à rejeter sur d'autres que sur Fleury l'odieux de cette guerre parjure; il en attribue la pensée à de jeunes courtisans, notamment aux deux Belle-Isle. Mais, quand il serait vrai que l'idée première vînt de MM. de Belle-Isle, qu'importe? Cela disculpe-t-il Fleury, *premier ministre,* investi de toute la confiance de Louis XV ? — Si le cardinal, articulant le simple *non possumus* que dictait évidemment la conscience, eût repoussé, comme indigne de la France, la proposition de violer des pactes sacrés; — alors, de deux choses l'une : ou il aurait fait avorter cette velléité coupable, ou tout au moins il aurait protesté noblement par sa retraite. Rien certes ne l'obligeait à garder son portefeuille et à continuer de présider les conseils du Roi.— Or, il demeura premier ministre. Non-seulement il assista, sans s'y opposer, à cette guerre (qu'il désapprouvait, nous dit-on): mais il donna parfaitement l'ordre de la faire; mais il en dirigea les actes principaux; mais elle durait encore lors de sa mort.

---

code Léopold (1700) la législation lorraine sur les législations voisines, sans en excepter la française.

([1]) Le premier (le césar Léopold, de Habsbourg), assiégé par les Turcs jusque dans Vienne aurait vu ses États soumis au pouvoir du Croissant, sans le bras de deux héros : Charles, duc de Lorraine, et Sobieski, roi de Pologne. L'autre (le césar Charles VI) ne parvint à résister aux Othomans que tant qu'il eut à leur opposer le prince Eugène.

(24)

Pour Frédéric dont nous servions le jeu.

La honteuse espérance de filouter à l'Allemagne quelque dépouille, nous avait poussés, sous Fleury, après l'excellente et glorieuse paix de 1736, à une incroyable effronterie de parjure. Sans pouvoir alléguer le moindre sujet de plainte, nous étions allés tout à coup, complices d'un double brigandage, prêter appui aux folles ambitions de l'électeur de Bavière, qui convoitait une couronne impériale, et aux rapacités scélérates de celui de Brandebourg, qui, non content du sceptre royal concédé à sa famille par l'Autriche, avait osé, par le plus scandaleux guet-apens, s'emparer de la Silésie en temps de pleine paix, — dépouillant ainsi sa bienfaitrice, la puissance même qui lui avait sauvé la vie (¹).

(¹) Le vieux roi Frédéric-Guillaume, qui n'y allait pas de main morte, voulant punir les graves désobéissances de son fils, avait tout simplement projeté de l'envoyer au supplice. Pour faire fléchir la résolution d'un homme si absolu dans ses volontés, il ne fallut rien moins que la réquisition solennelle du chef de la maison d'Autriche, intervenant comme *césar* constitutionnel et *sacrée majesté*, et réclamant pour ce jeune homme, en tant que l'accusé était l'un des princes *allemands*, le droit d'en appeler du jugement prusso-brandebourgeois à un plus haut tribunal : au tribunal de *ses pairs*, les princes du *Saint-Empire*; tribunal qu'organiserait l'*Empereur*, suprême magistrat du Corps germanique.

Les institutions et les mœurs, quoique mourantes, eurent encore assez de pouvoir pour que ce grand acte produisît de l'effet. Le prince destiné à devenir Frédéric II n'eut point à monter sur l'échafaud, et ses complices seuls y périrent. — Ainsi l'honnête et candide Autriche se trouva avoir écarté de la tête du jeune serpent qui lui lança son venin plus tard, la hache d'un père bourreau, — lequel méritait blâme, à coup sûr, mais à qui s'étaient mieux révélés qu'à elle les vrais instincts de l'hypocrite anti-machiavéliste.

Or cette indignité, par nous commise, ne nous rapporta pas le plus petit lopin de terre. Nous eûmes bien les hontes attachées à la déloyauté, mais nous n'en eûmes pas le profit.

A la longue, Louis XV le comprit. Voyant quelle nouvelle face prenait l'Europe, — et poussé peut-être aussi par un honnête repentir, — il adopta une politique inverse; il se tourna du côté du parti juste. Désir lui prit de faire restituer à qui de droit, par Frédéric, les biens cyniquement dérobés. — Hélas, vaine résipiscence! — C'est AU DÉBUT qu'il eût fallu arrêter les méfaits du brigand, au lieu de les favoriser. Car le grand voleur se trouvait être un grand général aussi; et comme nous lui avions donné temps et moyens de se créer une excellente armée, toutes nos tardives volontés furent impuissantes. Loin d'être forcé par nous à rendre gorge, ce fut lui qui nous battit à Rossbach.

Ah! l'odieuse conduite de la France envers Marie-Thérèse et son époux, avait été (chose qui arrive assez souvent) une *faute*, en même temps qu'un crime. Or, malheureusement, il est plus aisé de commettre une *faute* que de la réparer.

(25)

Surent sauver leur *roi* Mary-Thérèse.

C'est là le cri tant cité dans l'histoire, le cri fameux poussé par les Hongrois : *Moriamur pro* REGE *nostro Mariâ-Theresiâ.*

Rege nostro — et non point *reginâ nostrâ.*

Pourquoi cela ? — D'abord parce que Marie-Thérèse déployait là une énergie virile; et puis, aussi, parce qu'elle était le Pouvoir constitutionnel, le souverain légal, le ROI de la Hongrie.

Attaquée de mille côtés, abandonnée de bien des amis naturels, elle n'avait nullement perdu confiance. Elle avait pensé qu'en dépit des torts de sa famille contre les héroïques Magyars, c'est encore d'eux, malgré leurs vieux griefs, qu'elle obtiendrait le secours le plus efficace.—Elle ne fut pas trompée dans son attente : leur générosité monta jusqu'au sublime. *On ne s'appuie que sur ce qui résiste*, dit fort bien l'expérience ; aussi n'est-il dévouements comparables aux dévouements des PEUPLES LIBRES.

Et d'ailleurs, l'enfant qu'elle tenait sur ses bras... était d'une race sans tache ; il ne portait, lui, qu'un nom de bon augure. Petit-fils de ce magnanime duc Charles V, qui fut le généralissime de la quatorzième et dernière croisade, il s'appelait « Joseph de LORRAINE ».

(26)
Oui, l'âpre et dur Chaumont la Galaizière.

On ne sait généralement PAS ASSEZ quels étaient les procédés de ce personnage, ni jusqu'où allaient ses rigueurs d'exaction. Pourrait-on croire jamais, si l'on n'en tenait mille et mille preuves ; pourrait-on croire, disons-nous, que, sous l'administration du chancelier du « bon Stanislas », la Lorraine, de plus en plus pressurée, en était arrivée,—au bout d'un simple règne de vingt-neuf ans,—à payer, en fait d'impôts, non pas le double, non pas même le triple, mais LE QUINTUPLE, de ce qu'elle acquittait sous la dynastie nationale de ses ducs !

Tous les éclaircissements nécessaires sur la réalité de ce régime, aussi vrai qu'invraisemblable, on peut les trouver, par exemple, dans une des grandes notes du livre intitulé

Nancy (¹). Et, loin que le tableau tracé là soit le moins du
monde exagéré, — des documents authentiques, postérieu-
rement découverts, sont venus nous démontrer qu'hélas, au
sujet de tant d'abus et de cruautés, et de l'affligeante condescendance d'un royal vieillard aveuglé.., nous aurions
pu, sans inexactitude, rendre la touche encore plus sévère.

(27)

Et dix anneaux d'une semblable chaîne,
L'histoire ailleurs ne nous les montre pas.

Le preux Raoul, ce héros de Crécy, et son digne successeur Jean Ier, ce héros de la Lithuanie;

A leur suite, le vaillant Charles II, qui, après avoir figuré
en Afrique parmi les libérateurs des chrétiens à Tunis, s'en
alla protéger aussi les chevaliers porte-glaive, contre les
vieux Prussiens païens de la Baltique;

Puis, l'aventureux roi René, et son fils Jean II; — l'un
qui fut sur le point de voir ses droits à Naples être consa-
crés par le succès; l'autre qui ne mourut à Barcelone
qu'enseveli dans son triomphe;

Puis, le beau Nicolas, à la personne duquel s'attachèrent
tant d'espérances, et qui faillit reconstituer la vieille grandeur du royaume des deux Lothaire;

A son tour, René II, le destructeur de la colossale puissance du Téméraire;

Antoine le bon, ce brave vainqueur des Rustauds, — et
son fils François, arrêté seulement par une fin prématurée;

Le grand législateur Charles III, créateur de la première

(¹) *Nancy, histoire et tableau*; seconde édition (1847), pages 97
à 110.

ville alignée, et promoteur de mille autres belles innovations;

Henri le Bon, cette copie du Béarnais, mais sans ses vices; Charles V, le généralissime de l'Europe; Léopold, enfin, le véritable père du peuple;

Où trouver rien de comparable à cette *martingale*, de treize coups de dé (¹)?

Et Charles IV lui-même, — le seul anneau qui paraisse déranger la chaîne, — n'est vraiment, pas à en excepter. Il y fait un peu tache, mais il ne l'interrompt point. — Brillant, en effet, quoique déraisonnable, de quoi manquait-il, lui qui fut un cavalier si accompli? De prudence, mais non de courage, ni même de talents militaires. De jugement, mais non pas d'esprit. De mesure et d'à-propos, mais non de nerf ni d'éclat.

Au fond, puisque l'on trouve à lui appliquer, comme aux autres, cette note caractéristique :

> Rien de mou, rien de bas;
> Relief, esprit, vigueur dans les combats;

il ne saurait, malgré ses défauts, être exclu de la magnifique série.

(¹) Que serait-ce donc, si, aux *ducs de Lorraine*, nous ajoutions les princes de leur maison qui n'ont pas régné, mais dont tous leurs contemporains ont tant admiré les dons naturels! Pour peu qu'on se mît à joindre à la mention des monarques lorrains celle des Guise, des Mercœur, etc., on aurait à présenter une telle pléiade, que le rayonnement de tant d'astres dépasserait toute possibilité d'analogies.

(28)

Quels *compagnons* que Messieurs de Lorraine !

Comme c'est l'intimité du commerce entretenu avec les gens, qui permet le mieux de les juger, on a vu de bonne heure, partout, les éloges ou les blâmes, au sujet d'un homme, se régler principalement d'après le degré de mérite qu'il manifestait en qualité de *camarade* ou *compagnon* (¹).

Aussi, voyez les Anglais (de qui la langue a bien plus conservé que la nôtre d'expressions du moyen-âge) : quand ils veulent dire un brave garçon, ils disent *a good* FELLOW.

En outre, de même que par l'emploi des simples mots *santé* ou *fortune*, on sous-entend bonne santé, bonne fortune, — pareillement, le terme de *compagnon*, à lui tout seul, sans épithète ni favorable ni fâcheuse, se prenait en bonne part ; il impliquait une nuance de loyauté et de vaillantise.. C'est ainsi, par exemple, que, passant pour la première fois au pied des fières murailles du château de Nantes, le Béarnais, devenu roi de France, s'écria, dans sa surprise admirative : « Ventre saint-gris! les ducs de Bretagne n'étaient pas de petits *compagnons ! »*

(29)

Quand d'un Habsbourg ils sauvaient la puissance.

C'est ce qu'avait fait vers 1600, sous Rodolphe, — qui n'eut pas l'air de beaucoup s'en apercevoir, — un illustre

---

(¹) CAMARADE : de *cameratus* ou *concameratus*, logé dans la même chambre. COMPAGNON : soit de *compaganus*, habitant du même village ; soit de *combenno*, associé de char et de voyage ; soit du latin barbare *companio*, mangeant le même pain.

prince de Lorraine, le duc de Mercœur ; et c'est ce qu'en 1683 et dans les années subséquentes, sous l'empereur Léopold, fit avec plus d'éclat encore un autre Lorrain célèbre, le magnanime duc Charles V, — au moment où, pour Vienne et la Chrétienté, il s'agissait de vie ou de mort.

(30)
Le dispenser de la reconnaissance.

On sait avec quelle froideur le triste Habsbourg qui possédait alors la couronne des Césars du Danube, reçut ses deux sauveurs (le magnanime duc Charles V, et son loyal compagnon le roi Sobieski). Charles V ne se vengea de tant d'orgueil stupide que par de nouveaux bienfaits. Il continua pendant dix ans à affranchir du joug des Musulmans cette Europe orientale, dont il se trouvait ainsi mériter le sceptre (impérial) pour la vraie maison de *Lorraine;* pour cette tige vigoureuse, conservée à Nancy; destinée à remplacer les Habsbourg, branche cadette de leur famille et branche dégénérée.

(31)
Que pour nul autre ils n'auraient échangé.

Le fait auquel le simple énoncé de cette vérité conduit forcément à songer — fait immense, que nous n'avons ni le droit, ni l'envie de juger, mais qui a causé chez tout le monde une si vive surprise, et qui aurait tellement abasourdi la reine Marie-Antoinette ou l'impératrice Marie-Louise, bien étonnées d'apprendre qu'elles n'étaient plus Marie-Antoinette de Lorraine ni Marie-Louise de Lorraine, mais qu'elles se trouvaient transformées en princesses de Habsbourg ; — ce fait, disons-nous, n'avait rien de similaire dans l'histoire. Il a été le premier de son genre.

Lorsque, tout à coup, de nos jours, la maison de LORRAINE a consenti à échanger le glorieux nom de ses pères contre celui de l'une de ses grand'mères, — contre celui d'une des trente maisons princières parmi lesquelles, pendant le cours de huit cents ans, elle s'était choisi des épouses, — un tel événement, nous le répétons, ne s'était jamais produit. Jamais ABANDON VOLONTAIRE D'UN NOM PATRONYMIQUE n'avait eu lieu en Europe (hormis comme refuge pour la honte, quand ce nom avait été souillé par quelque tache de déshonneur).

Les LORRAINE devenus des Habsbourg !— Mais pourquoi ?

Sans contredit, parmi les femmes des princes de la maison régnante de Lorraine, on rencontre *une Habsbourg*, — tout comme il s'y est trouvé une Danemark, une Saxe, une Dachsbourg, une France, une Querfort, une Navarre, une Wurtemberg, etc.; mais cela faisait-il qu'un Lorraine, descendant de ces mères ou de ces aïeules, devînt pour cela un Saxe, un France ou un Wurtemberg ? — Est-ce que saint Louis, pour avoir été le fils, — ou Philippe le Hardi, pour avoir été le petit-fils — de la reine Blanche, se sont métamorphosés quelquefois en Louis ou en Philippe de *Castille ?* A-t-on vu Louis XIV, adoptant le nom de famille soit de sa mère, soit de son aïeule, devenir Louis d'*Autriche* ou Louis de *Médicis ?* Notre premier empereur, étant né Bonaparte, s'est-il déguisé en Napoléon *Ramolino ?* Et son neveu a-t-il jamais eu la singularité de se faire appeler Napoléon de *Beauharnais ?*

En tout cas, et supposé que la chose fût admissible quelquefois (bien que l'histoire n'en offre pas d'exemple), — on ne la concevrait, du moins le désir, que chez des gens qui dussent y gagner. — La Fontaine montre à ses lecteurs un solipède se parant de la peau du lion ; mais quel lion, fût-ce dans les pages des fabulistes, imagine de s'affubler d'une peau inférieure ?—Il n'est pas ordinaire, quand on est soleil, de se contenter du rôle de lune ; — il est surprenant de consentir à n'être plus qu'un *Habsbourg,* quand on avait l'honneur, l'insigne honneur, d'être un *Lorraine;* — quand on pouvait légitimement, sans rien dérober à personne, espérer de faire graver sur sa tombe ces paroles, qui, prononcées jadis par un SAINT, lors de l'enterrement d'un HÉROS..., sont demeurées célèbres ; — n'étant surtout pas tombées, alors, de la bouche d'un sujet de la couronne des Alérions, mais de celle d'un homme indépendant et neutre ; — d'un Savoisien; — articulées qu'elles furent solennellement en plein Paris, et sous le règne d'un ancien rival des descendants de René II :

« Il était de cette *royale* maison de *Lorraine,* dont l'origine
» est si ancienne, immémorable, que les écrivains n'ont pas
» encore su demeurer d'accord de son commencement; mais
» plantureuse pépinière d'empereurs et de rois, et des plus
» généreux princes de la Chrétienté ([1]). »

Étrange humilité... que l'abandon d'un si riche héritage de gloires !

N'y eût-il eu que d'accepter le rang de cadets, quand on était la branche aînée, cela serait déjà peu concevable, aux yeux de tous les gentilshommes de l'univers. Mais il y a plus que cela; et, toute vanité à part, le règne même DES IDÉES aurait dû suffire, ce me semble, pour apporter là son *veto.*

([1]) Oraison funèbre de Philippe-Emmanuel, duc de Mercœur et de Penthièvre, lieutenant général des armées impériales en Hongrie; prononcée dans Notre-Dame de Paris, le 27 avril 1602, par saint François de Sales.

A une race éminente, illustre, si célèbre comme progressiste, — comment a-t-on pu persuader de s'aller cacher sous
l'apparence d'une race depuis si longtemps connue pour
rétrograde, ou tout au moins pour stationnaire? — Quel
intérêt avaient les petits-fils DE TANT DE VAINQUEURS à se
faire passer pour les petits-fils de tant de vaincus ?

Ah! certes, ils n'ont pu se figurer trouver là aucun
avantage. Mais prendre ce parti, leur a été présenté comme
une résolution utile au bien public. Et l'acceptation d'un tel
conseil a impliqué, de leur part, un sacrifice, un énorme
sacrifice (¹).

Tout sacrifice fait avec de généreuses intentions, qu'il
soit judicieux ou non, — est RESPECTABLE.

Seulement, il existe des sacrifices si affligeants, si visiblement inféconds (²), qu'ils ne sauraient rien obtenir ici-bas

---

(¹) C'est vers le milieu seulement de notre dix-neuvième siècle
qu'eut lieu un si grand changement de noms. A l'époque des san-
glantes secousses qui agitèrent la monarchie austro-hongroise,
quand éclata d'une manière violente l'antagonisme entre l'élément
allemand, d'une part, et l'élément magyar, croate, etc., de l'autre;—
des docteurs politiques pensèrent qu'un empereur d'Autriche ne
pourrait jamais trop vivement accentuer son germanisme. Or, à ces
conseillers, il sembla que dire « Ferdinand *von Habsburg* »,
c'était parler un langage plus TUDESQUE que de continuer à dire
Ferdinand *von Lothringen*. — Leur avis prévalut; et mille ans de
nobles souvenirs, — magnifique héritage de la maison régnante, —
se trouvèrent tout à coup être immolés sur l'autel de l'ultra-teuto-
nisme.

Devant cet acte gigantesque, un silence solennel s'est fait. L'Histoire, de son burin muet, grave sur des tables d'airain les grandes
vicissitudes humaines.

(²) S'il y en a eu un d'évidemment superflu, ç'a été celui-là.
Moins naïfs, les Hohenzollern n'avaient eu garde, eux, de se dé-

au delà du RESPECT. Il y a de ces dépouillements étranges, inexplicables, outrés, prodigieux, — que le Ciel doit seul se charger de payer; car la Terre, à cause de leur excès, ne *peut*, ni ne *veut*, les comprendre.

(32)

Oh oui, c'étaient des princes *vraiment princes*.

Deux lignes rimées, très-simples, qui nous tombent sous la main (et qui n'ont pas plus de cent quarante ans de date) — montrent combien était vivace encore en plein dix-huitième siècle (¹), un sentiment jadis si général :

> Cette famille auguste et belle
> Qui *sur toute l'Europe excelle* (*).

Notre vers peut d'ailleurs être considéré comme la simple traduction du mot fameux de la maréchale de Retz: « Ces princes de Lorraine », disait-elle, « auprès de qui les autres princes paraissent *peuple*. »

———

pouiller de leur nom et de ses antécédents propres. On peut voir, par la position qu'ils ont acquise en Allemagne, si ç'a été, de leur part, un mauvais calcul (**).

(¹) Voltaire avait déjà trente-six ou trente-sept ans.

(*) *Vers sur la Reine-Duchesse régente* (veuve de Léopold); 1729.

(**) Ceci était écrit et imprimé avant notre guerre franco-allemande de 1870.

INCENDIE DU PALAIS DUCAL

Même au milieu des malheurs d'une année où les catastrophes sont allées si loin, pour le nombre et la grandeur, qu'on ne les comptait en quelque sorte plus, — ç'a encore été une nuit remarquée comme néfaste, que celle du 16 au 17 juillet 1871, où les flammes ont dévoré le Palais Ducal de Nancy, avec les richesses historiques que renfermait son musée (le Musée lorrain).

Autant, à la vérité, le désastre a été terrible, autant est consolant l'accord de sentiments généreux qui non-seulement déplore une telle perte, mais ose méditer le projet grandiose de la réparer.

Du reste, aucune des impressions que ceci a fait naître, n'a pu rester étrangère à l'auteur de l'élégie suivante, lequel était du nombre des témoins oculaires.

L'INCENDIE

DU PALAIS DUCAL DE NANCY

DANS LA NUIT DU 16 AU 17 JUILLET 1871

———————

I.

Je ne sais quoi d'étrange, — un vif instinct d'émoi,
Vient troubler mon sommeil...   [moi.
      Muse, où suis-je? dis-

N'est-ce pas... dans les murs de la cité captive,
— Digne au sein de ses maux, MUETTE et non plain-
        [tive (1), —
A qui César, courant au VA-TOUT qu'il risquait,
N'avait laissé ni fer, ni poudre, ni mousquet (2),
Et qui, — cherchant en vain quelque arme, — ne put
Courir de Châteaudun la fortune suprème;   [même
— Si bien qu'à ses frontons elle eut l'horreur de voir
S'arborer SANS COMBAT l'étendard *blanc et noir!*

II.

[l'heure

Oui, Nancy, c'est bien toi. — Oui, c'est bien aussi
Où chacun, à huis clos, soit qu'il dorme... ou qu'il
[pleure,
Berce pour compagnon son rêve... ou son chagrin.

III.

Et pourtant, tout s'éveille... Un signal de l'airain
Fait frissonner des cœurs la fibre encor vivante.
— Sombre appel ! — glas sinistre, hélas ! — glas d'è-
[pouvante;
Non pas tocsin : — nos tours, veuves de leur beffroi,
Ne parlent même plus la langue de l'effroi.
— C'est le clairon germain, trombonne sépulcrale (a),
Dont les sons caverneux hurlent *la générale*.

IV.

Je cours à ma fenêtre... On s'agite encor peu ;
Déjà pourtant, le ciel reflète un sol de feu.
Il peint quelque désastre.

(a) Sur ces deux mots qui, faute de renseignements, pourraient donner lieu à discussion, consulter les explications
données dans l'une des grandes notes finales. Note numérotée 3.

—Une rougeâtre nue,
—Menaçante lueur, d'origine inconnue,—
S'élargît comme un dôme ; et bientôt sa clarté
Vient jusqu'en nos préaux percer l'obscurité.

V.

D'où part le mal ?

    Bon Dieu ! n'est-ce pas, ô Lorraine,
Des lieux d'où rayonna ta splendeur souveraine ?
De ces murs, si vantés, où du Juste et du Beau
Tes fiers enfants, jadis, déployaient le drapeau ?
—Oui ; c'est de leurs vieux toits qu'enfin la flamme
Terrible, elle a montré sa langue d'écarlate. [éclate.
—Vite, concitoyens ! vite au Palais ducal !
Courez,—et qu'au péril votre élan soit égal !

VI.

On y court, en effet... Mainte échelle se dresse,
Maint travailleur y monte. Un instinct pousse, il presse,
Il guide. — Par malheur, au vorace élément,
S'offre, — triséculaire, — ample et sec aliment.
Ah ! tremblons ; car voyez : la charpente embrasée
Touche aux combles aigus du précieux Musée.
Un donjon d'escalier suffit-il pour rempart (4) ?

VII.

Certe, aux vaillants efforts chacun apporte part.

16

Pour qu'aux dangers croissants la noble Salle échappe,
D'accord avec la pompe on fait agir la sape...
L'appel redouble... On croit ouïr les râlements
Des monstres évoqués par nos vieux nécromants,
Quand l'*orque*, le dragon, la *tarasque* et la *guivre*
Beuglaient, du fond brûlant de leur gosier de cuivre.
—C'est peu ; l'homme aussi parle ; il commande. A sa
Pieds hardis, bras puissants, se meuvent à la fois ; [voix,
L'eau ruisselle... Espérons.

                              Non ; le zèle intrépide
A beau faire : —plus vif, plus ardent, plus rapide,
Le fléau destructeur, que l'on combat en vain,
Devient maître.—Par lui, débordés à la fin,
Les lutteurs sont chassés du terrein qu'ils défendent ;
Aux meubles, aux lambris, les flammèches s'étendent.
Le feu, par les chevrons d'Antoine et de René,
S'élance ; il ronge un faîte AUTREFOIS COURONNÉ..!
Ainsi, dans des brasiers, tombe en ce jour suprême,
Du Nancy libre et roi le dernier diadème !
Tout s'abat... Le volcan (spectacle horrible à voir)
Monte, en colonne immense, au zénith d'un ciel noir.

                              VIII.

C'en est donc fait ! Le désastre s'achève...
S'achève sous les yeux d'un public impuissant,
        Qui croit à peine à ce qu'il voit et sent !
N'est-on pas le jouet d'un effroyable rêve ?

Parfois vers les sommets le regard se soulève,
Comme pour retrouver ce fier talus... absent..,
Dont l'ardoise abritait la ducale demeure;
   Talus altier, qu'hier.., que tout à l'heure..,
Pouvait, à l'aise encore, admirer le passant.

IX.

   Ah ! c'est bien là... qu'ont vécu vénérées
Des grandeurs dont l'éclat, d'estime revêtu,
   Avait eu pour principe et pour *droit* la vertu...
Ces voûtes, dans leur siècle avec goût décorées,
A l'homme intelligent elles restaient sacrées;
   Et, de la part de TOUS, respect leur était dû.

Là régnaient, par l'amour et la persévérance,
Ces Lorrains, méconnus de l'inepte ignorance, [lois (5);
Point Germains, Celtes vrais, fleurs du pur sang gau-
Non *vassaux*, mais toujours COMPAGNONS de la France,
Chevaliers du Progrès, du Savoir et des Lois (6).

C'est là qu'aux jours de pompe étalaient leur ban-
Ces soutiens du Nord-Est, émules de Paris [nière (7),
Et d'un rang idéal plus que personne épris;
Bannière sans affronts, qui flotta la dernière
Sur des sceptres vraiment honorés et chéris (8).

X.

Eh bien, ces doux géants, soldats des nobles causes,
Héros ou de la paix, ou des chocs hasardeux,
Le flot qui dans sa course emporte toutes choses
A détruit leur séjour... Que va-t-il rester d'eux?

Va-t-on voir s'effacer jusques à leur mémoire?
Qui sait?—Les nations les plus dignes de gloire,
—Lorsque de leurs destins le cycle est accompli, —
Si l'Art ne vient en aide aux labeurs de l'Histoire,
Peuvent tomber à fond dans les gouffres d'oubli.

XI.

Pleure,—oh! oui, pleure, —à bon droit désolée,
Ville en qui s'incarnaient des souvenirs si beaux!
Vingt générations, du fond de leurs tombeaux,
Voyaient revivre là leur splendeur envolée.
Les murs où l'incendie a porté ses flambeaux,
C'était d'un peuple entier le vaste mausolée.

Et vous, n'étouffez point vos soupirs douloureux,
Zélateurs du sublime, admirateurs des preux!
Laissez les pleurs couler sur vos mâles visages;
Car l'anneau qui se rompt de la chaîne des âges
Vous ravit maints objets de respect et d'amour.

Avec ses œuvres d'art, disparaît, sans retour,
De vos concitoyens l'illustre devancière,
La race au *drapeau d'or*, la race *à double croix* (9).
Le néant vient s'asseoir, nuit muette et grossière,
Aux lieux où du Passé parlait encor la voix.

Dix siècles généreux rentrent dans la poussière...
Et la Lorraine EST MORTE une seconde fois.

ÉPILOGUE

I.

Ah ! sans doute on s'abandonne
Au deuil morne et monotone
Qu'impose un pareil destin ?

— C'est à croire.

Et pourtant passe,
Comme un sylphe dans l'espace,
Je ne sais quel bruit lointain...,
Pareil au faible murmure
Du réveil de la Nature
Aux approches du matin.

II.

Vous semble-t-il pas qu'avise
(Sagesse encor indécise
Tâtonnant la vérité) :
Un doux comice ? — une *Assise*
Des enfants de la cité (10),
Germe qu'a ressuscité
Des bons l'instinct tutélaire ?
Cercle sans fougue agité,
Qui se consulte et s'éclaire ?

Groupe où, dans l'obscurité,
Règne, agit en liberté,
Avec calme et dignité,
Le grand souffle populaire ?

III.

Au milieu du mal présent,
C'est un noble phénomène ;
Un concours heureux qu'amène
Quelque vouloir bienfaisant.

Or, dans son bruit imposant,
Ce flot de marée humaine,
Voyons ce qu'il va disant :

IV.

« Est-il vrai qu'au plein ravage
» Nul morceau n'ait échappé ?
» Qu'en ce terrible naufrage
» Tout périsse enveloppé ?
» — Que le fléau, dans sa rage,
» Par les efforts du courage
» N'ait jamais été trompé ?

» Ah ! la brûlante couleuvre,
» En rampant, a rongé l'œuvre

» De la presse et du burin;
» Mais, grâce à d'heureux prodiges
» De hâte et d'ordre serein,
» On a sauvé maints vestiges
» Des siècles de l'Art lorrain.
» Lancé des larges fenêtres,
» Survit maint travail des maîtres.
» BIEN PLUS, — amis! — Courbons-nous,
» Et, pour l'honneur des Ancêtres,
» Remercions à genoux.
» Car c'est à ravir les âmes
» Vers la céleste Bonté,
» Qu'on ait pu soustraire aux flammes,
» A force de volonté,
» L'énorme tente honoraire (11)
» Où trôna du Téméraire
» L'orgueil, sous nos murs dompté.

V.

» Puis, cette admirable épave,
» Des hauts faits d'un peuple brave,
» Fier témoignage, — est-ce tout?
» — Il reste une œuvre de goût,
» Relique auguste et suprême :
» Le noble Palais lui-même;
» Son squelette encor debout...

» Voyez cette ample façade !
» Voyez sa riche torsade !
» — Certe, entre deux murs déserts,
» L'œil s'égare... où fut des Cerfs
» La superbe galerie...
» Mais le vieux Mansuy Gauvain
» Ne chercherait pas en vain
» Antoine et sa *Porterie* (12).

VI.

» Non, non, TOUT N'EST PAS PERDU.
» Or, dès qu'un trésor nous reste,
» UN SEUL, — lâcheté funeste,
» L'OUBLI nous est défendu.
» — Honte à qui *tôt* s'est rendu !
» Cœurs chauds dont l'élan proteste,
» Retour d'éclat vous est dû ;
» Mais, — pour titre manifeste
» Aux biens du jour attendu, —
» Montrons au Maître céleste
» Notre espoir, mâle et modeste,
» Notre labeur assidu. »

VII.

Pareil au long bruit qui roule
Quand la mer clapote et coule

Sur des rochers en débris,
Tel fut, dans sa sourde houle,
Le langage de la foule ;
Tel, du moins, je l'ai compris.

VIII.

Ai-je eu tort?—Non.—Salut ! race à double énergie,
Où persiste vigueur sur des fronts attristés.
Sitôt dit, sitôt fait. — Noble Lotharingie,
Ton peu d'or se dirige aux parvis.dévastés.

De l'or ! T'en reste-t-il ?—Oui, car l'amour en crée;
Car en lingots, pour toi, les cœurs se sont fondus.
Et quand parle l'Honneur, quand la dette est sacrée,
Il germe de ton sol des dons inattendus.

Et puis, ton cri, porté vers des plages lointaines,
A su trouver accès chez des peuples amis.
L'écho de Copenhague, et de Londre et d'Athènes,
A laissé voir assez quel espoir t'est permis.

                                              [taire.
Et Vienne !—Elle a fait mieux que de ne se point
Rien parle-t-il plus haut que ses actes ? —

                                          Sa voix,
Traduite en larges dons, par us héréditaire,
A largement payé nos bienfaits d'autrefois.

IX.

[gogne,
Aux jours où maints calculs délaissaient, sans ver-
La Rome germanique en son danger pressant,
C'est, en courant s'unir au glaive de Pologne,
LE GLAIVE DE NANCY qui brisa le Croissant.

Aussi, plus tard, quand vint d'un trouble égal ou pire
La pensée,—et que Vienne en craignit les hasards...,
.Sage en sa gratitude, on vit le Saint-Empire
Aux Gaulois de la Meurthe emprunter des Césars.

Des peuples du Danube ainsi la dynastie
A dans les murs lorrains son antique berceau.
Pourquoi donc s'étonner si chez elle, en partie,
Reparaît des *Bons Ducs* l'inimitable sceau ?

S'il n'est point de vieux prêt qu'*au triple* elle ne rende;
Si toujours, à ses yeux, l'âme a les premiers droits ?
Si, dans *l'art de donner,* sa main, maîtresse et grande,
Garde ces hauts instincts qui faisaient honte aux
[rois (13) !

Tant de palmes, jadis, par ses princes cueillies,
Témoignaient d'une ardeur lente à s'anéantir.
Quoiqu'il dorme parfois dans des veines vieillies,
Réveillé tout à coup, « *bon sang ne peut mentir* » (14).

X.

Va donc ! chacun t'encourage ;
Mets-toi sans peur à l'ouvrage,
Phalange des Mosellans !
Robuste quoique appauvrie,
Mise à bas, mais non flétrie,
Tu gardes Cœurs et Talents.

Certes, la tâche est immense ;
Le terme en est loin...
                                    Mais quoi !
L'Europe a les yeux sur toi.
Des moissons jeter semence,
Ce fut ton rôle et ta loi,
Nancy — l'Histoire en fait foi —
Donne exemple, agit, *commence* (15).

XI.

Meubles, écussons, vitraux,
Combien de regrets ! -- N'importe,
Si jusqu'au bout reste forte,
Lorrains, enfants des héros,
Votre invincible cohorte.

Oh ! l'on se sent le cœur gros,

Car ici (touchant mirage)
De vos grandeurs d'un autre âge
L'aspect vous était laissé...
—Eh bien, quel plus digne hommage
A l'astre, hélas! éclipsé
Que d'essayer quelque *image*
De *l'image* du passé?
—Quand tout périt, quand tout sombre,
Redoublez tributs et vœux.
Autour de tel beau décombre
Qu'auront épargné les feux,
Groupez des objets sans nombre...,
Pour qu'au moins L'OMBRE D'UNE OMBRE
Reste à vos derniers neveux.

NOTES.

(1)

MUETTE et non plaintive.

Il y a certains cas, dans l'histoire, où la plainte, fût-ce la plus noble, perdrait toute dignité; — où il ne reste plus aux nobles âmes (comme jadis aux sénateurs romains attendant la mort sur leur chaise curule) qu'à se renfermer dans la majesté du silence.

Telle fut l'attitude de Nancy, quand les événements amenèrent, de la part des Brennus germains, un degré de *væ victis* inaccoutumé.

Lorsque, après la surprise militaire d'un pont dont la rupture retardait la marche des colonnes envahissantes, l'incendie de l'innocent village de Fontenoy ne parut pas une revanche suffisante, — et que l'Autorité allemande (égarée, à ce qu'il paraît, par des renseignements calomnieux) crut pouvoir, pour la reconstruction forcée de ce pont, donner aux chefs des ouvriers nancéyens des ordres d'une telle nature..... que plus tard, et rentrée dans son sang-froid, elle les a regrettés, dit-on — (et pourquoi pas? tous les hommes peuvent avoir de la fibre *humaine*); — le maire de Nancy, à qui certaines personnes semblaient reprocher de n'avoir pas *protesté,* — comme si, dans des cas semblables, une plaintive protestation eût pu servir à quelque chose, — osa répondre, en pleine salle de l'hôtel de ville de Nancy, — et au péril de sa vie, — car cinq cents

Prussiens étaient sous les fenêtres, — ces mots, dignes
d'un Grec de l'antiquité ou d'un Florentin du moyen-âge :
« On ne proteste pas contre de pareils ordres ; ON LES
AFFICHE. »

« On les affiche. » Oui, puisque, par une publicité...
franche, immédiate, complète, — on EN APPELLE, des fantaisies d'une Violence devenue souveraine, à l'Histoire,
cette lente conscience du Genre humain.

Hélas ! les actes *honteux* du pont de Fontenoy avaient
eu jadis pour *honteux* antécédents, les lâches et cruels
ravages de Louis XIV dans le Palatinat. — Mais, à ces
vieilles abominations royales, les Lorrains (victimes alors
eux-mêmes) n'avaient autrefois pris aucune part.

(2)
N'avait laissé ni fer, ni poudre, ni mousquet.

Ceci est le simple énoncé d'un *fait*. Ce n'est point une
CONDAMNATION portée contre ceux qui en avaient été la
cause.

Dès qu'il y avait certains points stratégiques ABSOLU-
MENT ABANDONNÉS d'après le plan de campagne, —
points que l'on s'était résolu A NE SECOURIR DANS AUCUN
CAS, — n'y avait-il pas, en quelque sorte, HUMANITÉ à leur
enlever tout moyen d'essayer une lutte radicalement inutile
et désespérée, qui ne pût produire que des massacres SANS
BUT AUCUN ? — Nous n'avons point à décider de cela. Nous
en laissons le jugement à Dieu.

Mais, quant au fait, il est indubitable. Nancy avait été
laissé nu, non-seulement sans le moindre noyau de soldats
(d'officiers même), mais sans les moindres munitions, mais
sans les moindres armes (ni à feu, ni blanches). Il n'était

pas possible aux habitants, fût-ce en se faisant tous écharper, de soutenir CINQ MINUTES de défense militaire (a).

Il faut qu'un tel état de choses soit resté bien peu connu du public parisien (si mal renseigné, d'ordinaire, par des nouvellistes d'une ignorance et d'une frivolité notoires), pour qu'il s'y soit trouvé des orateurs ou des écrivains, de quelque valeur cependant, qui se soient imaginé de taxer de LACHETÉ une ville séculairement héroïque, où chaque maison regorge de témoignages héréditaires de bravoure (b). On n'a pas rougi d'articuler et d'imprimer, en plein Paris, que *Nancy s'est laissé prendre par cinq uhlans.*

Les insulteurs auraient même dû dire « QUATRE »; car c'est au nombre de *quatre,* à ce qu'il paraît, qu'arrivèrent les Envoyés. Et même, sur les quatre, il y en avait *deux* qui n'étaient que de luxe et de superflu. Selon les règles, en effet, du code militaire des nations, quand on veut adresser à l'Ennemi une sommation régulière, il suffit de deux hommes : le *parlementaire* et son *trompette.*

Aussi, le groupe de ces *preneurs* ou *conquérants* n'était-il autre qu'un *parlementaire* et son escorte. Il venait annoncer la prochaine entrée de l'armée allemande, dont une brigade

---

(a) Tellement, que lorsqu'il s'est agi de créer une garantie contre les coupe-jarrets ou les simples *pik-pokets,* il fallut que les citoyens s'organisassent armés de simples CANNES, et sans autre uniforme qu'un simple *brassard* tricolore.

(b) Il y en a telle, comme on sait, qui a fourni deux capitaines; une autre, deux colonels; une autre, jusqu'à trois généraux. Dans ce pays de Lorraine (a dit un écrivain), « l'épaulette est partout suspendue à la muraille des chaumières, et *l'étoile* de l'Honneur est devenue le jouet de l'enfance. » Qui donc ignore cela? sinon ces habitués du boulevard, plus assidus autour de la côtelette à la mode que coutumiers de rester fermes devant la mitraille!

d'avant-garde occupait déjà la route de Tomblaine et d'Essey, et dont il apportait les premières réquisitions, avec menace de brûlement immédiat en cas de refus.

Libre à des étourneaux de prétendre qu'une *ville ouverte*, systématiquement laissée sans une seule cartouche, devait, par des défis de matamores, laisser, de la sorte, tout détruire, sans but aucun, sans compensations quelconques, et priver ainsi pour jamais LA PATRIE FRANÇAISE des trésors de civilisation que lui garde le grand centre intellectuel des Gaulois du Nord-Est ; — aller même plus loin, — permettre peut-être qu'au milieu des rues de cette ancienne capitale, — si connue pour ses sentiments généreux, — des lâches osassent, par quelque blessure ou par quelque outrage, méconnaître, dans les parlementaires de l'Ennemi, le caractère sacré de *hérauts* ou *féciaux*, et violassent ainsi le DROIT DES GENS : — ce sont là des aberrations d'esprit, concevables chez des *plumitifs* de cafés, mais que des hommes de tête et de cœur ne se pardonneraient pas. A des cerveaux grisés de punch, certaines rodomontades folles et funestes peuvent plaire ; à de vrais *braves*, non pas. Il faut savoir souffrir, savoir mourir, MAIS A PROPOS. Le ridicule n'est pas le sublime ; l'extravagance n'est pas l'héroïsme.

(3)

C'est le clairon germain, trombonne sépulcrale.

Quelqu'un vient de nous faire part d'un scrupule qui s'est élevé chez lui, à l'égard du mot *trombonne*. Il ne le découvre dans les dictionnaires qu'avec l'indication *m.* (c'est-à-dire *masculin*), sans distinction du joueur et de son instrument.

Certes, s'il y avait lieu au moindre doute sérieux, l'auteur s'empresserait de déférer à la requête ; car il fait partie du petit bataillon de ces vieux gallicistes (gallomanes si l'on veut) qui, volontiers, comme le bon Vaugelas au lit de mort, déclareraient vouloir « batailler jusqu'au dernier soupir pour la défense de la langue française ».

Mais ici, nulle incertitude n'existe, nul scrupule n'a de fondement.

Rien de moins surprenant qu'un oubli, commis par les dictionnaires, au sujet du *double genre* (grammatical) d'un terme peu répandu encore, et d'adoption universelle assez récente ; terme de l'emploi duquel nos grands écrivains célèbres n'avaient pu leur fournir aucun exemple.

Mais, à défaut de l'autorité des Classiques, on en a d'autres : celle du Bon Sens, — du bon usage, — des analogies ; — celles qui tiennent au génie même de l'idiôme.

De même que le mot *trompette* est mis au féminin (*une trompette*), quand il est question de l'instrument de cuivre, — et au masculin (*un trompette*) quand il s'agit de l'homme qui en sonne ;

De même, *une trombonne* (transformation de la trompe ou CONQUE antique) s'est mise tout naturellement au féminin ; tandis que le musicien qui souffle dedans s'est appelé, d'abord, « un joueur de trombonne » ; puis, par ellipse, *un trombonne*.

Tel est, non-seulement l'inévitable effet de la Raison, mais aussi la saine tradition. Pour notre part, nous n'avons souvenir d'avoir jamais entendu, fût-ce dès les temps de Friedland et de Wagram, les auditeurs primitifs de cet organe métallique (alors récemment introduit) l'appeler autrement qu'*une trombonne*.

Comment, d'ailleurs, eût-il pu en être différemment? Est-ce que la langue française met au *genre* masculin aucun de ses mots terminés en *onne* (ou en *one* bref)? Le *genre* féminin leur est constamment assigné (*c*).

Au reste, supposé qu'on veuille, par puritanisme lexicologique, substituer à notre hémistiche celui-ci :

Trompette sépulcrale,

on en est bien maître. — Et alors, plus de discussion.

Seulement, on aura gâté l'expression poétique, en y introduisant deux causes d'infériorité :

1° Parce qu'on aura diminué *la justesse de l'image;* attendu qu'à la mention et qu'au souvenir de la *voix de la trompette,* se lie non pas uniquement l'idée d'un son métallique, mais d'un son métallique élevé, clair, éclatant, — tout le contraire de la trompe (*d*);

(*c*) On n'allègue, du contraire, qu'un seul exemple : le nom qu'on a fabriqué pour un quadrupède africain (l'*hémione*). Encore, ce terme, tout à fait artificiel et scientifique, n'est-il pas adopté sans conteste. Il offre quelque chose, au masculin, de si choquant pour l'oreille, qu'en dépit des privilèges énormes que l'on accorde à la technicité, il a été fortement combattu. Plusieurs fois déjà, on a proposé (même par des mémoires spéciaux) d'ôter au susdit animal une physionomie si étrange; de lui attribuer une dénomination qui ait les allures françaises; c'est à savoir, d'appeler cette sorte d'onagre, selon ses deux sexes, *un hémion* quand il s'agira du quasi-baudet, et *une hémionne* quand on voudra parler de la quasi-ânesse. — Évidemment ce serait cent fois mieux, et rien n'empêche qu'un beau jour la Raison n'obtienne ce triomphe sur l'esprit de nomenclature baroque.

(*d*) Ce caractère, aigu, éclatant, du *taratantara* de la *tuba* (*) est si notoire, si proverbial, que le célèbre professeur de physique Saunderson, lequel, étant aveugle-né, ne pouvait se rendre compte du phénomène des couleurs qu'à coups d'intelligence, disait que le

---

(*) Vieille expression d'Ennius, bien connue.

2° Parce qu'ici, quiconque est versé dans la grande et haute littérature, aura senti en lui l'écho d'un vers épique célèbre, que nous lui remettons en mémoire. Les sinistres sons de « gamme basse » du grave clairon dont les Prussiens font usage pour signal d'alarme, c'est justement ce que le Tasse, dans un passage resté fameux, appelle :

Il rauco suon della tartarea TROMBA.

(4)

Un donjon d'escalier suffit-il pour rempart?

Depuis la démolition, qui eut lieu sous Léopold, du magnifique escalier par lequel les dames invitées aux fêtes ducales pouvaient monter en voiture jusqu'au premier étage, il ne subsiste que le *petit* escalier, — lequel, assurément, passerait encore pour le *grand* dans bien des édifices. — Sa tour, à pilastre et à vis (e), séparait du bâtiment de la Salle des Cerfs le corps de logis où l'on avait caserné la Gendarmerie, et dans lequel se trouva d'abord concentré le feu. Mais la barrière devint bien vite insuffisante; car les opérations de sape ne purent être assez promptes pour arrêter communication par les toits. Comment empêcher la flamme de gagner une pareille *forêt* de charpente, qui avait trois cents ans d'existence et de dessiccation ? — A présent, pour les toitures, on a recours aux métaux, — et l'on fait bien.

---

rouge, la plus vive et la plus éclatante des couleurs, lui semblait devoir produire sur les yeux quelque chose d'analogue à ce que produit sur les oreilles *le son de la trompette.* — Nous sommes loin, comme on voit, du « rauque son de la trompe ou trombonne (*tromba*) ».

(e) Voir l'Album spécial publié par L. Wiener.

(5)

Point Germains, Celtes vrais, nés du pur sang gaulois.

Les Lorrains,—disions-nous, il y a quelques années, dans un petit résumé historique (*e*),—furent en Europe une *nation;* ils possédèrent une petite patrie, pleine d'héroïsme; mais, quand leur vie propre fut épuisée, ils ne purent rien faire de mieux que de se réunir à la France, puisque la France n'est guère autre chose que la Gaule, et puisqu'ils étaient, eux, l'une des tiges de la souche gauloise.

Nancy, la plus vive expression du sentiment lorrain, ne reçut jamais la greffe d'aucun élément tudesque. Et quand les ethnographes voudraient remonter jusqu'à son germe,—jusqu'à l'an 1100, par exemple,—ils ne découvriraient pas d'époque où l'on ait parlé là autre chose qu'un idiôme romano-celtique, — que la langue des trouvères. Celle des *Minnesinger* était aussi étrangère, aussi incomprise, à Nancy ou à Lunéville, qu'à Orléans ou à Limoges (*f*).

Naguère, quand nous faisions ressortir ces vérités-là,—d'ordinaire si mal enseignées, grâce au peu de netteté des idées de maints compilateurs séquanais, — c'était à une époque de paisibles études, où le gros public ne prévoyait certes aucunement quelles témérités ignares allaient amener le choc de deux colosses européens. Ce n'est qu'à titre de pure

---

(*e*) *Ce que fut la Lorraine et ce qu'elle est encore;* in-12, Nancy, 1866.

(*f*) Metz pourrait, en ceci, exhiber des antécédents analogues. La république messine, si gauloise d'origine, put bien, au moyen-âge, se mettre sous la protection du *Saint-Empire romain;* mais tous les écrits messins (les reprit-on depuis l'an Mille) appartiennent invariablement à un idiôme celto-roman, lequel n'a pas la moindre nuance de germanisme.

science qu'on s'occupait de rectifier l'ethnologie mosellane, si souvent défigurée. Sans doute, en rappelant alors, par simple amour du vrai, quels furent les traits caractéristiques de l'ancienne RACE LORRAINE (toujours gauloise, jamais teutonne), nous avons bien pu relever, comme ineptes, les impropriétés de termes commises là-dessus dans maintes élucubrations parisiennes; mais peu de personnes y voyaient assez loin pour deviner quelles armes pouvaient fournir aux rivaux de la France ces grosses et perpétuelles bévues. Était-il donc pourtant si difficile d'entrevoir quelles arguties préparait d'avance, à tout avocat un peu retors du Germanisme, cette masse de vieilles erreurs neustriennes, — paresseusement admises par les niais de quais et de boulevards, et sans cesse réimprimées par la librairie de pacotille (g)!

Ah! — l'ignorance! — l'ignorance!

Fléau bien plus nuisible qu'on ne croit, que ne se le figure surtout la naïve fatuité séquanaise, l'ignorance trompe le calcul des gens qui la regardent comme indifférente. Tôt ou tard vient le moment où ceux qui se complaisaient dans une dédaigneuse routine, et pensaient pouvoir impunément laisser régner des notions fausses.., sont forcés de s'apercevoir qu'ils avaient fait le plus sot calcul du monde, et n'avaient choisi qu'un métier de dupes.

(g) Si c'était le cas, on pourrait raconter ici des anecdotes du plus haut comique. Il est difficile, en effet, de s'imaginer jusqu'où est allée quelquefois la méprise. On citerait des scènes, véritablement bouffonnes, dans lesquelles tel homme très-*mettable*, et doté de l'éducation des lycées, en était à ce degré, de crasse ignorance, de se représenter Nancy comme une ville de *langue* et de *civilisation allemande*, comme une ville qui empruntait aux régions alsaciennes ses pensées et ses habitudes.

(6)

Chevaliers du Progrès, du Savoir et des Lois.

Voir ci-après, dans les Appendices, le chapitre intitulé :
les Initiatives lorraines.

(7)

Ces soutiens du Nord-Est, émules de Paris.

Que le Nord-Est,— dont les ducs de Lorraine restèrent les
derniers champions avoués,— ait possédé, parmi les portions
du territoire gallo-franc, une importance à part, une attitude
bien caractérisée, — tout autre que celle des *provinces*, puisque ces dernières, fût-ce les plus favorisées, n'échappaient
point à la loi du vasselage (*h*); — c'est une vérité incon-
testable, mais que les écoliers ont peine à découvrir, par
suite du système dans lequel ont été conçues nos histoires
de France, — prises qu'elles sont d'un point de vue oblique,
restreint, toujours spécialement neustrien.

Chose étrange : tout le monde sait bien qu'il y eut des
West-Frisons et des Ost-Frisons; qu'il a existé des West-
Goths et des Ost-Goths (*i*); que l'Angleterre a connu des rois
pour les Saxons de l'Ouest et d'autres pour ceux de l'Est (*j*),
— et aucun historien ne nous enseigne à comprendre qu'il
y eut, dans notre fleuve national, outre divers embranche-

(*h*) Au moment d'un couronnement ou sacre, il n'y avait pas
moyen de s'y tromper. Ni le plus puissant électeur de Saxe, ni le
plus brillant duc de Bourgogne ne pouvait se dispenser d'aller là
soutenir la couronne de son suzerain. Mais un duc de Lorraine
n'était mandé pour aller assister ni au sacre de Reims, ni au couronnement de Francfort. Voilà le signe.

(*i*) *Visigoths* et *Ostrogoths*, a-t-on coutume de dire.

(*j*) Wessex et Essex.

ments passagers, deux grands courants principaux : celui des *Franco-Gaulois de l'Ouest* (capitale définitive, Paris), et celui des *Franco-Gaulois de l'Est* (dernière capitale, Nancy).

L'inégalité de forces eut beau devenir énorme entre les deux *nations-sœurs :* cela ne changeait rien à l'égalité de *rang*, chacune d'elles demeurant souveraine (*k*).

(8)   .....Qui flotta la dernière
Sur des sceptres vraiment honorés et chéris.

Honorés et *chéris.* Les deux mots ne sont point ici des épithètes de remplissage, risquées en façon d'*à-peu-près.*

Sur le Continent européen, ce fut la nation lorraine qui offrit le type, le plus longtemps et le mieux conservé, d'un état de choses dont le spectacle devient rare, et semble sur le point de disparaître : — l'existence (frappante, durable, incontestée) de liens de cœur passionnés, entre un peuple et sa famille régnante (*l*).

Car c'était DE FRANC JEU, et sans aucune tendance aux

(*k*) On pouvait, sans cesser d'être pleinement souverain, se trouver VASSAL RELATIF, quant à tel ou tel de ses domaines. Ainsi, par exemple, les rois d'Angleterre étaient vassaux du roi de France *pour la Normandie,* et les ducs de Lorraine pour *une partie du duché de Bar;* mais *leur couronne propre* restait exempte de toute suzeraineté. En ce qui concerne la Lorraine, il reste à Rome (la ville des us et traditions) un souvenir bien probant de cette ancienne égalité. L'église *Saint-Nicolas-des-Lorrains* jouissait des mêmes honneurs que l'église *Saint-Louis-des-Français.*

(*l*) Quoique transférés depuis déjà cent trente années sur un trône allemand, et affublés là depuis vingt-cinq ans d'un nom tudesque, MM. de Lorraine n'ont pas encore entièrement perdu cet héritage, de l'amour sincère des peuples quelconques qu'ils ont à régir. (Voir là-dessus un curieux article, tout récent, du journal *la République française.*)

courbettes, que les Lorrains, — les gens les moins courtisa-
nesques du monde entier, et les plus *dignes,* dans leur froide
et modeste fierté, — vouaient une respectueuse déférence
à leur Duc ; — à l'incarnation loyale de la Patrie ; — à
l'homme de qui la magistrature, — héréditaire, mais stricte-
ment *constitutionnelle (l),* — représentait, à leurs yeux :

> Au dedans, le règne de la Loi,
> Au dehors, l'honneur de leur drapeau.

Si quelque sourde malveillance, retenue seulement par la
crainte ; si quelques mouvements de révolte intime, ne
fût-ce qu'un simple élan railleur contre la Puissance établie,
eût existé chez eux, — comme elle avait lieu (au moins en
partie) chez certains peuples, très-voisins de leur frontière,
— on le saurait à merveille ; la chose aurait jailli. Il en
resterait de ces témoignages qui ont percé ailleurs, soit
dans des correspondances privées, soit même quelquefois
sous forme littéraire (*m*), et qui plus tard surent bien se
faire jour, par exemple, quand la gestion des favoris du
trop vieux Stanislas commença à dévier de la parfaite droiture *ducale.*

(*l*) A part quelques moments de folie dans le cerveau de
Charles IV, jamais les Ducs de Lorraine ne partagèrent les doctrines
de l'école dite de Louis XIV ; jamais ils ne se prétendirent les
propriétaires de leur nation. Simples administrateurs qu'ils en
étaient, ils ne le niaient aucunement. Ils regardaient très-bien
comme un *devoir*, plus encore que comme un *droit,* les fonctions
attachées à la possession de leur couronne.

(*m*) Ne se rappelle-t-on pas ces vers de La Fontaine, bouffées du
souffle véridique que laissait parfois échapper l'instinct des Neus-
triens :

> Notre ennemi ? C'est... *notre maître.*
> Je vous le dis en bon français.

Mais non. La maison de *Lorraine* était sincèrement *honorée,* parce qu'investie de l'*honneur,* elle avait su le conserver. Et lorsque les Ducs, accoudés sur des bancs de pierre, causaient dans la rue avec le peuple, — ou quand leurs filles, déjà grandes, déjà destinées à des mariages royaux, grimpaient à côté des paysannes sur les chariots qui ramenaient des bottes de foin ou des gerbes de blé, — aucune inconvenance n'en résultait. — Cette familiarité charmante n'ôtait ni aux petits bourgeois de Mirecourt, ni aux faneuses de Lunéville, la profonde impression du RESPECT ; d'un respect vrai, traditionnel et juste, mérité par les longs siècles de vertu d'une Autorité qui toujours (ou presque toujours) s'était elle-même respectée.

Quant à *chéris,* le terme n'est qu'exact ; *aimé* ne paraît pas assez dire. Entre la nation lorraine et ses Ducs, c'était « *à la vie et à la mort* ». Au degré d'union où ils étaient parvenus avec elle, les relations d'amour *filial* avaient été dépassées ; elles étaient devenues *quasi-fraternelles.* Oui les Ducs couronnés n'étaient plus là simplement les *pères* du peuple. Dans les rapports d'égalité qu'avait créés avec lui l'amour, ils n'en étaient presque plus que les *frères aînés.*

Aussi, comme on se dévouait, comme on souffrait sans se plaindre, — pour leur personne ou pour leur cause ! Quels sacrifices, quand il s'agissait d'eux, ne semblaient pas doux !

On pourrait en raconter des milliers de traits, plus touchants les uns que les autres.

Il y en a de saignants. L'héroïsme, par exemple, de ce brave Seurot (d'Amance) qui, pour garder fidélité à ses princes lorrains, qu'il avait tenté de délivrer, se laissa, sans lâcher un mot, supplicier, briser par toutes les tortures espagnoles, — et que les Castillans eux-mêmes, bons juges en fait de vigueur d'âme, qualifièrent l'HOMME (*el hombre*) ;

c'est-à-dire l'homme complet, digne de ce nom; l'homme
qu'Horace avait jadis rêvé dans son *vir justus, tenax, impavidus.*

Mais coupons court, et qu'une anecdote moins épique
termine nos renseignements sur ce chapitre. Elle a un grand
mérite : celui *d'être vraie.* Et, dans sa réalité *naïve,* elle
remplace bien des aperçus historiques.

Le duc Charles IV était prisonnier à Madrid. D'humbles
habitantes de sa capitale désolée parviennent à réunir, en les
prélevant sur les faibles ressources de leur misère, quelques
chétives pièces d'or. Une pauvre bonne femme, de la paroisse
Saint-Epvre, y joint son denier de veuve; elle coud le petit
trésor dans un linge, et se met en route pour l'aller porter.
Des bords de la Meurthe à ceux du Mançanarès, elle fait
à pied, vivant d'aumônes, les cinq cents lieues qu'il lui faut
parcourir. Arrivée là, force lui est d'attendre le seul genre
d'occasions qui pût lui permettre d'entrevoir, d'approcher
à la hâte, son infortuné souverain. L'unique liberté que laissaient les rois d'Espagne au vainqueur de Norlingue, c'était
d'assister (sans éclat) à la messe, dans un coin de quelque
église paroissiale. La vieille citoyenne fait tant, tant, qu'elle
réussit à passer auprès du captif; et alors, lui glissant
dans la main son petit sachet, elle lui dit à voix basse, une
larme dans l'œil : « TIENS, CHARLOT, voilà ce que je t'ai
» apporté DE NANCY. »

(9)

La race au drapeau d'or, la race à double croix.

Rien de si connu que le signe héraldique qui se compose
d'un montant vertical, coupé à angle droit par deux traver-
ses parallèles. On sait que ce genre particulier de croix
s'appelle *croix de Lorraine.*

Quant aux bannières des Lorrains, il y en a eu de plusieurs formes et couleurs et marquées de divers emblèmes.

C'est ce que vient encore de rappeler M. Henri Lepage, dans quelques savantes pages où la matière est éclaircie à fond (*n*). Mais le plus ancien de tous ces drapeaux, — celui auquel, avec raison, tous les souvenirs se sont de préférence attachés, — c'est le pennon jaune des anciens Ducs; c'est l'étendard qui porte, *sur champ d'or*, la bande de gueules aux trois alérions d'argent.

Ainsi, la nation lorraine peut très-justement rester désignée, en style poétique, par ces mots : « La race *au drapeau d'or*, la race *à double croix* ».

(10)
Une assise
Des enfants de la cité.

Assise est pris ici dans son ancien sens de CORPS DÉLIBÉRANT (*o*). — On sait combien étaient honorables, en Lorraine, les idées que réveillait ce mot, employé là pour désigner les assemblées du corps, si populaire, de l'Ancienne Chevalerie (*p*).

(11)
L'énorme tente honoraire
Où trôna du Téméraire
L'orgueil, sous nos murs dompté.

Il s'agit de la magnifique Tente souveraine que Charles le Téméraire transportait avec lui à la guerre, trophée dont

---

(*n*) *Journal d'Archéologie lorraine*, cahier d'avril 1872, pages 78 à 92.

(*o*) Comme lorsqu'on parle, dans l'histoire, des *Assises de Jérusalem*.

(*p*) Voir, ci-avant, les notes 37, 38 et 39 du morceau intitulé : *la Salle des Cerfs*. Page 88.

la conquête par les Lorrains, à la bataille de Nancy, fut
pour eux, en 1477, autant ou plus que ce qu'a pu être pour
les Français, dans notre siècle, à la bataille d'Isly, la prise
du grand pavillon d'honneur de l'empereur de Maroc.

Nous en avons déjà parlé, mais brièvement, dans notre
carmen inaugurale de la Salle des Cerfs (§ XVIII des vers, et
notes 56 et 57); mais si l'on veut se mieux rendre compte
et de l'origine de cette superbe tapisserie (*q*), et de son rôle
dans les fêtes et pompes patriotiques lorraines (*r*); — du
généreux don que la dynastie, lors de son départ, en fit à la
capitale du pays sur lequel elle cessait de régner; — enfin
de sa pieuse conservation ultérieure par les soins de la Cour
souveraine de Lorraine et Bar d'abord, puis des diverses
magistratures qui succédèrent à celle-là : — il faut lire et les
écrits de Lionnois (*s*), et ceux de M. François de Villeneuve-
Bargemont-Trans (*t*), et surtout la grande notice initiale de
l'atlas où M. Victor de Sansonnetti, en six belles planches
in-folio, publiait, il y a près de trente ans, le dessin assez
exact, et parfaitement gravé au trait, de cette relique historique de premier ordre (*u*).

(*q*) Exécutée dans l'un des superbes ateliers des Flandres, d'après
un modèle (probablement d'origine vénitienne) qu'un voyageur
avait admiré dans la ville des Césars germains, aux bords du
Danube.

(*r*) On la portait processionnellement, le 6 janvier, du Palais
ducal à Bon-Secours, avec d'autres glorieuses dépouilles et avec
le casque et l'épée du Téméraire.

(*s*) *Essais sur la ville de Nancy*; 1788. *Histoire des villes vieille
et neuve de Nancy*; 1805-1811.

(*t*) Mémoires de la Société royale de Nancy; 1837.

(*u*) *Tente de Charles le Téméraire*, etc. Nancy (Grimblot) et
Paris (Leleux); grand in-folio, 1845.

Quant à son replacement triomphal au palais de Lorraine, — replacement qui était resté longtemps inespéré, — les documents relatifs à ce fait, si mémorable pour quiconque y joua un rôle, se trouvent rassemblés dans le *Journal d'Archéologie lorraine,* tome X, pages 133 à 149 (cahier de juillet 1861).

(12)

Antoine et sa *porterie.*

Porterie, ancien synonyme de PORTAIL. Veut-on savoir tout ce qu'a de célèbre celle de Nancy? Que l'on consulte tous les écrits relatifs au Palais ducal, notamment ceux de Henri Le Page (*v*) qui a rendu si clair tout ce qui concerne Mansuy Gauvain (*x*).

Voir aussi le paragraphe VIII du poème de la *Salle des Cerfs* (1862), et ses notes 26 et 27.

(13)

Réveillé tout à coup, « *bon sang ne peut mentir* ».

C'est ici l'occasion de jeter un coup d'œil d'ensemble sur les principaux faits par suite desquels, dans les derniers temps, l'ex-capitale de la Lorraine s'est trouvée remise en rapports avec la dynastie de ses anciens souverains.

En 1867, l'empereur François-Joseph et deux archiducs, ses frères, se rendant à Paris, s'arrêtèrent une journée à Nancy. Naturellement, ils y visitèrent le Palais ducal. — Sous la voûte de la Porterie se trouvait réuni, pour recevoir les descendants des ducs nationaux, à leur entrée dans l'antique demeure paternelle, le comité du Musée lorrain, dont

---

(*v*) *Bulletin d'Archéologie lorraine,* I, p. 89, etc.
(*x*) Id., II, p. 51, etc.

le président (M. Henri Le Page) les salua par un discours
digne de la circonstance (*y*).

De son côté, sitôt après le retour des princes au palais du
Gouvernement (alors du Maréchalat), une autre compagnie
savante s'y rendit : l'Académie de Stanislas, — qui est, en
quelque sorte, pour la Lorraine, ce que l'Institut est pour
la France, c'est-à-dire qui fut instituée pour embrasser le
cercle entier des sciences, des lettres et des beaux-arts, mais
à qui surtout, parmi ses tâches principales, incombe, d'après
les volontés de son royal fondateur, l'étude des souvenirs
historiques des contrées lotharingiennes. Cette Académie,
donc, monta au grand salon dit du *Gouvernement,* pour y
présenter ses hommages aux augustes voyageurs.

Nous reproduisons ici les paroles des Stanislaïtes, parce
qu'elles ont été moins répandues et sont moins connues du
public que le premier discours. D'ailleurs, comme leur
harangue était forcément prise d'un point de vue plus général et ne pouvait pas s'empreindre d'un caractère archéologique si marqué, — elle n'en est peut-être que plus propre
à rappeler en gros la physionomie du moment d'alors.

(*y*) Voir le *Journal de la Société d'Archéologie lorraine,* tome
de 1867, p. 137-140.

Adresse de l'Académie de Stanislas
A S. M. François-Joseph de Lorraine-Habsbourg, Empereur d'Autriche
pour son passage à Nancy (déposée entre les mains impériales).

« Sire,

« De toutes les connexions qu'avait préparées la nature
des choses, et que le temps a consacrées, on n'en connaît
point de plus solide que celle qui a fini par unir à la grande
famille des *Celtes d'Occident* le groupe des *Celtes orientaux*,
lequel avait formé longtemps un peuple à part. Mariée qu'elle
est depuis un siècle à la France, la Lorraine s'est fortement,
et sans retour, attachée à sa nouvelle patrie.

« De tels sentiments, Sire, ne l'empêchent pas de se rappeler qu'elle eut l'insigne honneur d'être comptée pour l'une
des nations de l'Europe; pour une nation petite de territoire,
il est vrai, mais grande de courage et de renommée; nation
qui déployait, non sans une juste fierté, le drapeau de son
entière indépendance.

« Or, quand il arrive aux Lorrains de se reporter historiquement vers les âges de leur glorieux passé, ils ne sauraient oublier, Sire, que la dynastie indigène aux mains de
laquelle se trouvait remis leur sceptre, et qui occupa sept
cents ans le trône de Nancy, — n'était autre que la lignée
même des aïeux de Votre Majesté : — princes d'origine cis-
rhénane, qui ne devinrent Danubiens que tard, et qu'à la
suite de leurs éclatantes victoires sur les vieux ennemis de
la Chrétienté.

« Vos ancêtres, Sire, avaient puissamment encouragé, dans leurs États, les travaux de l'esprit. Ils y avaient fondé cette brillante Université lorraine qui attira jadis (quelquefois de cinq cents lieues) tant d'auditeurs à ses leçons, — et qui, brisée plus tard sous le choc d'événements majeurs, commence, de nos jours, à se reconstituer.

« Quant à l'Académie libre qui vient ici présenter ses hommages à Votre Majesté, vous voyez en elle, Sire, la dernière institution survivante des institutions locales antérieures au régime français. Votre sage aïeul, le duc-roi Léopold en avait créé l'embryon; seulement, elle ne cultivait, sous son règne, que les Mathématiques et les Beaux-Arts. Le roi Stanislas, dont elle s'honore de prendre le nom, la développa grandement, en ajoutant au domaine qu'elle embrassait, le terrein des Belles-Lettres et le cercle entier des Sciences. En outre, quoiqu'il ne fût pas né Lorrain, il la chargea, très-expressément de recueillir, pour les empêcher de périr, tous les souvenirs de l'ancienne nationalité lorraine. Et voici plus de cent années, Sire, qu'elle remplit avec un soin religieux cette mission d'honneur. Elle ne l'a pas même abandonnée, maintenant, — bien qu'une active et remarquable Société d'Archéologie vienne désormais lui prêter aide efficace, pour cette partie de sa tâche.

« Il n'appartient donc à personne plus qu'à nous, Sire, au moment où vous acceptez l'hospitalité de la France, de saluer la présence de Votre Majesté dans la ville, jadis souveraine, qui fut la CAPITALE DE SES PÈRES et qui reste en possession de leurs tombeaux. — Les grands faits nationaux, après qu'ils ont disparu de la sphère des réalités, doivent conserver place dans l'Histoire. Or, à qui, surtout, est confié le dépôt des intérêts de l'Histoire, sinon aux Académies! à ces laborieuses phalanges de l'armée de la Vérité, qui, dans la mesure de leurs forces modestes, sont les persévérantes gardiennes des trésors de l'esprit humain !

« Nancy, le 22 octobre 1867. »

(*Suivent les signatures des membres du Bureau.*)

Quatre ans après, lorsque Nancy, pour couronnement des misères matérielles et morales dont la guerre de 1870-1871 lui avait donné sujet de gémir, — eut à supporter dans ses murs le spectacle de l'incendie du Palais ducal, — le Comité du Musée lorrain resta là le centre de la vitalité dernière. Noyau du groupe des hommes qui ne se découragèrent pas et qui pratiquèrent là les premiers « *la vertu d'espérance* » — il osa proclamer l'idée d'une reconstruction..., impossible en apparence. — Ce n'est pas tout. Inaugurant par une grande et fière démarche son entreprise, il n'hésita point à juger, — si étrange que cela pût paraître à maintes gens, — qu'en se décidant à ouvrir une liste de dons volontaires, on ne pouvait la présenter mieux pour y inscrire les premières offrandes, qu'aux plus anciens représentants de la *patrie d'autrefois*, qu'à la famille dont les membres étaient notoirement *citoyens lorrains* dès l'an *Mille*.

Il écrivit donc à l'impérial visiteur de 1867 la lettre suivante :

A S. M. l'Empereur François-Joseph de Lorraine.

« Nancy, le 27 juillet 1871.

« Sire,

« La demeure séculaire de vos ancêtres, le Palais ducal de Nancy, vient, avec la plupart des trésors historiques qu'il renfermait, d'être détruit par un horrible incendie.

« Spectacle navrant ! Bien que la célèbre Porterie de sa

façade ait pu être préservée, ce noble édifice est à recon-
struire presque en entier.

.   « Eh bien, plus le désastre est grand, plus s'élève haut le
courage d'un peuple qui, ne voulant pas laisser s'effacer les
vestiges de ses vieilles gloires, multipliera les sacrifices pour
rebâtir le palais de son ancienne souveraineté.   .

« Il ouvre, Sire, une LISTE DE SOUSCRIPTIONS, — sur laquelle il ose attendre, pour NOM DU PREMIER DONATEUR, le
nom du Chef même de sa dynastie d'autrefois : le nom de
François-Joseph de Lorraine.

« On a déjà souvent, nous le savons, mis à l'épreuve les
sentiments généreux de Votre Majesté. Mais il ne s'agit plus
ici de simples munificences, ni même de pieuses charités
libres. Un rôle nouveau, particulier, une tâche plus directe,
paraît échoir à la maison de Lorraine. Il y va, pour ses
princes, d'une question de convenance et d'honneur, dont
vous êtes, Sire, le meilleur juge.

« Sire, l'antique palais de vos pères, le palais dont la
chapelle (heureusement sauvée) renferme encore les tombeaux, — est mis à nu, comme un géant décharné, dévoré
qu'il a été par les flammes. Jamais évènement plus grave
n'appellera les efforts personnels de Votre Majesté. Elle
verra là, nous le pensons, l'un de ces cas d'exception majeurs qui font fléchir les règles ordinaires.

« Nous offrons, Sire, à Votre Majesté, avec nos vives con-
doléances sur l'immense malheur qui la frappe, — l'hommage des sentiments de profond respect

« De ses très-humbles et très-obéissants serviteurs,

      « *Les Membres du Comité du Musée historique lorrain.*

                  . *Par le Comité :*
« H. LE PAGE, *président ;* Alex. GÉNY, *vice-président ;* MÉLIN, *secrétaire ;*
      abbé GUILLAUME, *trésorier ;* Baron DUMAST, *secrétaire perpétuel*
      de la Société d'Archéologie lorraine. »

Transmise qu'elle fut (grâce au zèle personnel du vicomte de Montesquiou, préfet de Meurthe-et-Moselle), à l'Ambassade française à Vienne, par le Ministère des affaires étrangères de la République,—cette lettre n'eut point à subir les formalités ordinaires des chancelleries; elle put, sans délais, arriver à son impérial destinataire. Aussi ne tarda-t-on pas à recevoir de l'Ambassade d'Austro-Hongrie, à Paris, une réponse officielle (*z*), dont voici deux paragraphes :

« L'Empereur mon auguste souverain, vivement affecté de la nouvelle que l'ancien Palais des ducs de Lorraine est devenu la proie des flammes, vient de destiner la somme de CENT MILLE FRANCS à la reconstruction de cet édifice.

. . . .

« L'intérêt qu'attache Sa Majesté à la réussite de l'œuvre par vous entreprise, — intérêt dont S. M. donne un si éclatant témoignage, — exercera, je n'en doute pas, une heureuse influence sur les participations (*a*) auxquelles on doit s'attendre de la part des habitants de la Lorraine, et notamment de ceux de Nancy.

« Veuillez recevoir, etc. »

Conformément donc à leur demande, qui se trouvait acceptée en entier, et pour faire fructifier l'exemple dont le Monarque, né de sang lorrain, désire lui-même voir sortir

---

(*z*) La dépêche était adressée au Comité lorrain sous l'enveloppe de son trésorier (M. le chanoine Guillaume). La signature qu'elle porte est celle du Chargé d'affaires, qui, en l'absence de l'Ambassadeur austro-hongrois, dirigeait cette légation.

(*a*) Sous le nom collectif de *participations*, l'auteur de la lettre désigne tous les genres de dons particuliers : soit offrandes directes, soit souscriptions (périodiques ou autres).

une heureuse influence, — les membres du Comité du Musée historique de Nancy ont pu inscrire sur les listes des souscripteurs pour la reconstruction du Palais ducal,

S. M. François-Joseph de Lorraine, Empereur d'Autriche,

et, se rendant l'organe de la gratitude publique, ils ont écrit à l'impérial donateur la courte lettre suivante :

« Nancy, le 29 septembre 1871.

« Sire,

« Nous n'avions pas vainement compté sur l'appui de Votre Majesté.

« Nous ne pouvions avoir oublié que l'héritier de l'antique maison de Lorraine représente en Europe une dynastie dont le nom a toujours voulu dire grandeur, et dont les membres s'étaient fait connaître comme les princes les plus généreux de la Chrétienté. Plus que jamais ce nom vivra dans nos souvenirs.

« Nous sommes, avec le plus profond respect, Sire,
« De Votre Majesté impériale,

« Les, etc., etc.

« *Les Membres du Comité du Musée lorrain* »,

(Suivent les Signatures.)

(41)

Donne exemple, agit, *commence.*

Rien d'exagéré, en parlant de Nancy, — l'une des villes en Europe où le plus d'idées ont pris naissance (*b*), — à dire que son trait le plus caractéristique (après la *modération,* pourtant), c'est l'*initiative.* Combien de fois n'était-il pas *parti de l'avant,* donnant l'exemple sans savoir si on le suivrait ! — *Commencer,* c'est d'ordinaire sa mission.

(*b*) Voir, ci-après, les *Initiatives.*

APPENDICES

———

Sur le premier des morceaux appenditiels :

L'étude qui a pour titre *Philosophie de l'histoire de Lorraine* n'a guère pu être CONNUE, sinon des assistants qui l'avaient entendu lire dans la séance du 21 septembre 1850 devant le Congrès historique de France, ou bien des membres à qui furent remis, d'après leur droit, les deux volumes de *Mémoires* où se trouvent publiés les travaux de cette session du Congrès. Hors de là, peu de cognition réelle du morceau. Par suite d'un *tirage à part* infiniment trop restreint, le peu d'exemplaires qui s'est produit n'a été mis en vente, comme brochure, nulle part. Tous, ils ont été *donnés,* ou à des notabilités savantes, ou à des amis.

Les collectionneurs, cependant, privés qu'ils se trouvaient de ce document, ont souvent demandé à l'auteur de le faire réimprimer. Ils attachaient quelque importance à un écrit qui leur semblait devoir figurer, comme *jalon* très-marquant, sur la route des investigations historiques.

Mais il nous a paru qu'une édition spéciale était un bien grand moyen à employer, et que les chercheurs de la vérité, les lotharingistes spéciaux même, pouvaient être contentés à moindres frais. Qu'il nous suffisait, puisqu'on se déterminait à mettre au jour nos *Poésies lorraines*, d'y ajouter, par occasion, notre *Philosophie de l'histoire* du Nord-Est, laquelle en formera, très-naturellement, le principal appendice.

PHILOSOPHIE

DE L'HISTOIRE DE LORRAINE

(ANNÉES 400 A 1766)

ou

RÉPONSE A CETTE QUESTION, ADMISE AU PROGRAMME DU CONGRÈS :

« ASSIGNER LE SENS ET LA PORTÉE
DES ÉVÉNEMENTS DONT LA SÉRIE CONSTITUE
L'HISTOIRE DU PEUPLE LORRAIN »

Salve, magna virûm nutrix, generosa Mosella.

Parmi les diverses peuplades dont l'agglomération occupait les Gaules, la plus remarquable à tous égards, — la plus
estimable par son énergie et par la pureté de ses mœurs, —
était celle qui, fixée depuis un temps immémorial entre le
Rhin et la Meuse, avait sa capitale sur la Moselle. Les Trévires (ainsi s'appelait la race dont nous parlons) embrassaient, comme rameaux de leur tronc, les Leuquois et les
Médiomatriciens ; aussi, dans l'organisation qui se fit des

pouvoirs ecclésiastiques, — dont les divisions suivirent en
général, comme on sait, l'ordre des analogies naturelles, —
on voit les diocèses de Toul et de Metz rester dépendants de
la métropole de Trèves ; et lorsque Dom Calmet veut composer l'histoire de Lorraine, force lui est d'écrire en entier
celle de cet archevêché, lequel, succédant à la république
tréviroise, avait été après elle, sous certains rapports, comme
la Lorraine le fut sous d'autres, l'expression centrale des
peuples mosellans (¹).

Ceux-ci, en effet, quoique absorbés en apparence par la
conquête, n'avaient pas perdu tout caractère et toute initiative ; et si les Gaules eussent pu s'affranchir, ç'aurait été
par là. Sans doute, pendant la domination romaine, Divo-
dure, Scarpone, Toul, Nasium, Soulosse, Grand (²), toutes
les villes mosellanes avaient adopté les arts de l'Italie ; elles
en offraient à peu près l'élégance. Trèves était même devenue l'une des capitales de l'Empire, et non pas la moins
importante. Mais, à travers cette politesse, — qui avait amené,
comme partout, de la corruption, au moins à la superficie,
— il paraît que le fond du pays était resté bon ; la masse des
habitants, surtout dans les campagnes, était demeurée plus
saine qu'ailleurs. C'était toujours là les « *Treveri, Belgarum
fortissimi* », les plus mâles d'entre ces fameux Belges d'autre-

----

(¹) Il suffit de voir entrer à Trèves, sur leurs chariots, des villageois du voisinage, pour juger encore, à l'aspect des paysans, au
costume des paysannes, que ce peuple, tout séparé qu'il est des
Lorrains par la langue et par la domination, forme toujours, évidemment, une même race avec eux.

(²) *Grand*, et non pas *Gran*, puisque l'on disait *Grandesina*
ou *Grandesia*. (Voir le curieux mémoire de M. Digot, sur la sta-
tion romaine vulgairement nommée *Andesina*.)

fois, qui, déjà du temps de César, formaient, par leurs mœurs et leur bravoure, l'élite de la famille gauloise.

Sur ce vigoureux sauvageon, si propre à recevoir en adoption les produits de la plus éminente culture, Dieu avait résolu, Messieurs, d'implanter une greffe de premier ordre, destinée par la Providence à donner des fruits d'une nature ailleurs sans égale. Par le vœu décisif que fit Clovis à la bataille de Tolbiac, c'est « entre Rhin et Meuse » qu'eut lieu l'alliance de l'Église avec la plus forte des jeunes races barbares. C'est là que fut engendrée la première monarchie chrétienne de sang nouveau; l'aînée des nations éclairées qui forment le monde actuel.

A la vérité, le grand Mérovingien, étendant sa puissance vers l'Ouest, s'en alla, pour surveiller ses conquêtes d'outre-Loire, séjourner et mourir à Paris; mais, lorsqu'à travers les nombreux et bizarres partages de territoires que firent entre eux ses successeurs, nous voyons se dessiner finalement deux royaumes durables, quel en est le caractère? La Neustrie, beaucoup trop fidèle aux machiavéliques procédés du fondateur commun, cherche presque toujours ses moyens de réussite dans la ruse jointe à la violence; tandis que l'Austrasie, marchant plus sincère et plus pure, comme une eau qui coule sur un sol plus ferme, ne fait point de la religion un calcul, s'honore de garder sa parole, — et travaille sérieusement à fonder chez elle le bon ordre, en lui donnant pour base la vertu. — L'une choisit pour ses ministres dirigeants les hommes astucieux, les Ébroïn; l'autre, les hommes droits, les Pépin de Landen. L'une est le pays du poignard, l'autre le pays de l'épée.

Tantôt plus et tantôt moins visible, cette différence de l'Austrasie à la Neustrie, est perpétuelle; quelquefois elle devient évidente. Il n'y a point de si chétif observateur qui

n'en soit frappé, par exemple, lorsque la scélératesse de
Frédégonde combat le génie de Brunehaut.

Sans doute, malgré l'immense probabilité d'innocence qui
s'élève en faveur d'une grande et noble reine torturée, dont
la défense n'a pu se faire entendre, — il peut y avoir du vrai
dans les reproches adressés aux cheveux blancs de celle-ci.
— Quoique tombée victime de la conspiration de ministres
infâmes, qui se firent largement payer, par des vice-royau-
tés à vie, le sang de leur souveraine, livrée par eux au fils de
son impudique et sanguinaire ennemie, — il n'est pas impossible que sur ses vieux jours, indignée comme elle l'était
du spectacle de l'ingratitude, Brunehaut ait réellement cherché à conserver le pouvoir par des moyens blâmables. Ce
sera toujours là un problème. — Mais ce qui n'en est pas
un, ce sont ses vues larges, magnifiques, bienfaisantes, et
les vertus au moins de sa jeunesse. Ce qui ne forme pas un
doute, c'est le libéralisme de ses plans, le nombre de ses
créations utiles ; c'est sa maternelle préoccupation du bonheur du peuple, et son énergique résistance aux leudes
qui le tyrannisaient ; c'est enfin la haute estime que faisait
d'elle le plus remarquable des hommes de ce temps-là, saint
Grégoire le Grand, — qui la regardait comme admirable,
et employait avec confiance son intermédiaire éclairé, pour
répandre jusqu'en Angleterre la science et la foi.

Au reste, dans la lutte de Frédégonde et de Brunehaut, il
faut voir bien moins la rivalité de deux femmes que l'antagonisme de deux systèmes. — D'un côté, c'est une cruauté
basse, accompagnée de perfidie, une sorte de grossièreté
méchamment raffinée ; — de l'autre, c'est un reste de rudesse
militaire, mais que tendent à polir de jour en jour mille
nobles sentiments croissants, préludes de la délicatesse. —
L'odieux Chilpéric, c'est le Bas-Empire, — et le généreux

Sigisbert, c'est déjà la Chevalerie en germe. — Tandis que, sur les bords de la Seine, les restes du monde païen achèvent de se putréfier comme un cadavre, on voit grandir aux bords de la Moselle l'échantillon du jeune monde chrétien. C'est là qu'un doux principe de vie anime tout, coordonne tout, bâtit, fonde, défriche, et que, renouvelant les codes, et introduisant pour la première fois, dans les pénalités légales, UN NIVEAU réputé jusqu'alors impossible entre criminels nés de classes sociales différentes, — il réussit, par de sages menaces, à faire respecter le sang du pauvre. — La supériorité morale des Austrasiens, on ne saurait la révoquer en doute. Ce n'est pas Sigebert et Brunehaut qui en sont les seules expressions : saint Arnould, saint Sigisbert, saint Dagobert de Stenay, une foule d'excellents personnages, la manifestent ; et déjà les habitudes et la législation des Mosellans avaient rendu notoire l'initiative qu'ils prenaient dans toutes les bonnes choses, lorsque la bataille de Testry, victorieux dénouement d'une guerre entreprise par eux au profit de la faiblesse opprimée, vint les poser noblement au dehors. Dès lors, rien n'arrêta plus ni leur force, honnêtement civilisatrice, ni cet ascendant qui, tous les jours plus marqué, devait se traduire à la fin par l'avènement de l'Austrasie à la direction suprême de la République chrétienne.

C'est vers ce pays qu'en effet se tournaient de toutes parts les yeux ; on réclamait son crédit contre toutes les injustices, son assistance contre toutes les invasions.

Quand les Musulmans, maîtres de l'Espagne, arrivèrent avec trois cent mille hommes sur la Loire, c'est « d'entre Rhin et Meuse » que partit l'armée qui les arrêta court, l'armée qui leur ferma pour toujours la France. Et quand les Lombards, jaloux de s'étendre, menacèrent le Saint-Siége d'une domination non moins redoutable à l'Église que n'eût

été le sceptre des califes, c'est encore à la race « d'entre
Rhin et Meuse » que la Papauté s'en alla demander appui
contre le péril qui cernait Rome.

Il y eut bien (pourquoi ne le dirions-nous pas ?), il y eut
bien quelque savoir-faire, — quelque politique, quoique non
parjure ni cruelle, — dans la manière dont Charles-Martel
et Pépin « conduisirent leur barque » ; mais, visiblement, ils
s'imposèrent moins à l'opinion générale que l'opinion générale ne les désigna, et le flot providentiel les poussa plus
encore qu'ils ne se poussaient eux-mêmes. Représentants
héréditaires des tendances austrasiennes, ils se seraient
trouvés portés au pinacle, fût-ce sans le vouloir, dès que
l'Austrasie s'élevait si haut. — Organes de la pensée mosellane, ils arrivaient naturellement avec elle au gouvernail des
affaires européennes. — S'il est dans l'histoire quelque fait
où se dévoile entièrement à nu la force des choses, c'est
peut-être, plus que tout autre, la longue et douce ascension
des Carlovingiens, terminée par l'imposante naissance du
nouvel empire d'Occident.

Concours des forces spirituelles et temporelles pour civi-
liser l'Europe, c'est le caractère de la grande phase qu'inau-
gura le couronnement de Charlemagne à Rome. Or, telle
était depuis longtemps l'idée épousée par les contrées mur-
tho-mosellanes, — où, sous ce rapport, la pratique (et une
pratique de bonne foi) avait devancé la théorie. — Voilà
pourquoi le nouvel *auguste* devait être un homme du pays
des anciens Trévires, et pourquoi le gouvernement de l'Europe prit son siège entre les deux fleuves qui bornent cette
terre prédestinée, pour laquelle nous avons risqué le nom
de Mésopotamie chrétienne (¹).

(¹) Dans tout ce que nous dirons là-dessus, les deux fleuves ne

A la vérité, l'empire carlovingien, dans sa parfaite unité, ne pouvait durer qu'un moment. A partir de 817, il fut légalement changé en une fédération de trois puissances. Mais Aix-la-Chapelle en demeurait le foyer. — Tandis qu'à droite du Rhin, l'élément germanique, et à gauche de la Meuse, l'élément gaulois, obtenaient satisfaction, en recevant chacun un souverain particulier, — la bande centrale (qu'on avait prolongée jusqu'en Italie) formait la part du troisième monarque, constitué chef honoraire de toute l'Union ; suzerain et modérateur des rois, ses fils, ses frères ou ses neveux. Tel est le système complexe qui eut existence légale sous Louis le Débonnaire et sous l'empereur Lothaire. — Jamais il ne fonctionna régulièrement : les coalitions et les guerres civiles l'en empêchèrent dès l'origine ; mais il n'est pas moins digne, Messieurs, de toute votre attention ; car les résultats que l'on en avait, quoiqu'à tort, espérés, impliquent un immense hommage, rendu à des peuples d'élite, lesquels, dans cette combinaison, étaient réputés assez SAGES et assez BRAVES pour mériter, malgré leur infériorité numérique, de former le noyau de la Fédération.., l'Empire proprement dit.

Il n'y a guère lieu, en effet, de parler là dedans que des populations mosellanes ; non-seulement elles figuraient en première ligne comme ressource de la majesté centrale, mais bientôt elles restèrent seules à l'environner. On avait dû le prévoir : un serpent si long et si mince ne pouvait tarder à se rompre ; aussi, sous le second des Lothaire, il n'avait déjà

---

sont point une limite rigoureuse, qui doive être prise à la lettre ; car le pays les dépassait un peu, notamment du côté occidental. Il convient de comprendre, dans le célèbre triangle lotharingien, un supplément, d'une dizaine de lieues de large, tout le long de la rive gauche de la Meuse.

plus que sa tête. La Lotharingie (ce fut le nouveau nom de l'Austrasie) s'était réduite de bonne heure, comme le voulait sa nature, à n'embrasser que les régions arrosées par les eaux gauloises qui courent à la mer du Nord.

Bientôt apparurent les Normands. Contre leurs ravages effroyables, il fallait se défendre de son mieux et sans tergiverser. Faute d'une direction commune intelligente, sous l'imbécile Charles le Gros, chaque province avisa comme elle put à son salut; chacun se fit dictateur dans son coin. Moitié cause et moitié prétexte, la nécessité sanctionna le triomphe de toutes les ambitions locales, de tous les intérêts particuliers. L'extrême incapacité de l'Empereur laissant tout à la débandade, le grand lien politique fut dissous; or, il devint impossible après lui de le reformer, faute d'une capitale encore influente et qui restât plus ou moins reconnue. La prise et le pillage d'Aix-la-Chapelle rendit le mal sans remède, et fut, quant alors, la ruine des idées GÉNÉRALES.

Pendant quarante ans on n'en peut plus guère suivre la trace, dans la contrée qui les aimait. Bouleversée comme les autres pays et balayée coup sur coup par des torrents, elle ne peut plus fonder de choses grandes et stables, à quoi l'on reconnaisse ce noble pays et ses tendances supérieures. Si l'on voit encore flotter, sur ce déluge, une couronne de Lorraine, elle n'a rien de significatif; les règnes d'Arnould et de Zwentibold sont trop agités, trop nébuleux, pour que l'on y puisse discerner rien de beau, — sinon, comme ailleurs, quelques débris de vertus monastiques.

Bientôt, dans les régions mosellanes, la souveraineté même subit une éclipse. Mais au moment où il allait falloir, Messieurs, que, pour un temps, elles se laissassent tout à fait emporter au tourbillon de l'Est ou de l'Ouest, le premier des deux prévalut; or, pour peu qu'on se rende compte du chaos du dixième siècle, on voit que cette attraction fut, pour la Lotharingie, matériellement et moralement, un bonheur alors inappréciable.

Tombée en effet, dès 925, dans la sphère du Saint-Empire (beaucoup moins désordonné, en ces temps-là que ne l'était le reste du monde), elle évita les soixante épouvantables années qui précédèrent en France l'installation des Capétiens. Elle n'eut point à subir cette époque d'abâtardissement, de vols, d'assassinats et de parjures, où tous les principes furent renversés, tous les droits fraudés ou niés; cette époque, dont les personnages historiques, s'ils ne sont pas imbéciles et dupes, ont, pour la plupart, la froide perversité d'Herbert de Vermandais ou de Thibault le Tricheur. — Sauf quelques restes des troubles au début, dus aux fantaisies de Gislibert, qui appartenait encore à l'école des temps d'anarchie, — et malgré les désastres momentanés auxquels le pays ne put échapper lors des expéditions des Huns, — ce ne fut pas sans d'extrêmes avantages que la Lotharingie devint l'un des quasi-membres du Corps néo-romain; de ce corps, relativement estimable, — le seul État qui, échappant jusqu'à un certain point au retour de la barbarie, eût conservé quelques lumières et quelque moralité. Préservée par là des pillages et des turpitudes qui régnaient à l'occident de la Meuse, elle n'eut qu'à s'applaudir de partager la fortune de Henri l'Oiseleur et surtout des Othons; car, sous leur patronage, elle reprit sur-le-champ une marche ascendante très-prononcée.

Des prélats tels que saint Gauzelin et saint Gérard, des religieux tels que ce Jean de Vendières qui fut jugé digne d'être envoyé comme ambassadeur près du calife de Cordoue, favorisèrent chez elle cette remarquable résurrection du Bien. Les études y refleurirent dans plusieurs villes, et la piété s'y ranima partout. Un énergique mouvement de renaissance (alors beaucoup plus faible en Allemagne, et tout à fait nul en France) rendit aux anciens États de Sigebert et de Lothaire leur puissante initiative. En même temps qu'un souffle printanier faisait sortir de terre les couvents de Bouxières (¹) et de Lay-Saint-Christophe, il amenait rapidement à réformer une foule de monastères : Gorze, Senones, Moyenmoutier, Metloc, Saint-Epvre, Saint-Arnould, Saint-Tron, Saint-Maximin, Sainte-Glossinde. C'est de Trèves que sortaient les hommes qui s'en allaient en Saxe fonder l'abbaye de Magdebourg ; et c'est de Toul que partait l'impulsion qui réussissait en Champagne à rétablir l'esprit régulier dans l'abbaye de Monstier-en-Derf (²). Ainsi rayonnait au dehors, à droite et à gauche, l'heureuse activité civilisatrice que les Lohérans avaient héritée des Austrasiens leurs pères. Oui, le réveil moral, qui ailleurs ne se manifesta généralement guère que vers le temps de la Trève de Dieu, c'est-à-dire trente ou quarante ans après l'an 1000, fut visible chez eux, non pas seulement quinze ou vingt années, mais CENT

(¹) Bouxières; prononcez Boussières.

(²) *Monastarium in Dervo :* Monstier-en-Derf, et par abréviation, Montier-en-Der. — Un *derf* ou *derv*, c'était, chez nos ancêtres gaulois, une forêt, et surtout une chênaie. Car il n'y a pas autre chose à voir, dans ce mot, que la simple francisation du substantif aryen, si universel, *daru, deru, doru, dru*, etc., etc., lequel, aussi reconnaissable dans les idiomes celtiques qu'en grec et en sanscrit, signifie partout un arbre solide et de grande espèce, — un arbre propre à faire ou des mâts de navire, ou des piliers et des poutres d'édifices, ou des hampes de fortes lances, etc. Parfois le grand frêne, — *Fraxinus excelsior* (L.), — plus souvent le chêne (*Quercus robur*). — C'est de leur coutume d'habiter les hautes forêts, surtout les chênaies, — qu'était venue aux Religieux ou Sages de la Gaule antique, leur désignation habituelle : *Druides.*

ANNÉES auparavant. Ils eurent alors, sur les autres peuples, l'énorme avance d'un siècle tout entier.

Et remarquons, Messieurs, qu'elle ne leur fut point enlevée; car à l'époque où l'Europe, adoptant enfin leur route, paraissait sur le point de les rejoindre, il leur fut donné de se signaler par une nouvelle impulsion.

Pendant les désordres universels, la majesté de Rome chrétienne avait souffert. Au sortir des tristes nuages qui en avaient voilé la gloire, le Saint-Siège, pour inaugurer dignement sa nouvelle phase, avait besoin d'un homme pieux et d'un homme supérieur. Ce pontife providentiel, de qui date la marche ascendante reprise par le principe spiritualiste, fut fourni par les contrées dont nous résumons l'histoire. Saint Léon IX, doublement Lorrain, était, d'une part, évêque de Toul, et de l'autre, prince de la maison qui devenait alors ducale.

C'était le moment, en effet, où l'autorité, chez les Mosellans, reprenait une forme permanente et un mode fixe de transmission. Jamais, à bien prendre les choses, le pouvoir n'avait totalement disparu de la Lotharingie, — regardée par les nouveaux Césars non comme une simple province, mais comme une sorte de vice-royauté; — car Othon le Grand, dans une charte de 960, s'intitule roi des Germains *et des Lohérans;* et ce pays, en perdant ses monarques propres, avait toujours reçu pour chefs des personnages éminents, nés de sang souverain ou alliés à des maisons souveraines. C'est même un FRÈRE D'EMPEREUR, l'archiduc Brunon de Cologne, qui pendant qu'il la gouvernait (959), l'avait scindée en deux Lorraines, — la Haute, ou mosellane, et la Basse, ou le duché de Lothier : — sœurs également glorieuses à l'origine, qui semblèrent se réunir encore un instant, sous la main du vice-roi Charles de France, mais qui divergèrent ensuite, — et dont la seconde, perdant peu à peu ses souvenirs, finit, comme le Rhin, par mourir sous des dominations étrangères, tandis que la première conserva ses traditions et ses mœurs, pures comme les eaux de la Moselle, et sut, quoique amoindrie de territoire, garder le grand nom de LORRAINE, qu'elle a porté si haut depuis.

Des rapports de presque identité continuaient de joindre les deux Lorraines ; — elles n'avaient point cessé de vibrer à l'unisson, — lorsque la sœur aînée, la Mosellane, reçut pour duc héréditaire Gérard, dit d'Alsace, le cousin de saint Léon IX.

Or, Gérard, dont les pères vivaient fixés au pied de la montagne sacrée de Vaudémont, c'est-à-dire au cœur des populations lorraines — y ramenait aussi, par sa femme, l'antique famille princière du pays, la dynastie jadis nationale ; car il avait épousé Hadwide de Namur, la petite-fille de Charles de France, — du dernier carlovingien. — On sent combien une telle alliance était populaire dans les contrées d'entre Rhin et Meuse. En reconnaissant pour monarques les héritiers de Gérard, la Lorraine eut sept cents ans le bonheur d'obéir aux légitimes successeurs des enfants de son propre sol ; à des princes dont la lignée, — qui ne règne plus, maintenant, qu'à Vienne et à Florence, — forme encore la descendance, la mieux avérée qui existe (¹), de l'Austrasien Charlemagne.

Ce fut donc une grande époque que celle où les décrets divins, vers la fin de la première moitié du onzième siècle, placèrent sur la chaire de Saint-Pierre le précurseur des Hildebrand et des Innocent III, — saint Léon de Dabo-

_____

(¹) Et à Florence. Ceci était vrai alors : 1850. — Du reste, elle y avait longtemps représenté pour l'Italie la cause des lumières et du progrès. (*Note de* 1873.)

Lorraine, — et dressèrent en même temps un trône pour ses chevaleresques neveux ; pour les arrière-petits-fils des Martel et des Pépin ; des vainqueurs du mahométisme, et des libérateurs de Rome.

Sans parler des vices secondaires, — comme le jeu, la paresse ou les excès de la table, — il s'agissait d'extirper deux grands maux : la débauche et la simonie. Une pareille œuvre, dès qu'on l'entreprenait, devait avoir ses deux effets naturels, épuration et résistance ; résistance, même, croissant à mesure que les réformes devenaient plus réelles. Bientôt elle prit l'aspect d'une rébellion flagrante ; et Grégoire VII, l'héritier de la pensée de Léon IX, eut à lutter à force ouverte contre les Vices mitrés ou couronnés.

En présence de leur révolte, le Saint-Siège fut obligé d'en venir à lancer ses dernières foudres ; mais c'était là, matériellement parlant, une arme bien fragile pour arrêter les armées des Empereurs, qui soutenaient les antipapes. Parmi les Pouvoirs de la terre, un seul se mit hardiment en travers, pour résister à la violence et prêter main-forte à la justice ; un seul, et ce fut une femme : la grande comtesse Mathilde. Or, cette fière et généreuse souveraine, quel pays donc l'avait donnée à l'Italie ? — Quel pays, Messieurs ? Les régions d'entre Rhin et Meuse, où sa mère, doublement Lorraine, avait été fille d'un duc de Mosellane et femme d'un duc de Lothier ; où elle-même avait encore pour sœur, Sophie, qui possédait Amance, et qui trônait en dame châtelaine dans les hautes murailles de Mousson (*a*).

Vingt ans se passent, et l'idée religieuse, raffermie par la guérison de ses maux internes, acquiert une tendance expan-

---

(*a*) Voir, à la fin du morceau, une note à ce sujet.

sive ; la Chrétienté se sent assez vigoureuse pour essayer de
prendre sa revanche des conquêtes de l'Islamisme. Un grand
dessein, la délivrance du tombeau de Jésus-Christ, va réunir
toutes les puissances de l'Europe ; en un mot, les Croisades
commencent. Eh bien, leur premier généralissime, le premier
roi chrétien de Jérusalem, qui est-ce ? — Un Austrasien, un
duc de Lorraine, le beau-neveu de la comtesse Mathilde ;
c'est Godefroi de Bouillon.

On vit, pendant six générations, se distinguer à titre de
croisés, Messieurs, d'autres Lorrains qui tenaient encore
de plus près à la Grande Comtesse ; c'est-à-dire son propre
sang maternel, la chevaleresque lignée des comtes de Bar :
— famille dont trois ancêtres avaient été ducs de Mosellane
avant Gérard d'Alsace lui-même, et de qui la souveraineté
était destinée à se fondre dans celle de la maison régnante
de Nancy.

Cette alliance si naturelle, par laquelle se réunirent les
deux branches de Mosellans, s'opéra, comme vous savez, en
1431, après la mort du dernier des ducs de Lorraine de la
première branche ; — après la mort de Charles II, qui s'était
brillamment distingué lui-même dans des expéditions généreuses et tout européennes. — A peine sur le trône, Charles II
avait couru délivrer les chrétiens de toute nation, retenus
esclaves à Tunis ; puis victorieux de l'Afrique, il était allé
prêter, en Hongrie, à Sigismond contre les Turcs, et dans le
Nord, aux chevaliers teutoniques contre les païens de la
Russie et de la Lithuanie, un secours non moins efficace.

C'est lui, du reste, qui, bien que trop peu supérieur à ses
passions, eut l'admirable destinée d'être le mari d'une sainte,
le protecteur d'une autre, le grand-père d'un prince béatifié,
et de donner lui-même à Jeanne d'Arc le cheval que monta,
les armes que revêtit, au départ, cette héroïque bergère,
pour aller délivrer Orléans et faire sacrer Charles VII.

Jeanne d'Arc ([1]), la plus simple et la plus parfaite des héroïnes angéliques ; figure militaire, sans égale dans l'histoire ! Si déjà, par ce qui précède, nous avons pu réussir, Messieurs, à vous faire comprendre le caractère des lieux, celui des événements, et l'enchaînement visible des *gesta Dei per Lotharingos*, — vous devez sentir qu'évidemment ce type appartenait aux contrées d'entre Rhin et Meuse ; qu'une pareille femme ne devait pas naître ailleurs, et que c'était à la Lorraine à la fournir.

En la prêtant alors à la France, les régions austrasiennes lui donnèrent un secours à la fois décisif et nécessaire : décisif, car il fut le début d'un mouvement qui ne s'arrêta plus tard qu'à l'expulsion totale des Anglais ; nécessaire, car,

---

([1]) Jeanne *d'Arc,* — et non point *Darc* (par un grand *d*), ce qui n'aurait eu aucun sens. *Juana de Arcos,* comme disaient les vieux Espagnols ; *Joan of Arc,* comme chacun peut encore le lire dans Shakspeare ; *Johanna de Arciis* (ou *Arxiis*), *Arxæa virgo,* etc., selon les chroniqueurs du temps de la Pucelle (dont la famille, avant de s'être venue fixer à Dom-Remy, avait été connue pour originaire d'Arc-en-Barrois). — A quel pharisaïsme bizarre ont obéi les modernes historiens qui, par suite d'un étrange malentendu, ont cru devoir introduire, comme meilleure, la grossière orthographe « Jeanne *Darc* », empruntée à certains manuscrits qui commettaient une faute graphique fréquente à cette époque ([*]), — cela a été mis en lumière par un travail *ad hoc,* inséré aux *Mémoires de l'Académie de Stanislas,* t. XXII, p. 543. On y a fait toucher au doigt les causes de la méprise où sont tombés certains savants, — trop précipités, qui avaient cru faire disparaître une erreur, tandis qu'ils en commettaient eux-mêmes une fort grosse. — (*Note ajoutée en* 1873.)

([*]) Celle de reporter la lettre majuscule d'un substantif sur l'article qui le précède. Exemples : « l'empereur *Dallemagne,* les flèches *Damour,* les montagnes de *Lauvergne.* »

autrement, l'écusson britannique était maître, la dynastie britannique allait s'enraciner. Prince bafoué comme faible (et repoussé aussi comme coupable, car sur lui rejaillissait le sang versé en trahison à Montereau), Charles VII n'était nullement en passe d'écarter l'ascendant des Lancastre. Le petit *roi de Bourges*, que frappaient des condamnations sous forme légale, et qu'abandonnait l'opinion publique, ne semblait plus, du point de vue parisien, qu'un factieux, qu'un insurgé d'outre-Loire; — qu'un *prétendant,* moitié ridicule, moitié odieux. — Sans la vierge qui, d'un front candide, après s'être agenouillée aux bords de la Meurthe dans l'église de Saint-Nicolas-de-Port, sortit, montée et cuirassée, des portes du Palais ducal de Nancy, et s'en alla, à cent lieues de là, faire tourner le vent de la victoire.., Londres régnait (¹). — Hélas oui, Messieurs, quelque illusion patriotique que puissent nous faire nos modernes sentiments français, lesquels nous poussent ici à l'anachronisme, — sans Jeanne d'Arc (il faut le dire, parce que c'est vrai), la nationalité franco-gauloise était perdue ; le principe anglais prévalait totalement. Les Français, enlacés, bridés, dominés, absorbés, — privés d'un centre suffisant de résistance, — auraient bien pu, par intervalles, se débattre encore dans des convulsions énergiques ; mais ils ne se fussent pas plus relevés que n'ont pu le faire les Saxons sous les Normands, ou les Polonais sous les

---

(¹) Sans révoquer en doute la vérité de ces détails significatifs, fournis par la Chronique de Lorraine, les historiens ont coutume d'en faire abstraction et de les passer sous silence; on dirait que Jeanne d'Arc, dirigée simplement par Baudricourt, est allée tout droit de son village à l'armée de Charles VII. Une telle omission fait disparaître la couleur locale, et enlève au rôle de la vierge de Dom-Remy son caractère profondément lorrain.

Russes. S'il est resté une France indépendante, c'est par miracle, — et le miracle est venu du Nord-Est.

Pourquoi le Ciel l'a-t-il accordé ? Ah ! c'est que l'époque approchait ou devait avoir lieu, au delà du Détroit, l'avénement des Henri VIII. Soumise qu'aurait été la Gaule à l'omnipotence de ce cynisme royal qui faisait forger à Cantorbéry des religions par les Crammer, elle se serait vue forcée, comme Albion, de rompre avec l'unité chrétienne. Il lui aurait fallu devenir l'esclave (plus que cela, l'instrument, le bras droit) des Sardanapales-Nérons, alors révoltés contre Dieu. Or, un tel malheur fut épargné à la patrie de saint Louis ; elle en fut sauvée par le pays de Charlemagne.

Depuis longtemps, les fils des Lohérans, quoique soigneux de ne point dépendre d'elle, lui rendaient d'éminents services. Ils ne la laissaient envahir sur eux aucune suzeraineté, mais ils lui apportaient assistance fraternelle ; et c'est ainsi, par exemple, qu'ils avaient spontanément, à titre de simples amis, versé leur sang pour elle sur les champs de bataille de Cassel, de Crécy, de Rosebecq et d'Azincourt. Dans les derniers temps, il est vrai, rien n'avait annoncé qu'ils dussent patronner Charles VII, entouré comme celui-ci l'était ; car leurs sympathies, durant les guerres civiles de France, n'avaient pas été pour la faction méridionale. Mais s'ils avaient plutôt appuyé Bourgogne qu'Armagnac, ç'avait été à titre de réformateurs et par simple amour pour le peuple. Ils n'avaient point partagé les excès du parti bourguignon, ni trempé dans le meurtre du duc d'Orléans : — personnage, du reste, qui n'est devenu intéressant que par sa mort ; car, au fond, il suivait une déplorable politique, surtout dans l'Est, où il désolait le pays du Luxembourg, et où il avait fait attaquer Metz et Nancy par des bandes de seigneurs pillards (le tout pour soutenir son étrange ami, l'ignoble Wenceslas,

contre le sage Robert, l'empereur accepté par tous les honnêtes gens depuis l'Oder jusqu'à la Meuse). — Dès qu'il y eut
la moindre tendance à ce que la royauté française s'épurât,
les Mosellans, au lieu de la contrarier et de lui garder ran-
-cune, l'aidèrent volontiers dans sa réintégration. Non-seulement leur sol lui envoya l'ange précurseur dont elle avait
besoin, mais, lorsque cette royauté eut franchi la Loire pour
revenir au centre de ses États, le duc des Lorrains alla spontanément assister, à Rheims, au sacre qui n'avait été rendu
possible que par une vierge lorraine.

L'union devint tous les jours plus intime ; si intime, qu'elle
subsista malgré les louches allures du fils de Charles VII.
Entre deux hommes aussi injustes, aussi mauvais chacun
dans leur genre, que Charles le Téméraire et Louis XI, il
paraissait difficile de choisir; mais les violences ouvertes de
l'un, plus évidentes que les sourds accaparements de l'autre,
entraînèrent la balance au désavantage du premier. D'ailleurs,
en résistant aux exigences des dévastateurs de Liège, la
Lorraine était dans son rôle ; elle continuait son métier de
« puissance initiatrice et libérale ». Tandis que les Bourgui-
gnons, abandonnant cette ligne (qu'ils avaient prise avec
exagération sous Charles VI), passaient de l'attitude déma-
gogique à la position d'aristocrates outrés, de retardataires
intolérants, de brûleurs de chartes octroyées, — les Lorrains
demeuraient fidèles à leurs antécédents. Sans se faire les
séides d'un méchant roi, — qui ne combattait les torts des
Grands que par calcul, — ils appuyaient en lui, comme principe louable, comme principe analogue au leur, le système
progressif et sagement populaire. Voilà le sens dans lequel
ils ne cessèrent jamais d'agir; et lorsqu'ils étouffèrent ici,
sous les eaux de l'étang Saint-Jean, ces dédaigneuses doctrines de mépris de l'humanité, insolentes théories dont le

drapeau du Téméraire était devenu l'expression, — ils avaient pour alliés les cantons libres, les villes libres (¹); ils possédaient les sympathies de tous les opprimés.

Oui, Messieurs, pour qui sait la comprendre avec ses vrais rapports, l'héroïque résistance des Lorrains sous René II, eut une portée plus que simplement politique. — Mais quand nous ne voudrions la prendre qu'au sens militaire et vulgaire, elle serait encore un fait immense, puisqu'elle brisa du moins la puissance qui mettait en péril les destinées de la France. Ce résultat majeur fut le *pendant* de celui qu'avait produit la mission de Jeanne d'Arc ; en sorte qu'à cinquante ans d'intervalle, la terre de Neustrie fut deux fois redevable de son salut à la terre d'Austrasie.

Mais une sphère plus vaste encore ne tarde pas à s'ouvrir pour les services que la Lorraine va rendre à la France et au monde.

Déjà manifestée par des trouées partielles de la digue, aux époques des Albigeois, de Wicleff et de Jean Hùs, — la crue des eaux d'un fanatisme révolutionnaire, devint, au seizième siècle, un fléau plus général, plus menaçant que par le passé. Contre l'effet de doctrines subversives, mieux prêchées qu'auparavant, et qui se traduisaient en actes mieux systématisés, — les dépositaires de l'autorité se trouvèrent en général impuissants ; ni la Royauté française, ni le Saint-Empire, ne surent arrêter le torrent. C'est vers la dynastie de Lorraine que se tournèrent les vœux ; et, quelque gigantesque labeur que l'on attendît d'elle, elle justifia toutes les espérances.

Dès le début, on s'était adressé à René II, qui, redevenu maître de sa capitale, et n'ayant plus d'emploi pour sa valeur

---

(¹) La République de Strasbourg, celle de Suisse, etc.

après ses expéditions d'Italie, méditait le projet d'agrandir
sur un nouveau plan le palais fondé par le duc Raoul (ce
même palais d'où était partie la Pucelle); René, répondant à
l'appel, était allé réprimer les premiers troubles d'Alsace, et
l'avait fait avec succès. Mais un mal dont les causes étaient
lointaines et profondes, ne pouvait finir si promptement; il
reparut, comme on devait s'y attendre, et prit des dimensions
majeures. Alors ce n'était plus le roi de Sicile, mais son fils
Antoine, né de la sainte reine Philippe et nourri de leçons
miraculeuses, qui occupait le trône de Nancy. Héritier purement nominal de toutes les couronnes auxquelles avait eu
droit son père, il ne possédait ni le royaume de Naples, ni
l'Aragon, ni la Hongrie, —ni même la Provence et l'Anjou,
domaines évidents de sa famille, qu'avait indignement subti-
lisés le renard du Plessis-lès-Tours. — Il ne gouvernait que
deux duchés, Lorraine et Bar; mais c'étaient deux terres sacrées, qui conservaient la tradition carlovingienne et l'esprit
qui fit les Croisades. Les enfants d'un tel sol se levèrent avec
leur digne souverain, et ce fut assez pour dissiper d'énormes
forces jusqu'alors invaincues. Une petite troupe d'élite avait
suffi jadis à Gédéon pour détruire la redoutable armée des
ennemis d'Israël : les cinq mille Lorrains d'Antoine, aidés
d'à peine autant d'auxiliaires, dispersèrent, en trois combats,
soixante et dix mille Rustauds, à qui rien ne résistait plus. —
C'est qu'Antoine, comme Gédéon, avait l'assistance du Ciel.
C'est que, pour armes principales contre les modernes
Madianites, ses soldats portaient aussi des « lampes cachées,
intérieures », allumées au feu de leur foi.

Les fils et les neveux d'Antoine poursuivirent sa tâche;
elle fut dignement continuée, soit dans la ligne directe, soit
dans la ligne indirecte. Dans l'une, nous trouvons Charles III
et le bon duc Henri II ; Charles III surtout, le sage législa-

teur des contrées mosellanes, le fondateur de la *ville neuve*
de Nancy. Sous le long règne de cet excellent prince, la
Lorraine, seul pays alors en Europe qui demeurât exempt de
bouleversements ou d'intrigues, sut réunir au mouvement
intellectuel la richesse et la paix, fut hautement progressive
sans devenir novatrice, et, développant chez elle les arts et
les sciences, donna toute l'importance d'un CENTRE EUROPÉEN
à sa modeste capitale, qui, foyer de toutes les bonnes initiatives, fut à la fois et la première ville alignée au cordeau, et
la première place FORTIFIÉE DANS LE SYSTÈME MODERNE.
Quant à la branche collatérale, elle ne fut pas moins remarquable : le propre frère d'Antoine, Claude de Guise, l'un des
combattants de Loupstein et de Cherviller, fut le père et du
célèbre cardinal qui se montra le réformateur le plus éclairé
de son temps, et du grand et bon François de Guise, le plus
parfait héros du seizième siècle.

Sur deux hommes, Messieurs, et sur leur glorieuse famille,
si calomniée jusqu'à nos jours, il y aurait immensément à
dire. Bornons-nous à une seule réflexion : toutes les histoires
qu'on a coutume de nous faire lire, défigurent les princes de
Guise et donnent une fausse idée de leur action. Les unes le
font à bon escient, dictées qu'elles ont été par des passions
hétérodoxes à qui le mensonge ne coûtait rien ; les autres
n'ont pas eu le désir formel d'être injustes, mais elles le sont
tout autant, par suite des préjugés de basoche qui ont inspiré
leurs auteurs, et de la déplorable étroitesse de leur point de
vue, exclusivement capétien. Ne sachant apercevoir ni les
généreux antécédents de la dynastie austrasienne, ni par
conséquent les magnifiques devoirs dont ne pouvait se déga-
ger cette race de princes d'élite, représentants-nés de l'ordre
et du progrès, — vainqueurs de l'esprit de révolte, mais protecteurs de l'esprit de science, mais adversaires de toute doc-

trine basse et promoteurs de l'abolition de tout servage, —
on a voulu voir de chétifs effets de *tactique* dans les résultats
de l'estime universelle, et prendre pour « des gens qui s'é-
taient mis en avant par savoir-faire », des personnages éminents à qui l'opinion publique faisait appel.

Et cependant, supposé même que l'on ne comprît rien au
rôle européen de la maison de Lorraine, il suffisait encore,
pour s'éclairer, d'observer quelle fut leur mission, en ce qui
concerne purement l'intérêt français. Quoi de plus simple,
Messieurs, qu'un état de choses dans lequel la nation gallo-
franque, lasse de l'incapacité et des turpitudes de ses gou-
vernants, et cherchant, par une ligue ou fédération de tous
les honnêtes gens, à sauver la religion, la propriété, les
bonnes mœurs et la tranquillité publique.., ait cru devoir
prendre pour appui, dans ses réclamations constitutionnelles,
— et pour garantie contre l'Espagne même, auxiliaire moins
généreuse que la Lorraine, — une famille princière éminente,
descendue d'un côté de Charlemagne, et de l'autre de Hugues-
Capet ? — famille plus que ducale, famille royale (¹), pleine
d'éclat ! déjà victorieuse du Communisme et du Vandalisme !
brave, élégante, libérale, orthodoxe, parlant français, et
s'étant battue pour la France ! — ayant repoussé, devant Metz,
toutes les forces de l'Allemagne, et balayé du Continent, à
Calais, les derniers restes de la domination de l'Angleterre !
— Fallait-il donc beaucoup *d'intrigue* pour que l'idée vînt à
une malheureuse nation, pillée au dehors par les reîtres et

(¹) « Cette *royale* maison de Lorraine », disait hautement saint
François de Sales en 1602, du haut de la chaire de Notre-Dame,
sous le règne des Bourbons, et devant « le Parlement, cour des
Pairs ».

trahie au dedans par les mignons, de se ranger derrière des
champions aussi brillants et aussi sûrs que l'étaient les princes
de Lorraine ! De les appeler comme pilotes au timon de ses
affaires, et de se les préparer, au besoin, pour candidats au
trône, dans le cas où le décès d'un roi... probablement destiné à mourir sans héritiers, puisqu'il vivait au milieu des
débauches de Gomorrhe..., la livrerait sans défense à l'ambition d'un prétendant espagnol hérétique, — propre fils et ami
intime des deux reines persécutrices, qui l'une et l'autre
mettaient à mort tout catholique pratiquant ?

Que si, plus tard, ce prétendant, heureusement infidèle à
sa bande, trompa l'attente dans un sens favorable, — c'est
à merveille ; mais on n'avait pas pu le deviner d'avance.

Aussitôt, d'ailleurs, que la chose fut bien constatée, on vit
la droiture austrasienne pardonner à la finesse gasconne ; on
vit la lignée de Lorraine, toujours uniquement soucieuse du
bien, se retirer d'un théâtre où désormais les intérêts moraux
et chrétiens se trouvaient garantis SANS ELLE. Du haut de
l'immense considération dont il jouissait en Europe, le grand
et bon duc Charles III, le chef même de la Maison, voulut,
par le mariage de son fils avec la sœur de Henri IV, amnistier
moralement les Bourbons, redevenus enfin conservateurs. Et
le seul des princes de la race lorraine qui eût tardé à reconnaître leur avènement, tant les populations armoricaines
le suppliaient de n'en rien faire, — le grand Mercœur, —
s'arracha courageusement aux sympathies de la nation bre-
tonne, qui eût désiré sous lui recouvrer son indépendance, —
et s'en fut mourir en Hongrie pour le salut de la Chrétienté.
Imitateur de Charles II et précurseur de Charles V, il s'y
montra digne que saint François de Sales prononçât, à Paris
même, son oraison funèbre.

Il y eut alors pour les Lorrains un triomphe complet, légi-

time, honorable, non disputé..., une ère de paix et de
gloire : — passagère mais exubérante et remarquable félicité, accordée, comme symbole au moins, en récompense
à leurs vertus.

Pendant cette merveilleuse époque, dont on peut se faire
encore une idée par les grandes et belles médailles d'or
frappées sous Charles III et Henri II, ou par l'aspect, dessiné
dans le temps, des funérailles, pour ainsi dire prodigieuses,
des deux monarques dont nous parlons, — la Lorraine était
un pays envié de toute l'Europe. Ses villes étaient riches et
fortes, ses campagnes peuplées et fécondes. Sa noblesse
n'était pas seulement brave, mais juste et bienfaisante ; et,
réunie en corps légal, dit des Assises, elle servait la patrie
par les lois, aussi bien que par les armes. Sa bourgeoisie était
industrieuse, inventive ; et son commerce, florissant, échan-
geait à Saint-Nicolas-de-Port les marchandises et les mon-
naies de toute l'Europe. Aussi, les pompes souveraines de sa
cour, et l'opulence du mobilier de son palais, étaient-elles,
au dire des voyageurs, d'une magnificence PLUS QUE ROYALE
(*magnificentiæ plus quàm regiæ*). Enfin, sa brillante Université
attirait, jusque d'Angleterre, des maîtres et des auditeurs ;
ses savants reculaient les bornes de la jurisprudence, de la
médecine, de la balistique, de la pyrotechnie ; ses artistes,
surtout, l'honoraient par leurs talents du premier ordre. Elle
avait donné naissance à Ligier Richier, le Michel-Ange du
Nord, qui laissait après lui d'excellents élèves ; elle produisait
Claude Gelée, l'inimitable paysagiste ; elle possédait Jacques
Callot, le premier graveur de l'univers. Au milieu de ce
mouvement intellectuel, le mouvement religieux persistait ;
il ne faisait même que s'accroître. Servais de Layruels réfor-
mait les Prémontrés, et Didier de la Cour les Bénédictins,
bien avant qu'on n'y songeât en France. Et le grand saint de

la Lorraine, le B. Pierre Fourier, précédait, par ses œuvres, les œuvres de saint Vincent de Paul, voire même de saint François de Sales.

Un tel état de choses était trop parfait pour la terre ; ce fut le moment de relief, le concours général d'hommages, qui, d'ordinaire, lorsqu'il arrive, est un prélude du martyre.

L'heure était venue, en effet, où la Lorraine, glorifiée quelque temps par son Dieu, allait souffrir pour son Dieu ; où courageusement elle allait échanger ses trois couronnes, — d'or, de fleurs et de lauriers, — contre une couronne d'épines.

Faut-il exposer ici quel fut, pendant la seconde moitié de la guerre de Trente ans, l'héroïsme des contrées mosellanes.., lorsque, sans calculer leurs forces, et sachant, à leurs risques et périls, refuser d'épouser l'odieuse politique qui prévalait, elles osèrent résister à l'immorale union des monarques luthériens du Nord et des cardinaux incrédules de l'Ouest : monstrueuse mais formidable alliance d'ambitions et d'habiletés, sous laquelle la Lorraine, toujours franche, toujours honnête, ne put autre chose que se faire écraser !

Nous ne raconterons, Messieurs, ni la prise frauduleuse de Nancy, ni le rasement total de la Mothe, ces deux principaux exploits d'une diplomatie parjure ; nous ne vous peindrons pas les malheurs, les désolations incalculables, de ces centaines de milliers de chrétiens, à qui la scélératesse cardinalesque fit endurer ce qu'on croyait devenu impossible depuis la clôture des siècles païens. « Il serait affreux », dit un ethnographe moderne, un Breton, qui a traité la question, « il serait affreux de décrire, même en abrégé, ce que souffrit « d'angoisses, de misères et d'horreurs de tout genre, un pays « si fidèle et si pur. Rien ne l'y forçait cependant ; il pouvait « se racheter de ses maux, à la seule condition de se vendre

« aux machiavélistes, et de marcher avec eux, à la suite des
« Protestants, contre les infortunées populations catholiques
« d'Allemagne. Mais, plutôt que de trahir ainsi Dieu et la
« vertu, le peuple lorrain sut mourir. — Mourir... comment?
« Sans l'espérance du succès et les illusions même de la
« gloire ; mourir massacré, assassiné, exténué, insulté :
« mourir non-seulement sur les champs de .bataille, mais çà
« et là, près des ruines de ses chaumières, sous les féroces
« caprices du brigandage et dans les tortures de la faim. »

Ainsi parle M. Gustave de la Tour, et à son vigoureux
langage il n'est besoin de rien ajouter.

Cette politique exécrable, ce cupide et sanguinaire maté-
rialisme, chez des puissances qui se qualifiaient de *très-chré-
tiennes*, dura tout le reste du siècle. Tout le reste du siècle
aussi, la Lorraine, non moins constante dans le bien que ses
adversaires l'étaient dans le mal, garda la ligne spiritualiste,
et sacrifia fermement son bonheur à son devoir. — Accablé
par l'énorme disproportion des forces, son sol restait para-
lysé ; mais le peu de ses enfants qui avaient pu se dérober à
l'oppression étrangère, portaient encore haut en Europe le
drapeau de leur infortunée patrie ; et cette petite phalange
d'exilés, reste des troupes d'une nation que certain peuple
avait saignée et dépouillée, que certains autres avaient mal
défendue, trouvait encore moyen de se rendre noblement
utile à tous, et de servir avec succès la cause de frères ini-
ques ou ingrats. Pendant que les Musulmans, réorganisés et
revivifiés, pénétraient jusques au cœur de l'Europe, avec la
sourde complicité du Grand Roi, lequel, soudoyant en secret
les révolutionnaires de Hongrie, avait encouragé par-dessous
main, contre les Chrétiens, ses amis les Turcs (de même
qu'il associait, en Amérique, ses escadres à la flottille des ga-
lériens flibustiers) ; pendant ce temps, deux chevaleresques

sœurs, Lorraine et Pologne, marchaient ensemble au secours de la civilisation : Lorraine surtout, qui, poursuivant seule l'œuvre commencée à deux, ne se contentait pas de voir mise hors de péril cette ville de Vienne, délivrée par Charles V et Sobieski, mais, dirigeant elle-même la quatorzième et dernière croisade, continuait, sous son magnanime duc, les victoires devenues nécessaires ; — Lorraine, qui, par la prise de l'*imprenable* Bude, et par le gain de la seconde bataille de Mohacz, arrêtait d'une manière définitive les conquêtes de Mahomet, — dont les adeptes, depuis ce temps, n'ont plus gagné un pouce de terrain. — Telle fut la tâche de Charles V, généralissime de la Chrétienté; nouveau Godefroi de Bouillon, aussi sage, aussi vertueux, et plus brillant que le premier. « Les croisades », comme l'a dit M. de la Tour, « avaient commencé sous les ordres d'un duc de Lorraine, et c'est sous le commandement d'un duc de Lorraine que les croisades devaient finir ».

Tant de mérites obtinrent encore, en attendant leur palme éternelle, une ombre de récompense terrestre. Sans rétablir, à beaucoup près, ce qu'eût exigé l'équité.., Riswick avait fait QUELQUE JUSTICE. Revenu enfin dans ses États, le fils de Charles V, Léopold, put faire rentrer à Nancy, derrière les drapeaux des janissaires, — derrière huit cents chevaux et quarante chameaux, pittoresque témoignage des triomphes de la Lorraine sur l'Orient, — le corps « du meilleur des grands hommes ». — Et l'on vit alors Léopold, reconnu par toutes les puissances, non-seulement relever en souverain le glorieux écusson de Lorraine et de Bar, mais, avec le consentement universel, le timbrer de la couronne *royale*, légitime héritage de ses aïeux, et faire donner à ses plénipotentiaires, dans les Congrès européens, le titre et le rang d'*ambassadeurs*.

Pareils à ces symboles touchants dont on décore un catafalque, et qu'on salue au bruit du canon avant de les enfouir dans la tombe, les souvenirs des immenses vertus du pays lorrain et des gigantesques services par lui rendus au monde entier, se dressaient, à l'approche du terme, dans leur plénitude imposante ; et c'est au commencement du siècle qui allait détruire pour jamais la vieille nationalité des Mosellans, que les respects de l'univers semblèrent confesser le mieux l'inconcevable dignité, l'étonnante grandeur morale, de la couronne d'Austrasie.

Ce dix-huitième siècle, qui systématisait les coupables erreurs de ses devanciers, et dont l'atmosphère était mortelle aux traditions nobles et généreuses, ne pouvait manquer d'étouffer les peuples d'ordre supérieur, lesquels avaient besoin d'un air plus pur. Il devait tuer, il tua, les deux nations *chevalières*, qui avaient vécu de croyance, de pensée et de dévouement : la Lorraine et la Pologne. Au reste, le Ciel parut se complaire à marier leurs funérailles ; car, lorsqu'au bout du règne sept fois heureux du bon Léopold, — règne dont le délicieux tableau semblerait l'apparition ici-bas d'une sorte de paradis, — les Lorrains, enveloppés sans combat, demandés ou cédés par la Diplomatie universelle, furent arrivés au moment fatal de perdre leur indépendance, et de ne plus garder que pour trente ans une autonomie presque honoraire.., eh bien, Messieurs, le dernier roi dont la présence leur procura cet avantage (à peu près nominal), ce fut un roi polonais détrôné. Ce qu'on a dit de Marius et des ruines de Carthage, on pourrait le dire, mieux et plus honorablement, de Stanislas et des ruines de la Lorraine, — qui ne rappelaient, des deux parts, que du bien :

Oui, ces deux grands débris se consolaient entre eux.

Dès l'avènement de Leczinski, tout cachet spécial parut
s'effacer. Et toutefois, sous ce monarque ou depuis lui, même
après l'annexion — (du moins jusqu'au grand cataclysme),
— bien des faits, trop peu observés, montrèrent encore les
tendances du pays : tendances dont il est aisé, à travers le
nuage de leur temps, de discerner le caractère. Elles révé-
laient un fond honorable, beaucoup moins changé qu'on ne
croit. — Toujours libérale et religieuse, la Lorraine n'abandonnait point ses antécédents. Elle, qui avait pris pour devise
Lex omni imperio major (la loi est au-dessus de tout commandement); elle qui avait détruit SOIXANTE ET DIX ANS AVANT
LA FRANCE les derniers restes du servage ; elle, qui, pendant
la durée même de ses plus grandes infortunes, avait encore
envoyé aux Napolitains et aux Irlandais des navires libérateurs, — elle possédait trop bien l'intelligence chrétienne pour
se laisser séduire comme d'autres pays par la mode de l'incré-
dulité. Quand les doctrines négatives prévalurent, ce fut elle
qui, dans la défense des hauts principes par les armes de la
pensée, resta la dernière sur la brèche. N'est-ce pas elle, en
effet, qui, pour répondre à quatre besoins différents, produisit
encore, avant la Révolution, quatre hommes bien divers,
Bergier, le P. Guénard, Palissot et Gilbert! c'est-à-dire, qui
sut opposer à l'envahissement de doctrines désolantes, déjà
maîtresses des cours et des salons, le quadruple langage
de la controverse théologique, de la discussion philoso-
phique, de la plaisanterie mise en scène, et de l'indignation
poétique !

Quant à la dynastie nationale des Mosellans, — quant à
cette race éminente qui, profondément identifiée au pays
par une possession notoire de sept cents ans (par une influence d'autorité bien plus vieille encore), en était devenue
l'expression vivante, — quel sort lui avait réservé les décrets

divins, à l'époque où se terminait entre Rhin et Meuse le cycle de sa tâche millénaire ? — Une telle famille, dès qu'elle ne tombait pas avec l'Europe entière et comme par un coup de tonnerre, ne pouvait naturellement guère finir que par une sorte d'*assomption*. Il convenait que, favorisée à l'image d'Hénoch ou d'Élie, cette tige exceptionnelle fût pour ainsi dire SOULEVÉE DE TERRE.

Et c'est ce qu'on vit arriver. — Une radieuse dignité, supérieure à tous les trônes laïques, et semblable au trône papal (autant que les institutions humaines peuvent ressembler aux fondations divines) ; une radieuse dignité, disons-nous, subsistait toujours en principe, quoique peu réelle en pratique. C'était la succession de Charlemagne, le rôle de bras droit de l'Église ; non pas le rang de *roi des rois*, qui ne sied qu'aux peuples païens, mais la magnifique présidence de la République chrétienne. A cette fonction culminante, — qui rappelait au moins l'honneur des principes — (en formulant l'unité, même temporelle, de tous les peuples civilisés) ; — à cette fonction, disons-nous, soit qu'elle fût exercée ou non, était demeuré attaché le titre de César romain, titre sanctifié par son nouvel usage ; et la tête sur laquelle il reposait, s'appelait *sacrée majesté*. — Or, voilà le poste suprême où fut appelé François III, dépouillé de ses vieux duchés, mais devenu l'époux de Marie-Thérèse. Il appartenait à la maison de Lorraine, auguste mère de tous les héros qui depuis mille ans avaient servi Rome et le monde ; il lui appartenait, plus qu'à personne, de recevoir, après l'avoir sauvé, le vénérable sceptre du « Saint-Empire ».

Nous voici parvenus, Messieurs, au terme de notre rapide revue des évènements. Si vous en avez suivi avec attention la série, vous avez dû voir qu'une loi non douteuse y préside, et qu'une mission manifeste fut donnée par la Providence

aux populations dont les eaux se jettent dans la Moselle.
Cette mission, quelle a-t-elle été? Celle de préparer, de
maintenir et de répandre, la vraie civilisation.

Civilisation! On emploie ce mot dans des sens bien différents. — S'il ne faut entendre par là que multiplication de
rapports, que frottement des esprits, — qu'élégance et vernis
quelconque, — il n'y a point de pays qui ne puisse prétendre
au mérite de l'avoir avancée à quelques égards, et se flatter
d'avoir fourni son contingent au trésor commun. Mais ici
nous prenons CIVILISATION dans un sens plus sérieux; nous
n'appelons ainsi, que l'ensemble d'idées qui perfectionne sans
altérer, et qui polit sans corrompre. Or, celle-là, c'est entre
Rhin et Meuse qu'elle a constamment eu ses ateliers et son
conservatoire.

Sur le terrain borné par ces deux fleuves, le cours des
siècles éleva, Messieurs, un édifice moral, SANS ÉGAL AILLEURS
EN EUROPE. La plus honorable, sans contredit, des races gau-
loises, les Trévires, en avaient jeté sous terre les fondements:
Clovis le fit sortir du sol et en posa les premières assises;
Brunehaut le poussa jusqu'à hauteur d'homme, Charles-
Martel et Charlemagne en construisirent les murs entiers.
Brunon de Cologne, saint Léon IX, Godefroi de Bouillon,
les anciens ducs de Lorraine et les anciens ducs de Bar, y
mirent la main, chacun dans leur temps; Jeanne d'Arc et
Philippe de Gueldres le décorèrent à l'intérieur; Antoine,
Charles III, Léopold, les Guise, les Mercœur, les Vaudémont,
le terminèrent par de superbes voûtes; Charles V en bâtit la
coupole, et la fit monter jusqu'aux cieux. — Cet édifice incomparable, moitié palais et moitié temple, dont le fronton
portait sur deux colonnes qui s'appelaient *Ordre* et *Liberté*, il
avait pour base la justice, le sentiment du droit et du devoir;
— pour contre-forts, les bonnes mœurs, le patriotisme, la

fidélité, la bravoure ; — pour ornement de ses parois, la
richesse, la science et l'art ; — pour lumière de ses fenêtres,
la croyance et l'intelligence ; — pour dorure de ses dômes,
la gloire ; — et pour couronnement, la Croix.

Tandis qu'à gauche de la Meuse ou à droite du Rhin, chaque peuple se préoccupait de ses avantages PARTICULIERS, on
ne songeait dans le pays intermédiaire qu'aux avantages
UNIVERSELS. Sur les deux flancs, français ou germanique, ou
bien à la base du triangle et vers le côté bourguignon, partout
s'étendait le règne des intérêts : il n'y avait qu'au centre que
subsistât celui du désintéressement. Hors de la région austrasienne, on voyait se développer les ÉGOÏSMES : au dedans,
fleurissaient les DÉVOUEMENTS.

Est-ce par suite de sa position, Messieurs, que la bande
territoriale dont nous parlons, centre matériel de l'Europe,
en fut aussi le centre moral ? — Peut-être.., bien que ce soit
beaucoup attribuer à un simple privilège géographique. —
Mais, quoi qu'il en puisse être des *causes*, le *fait*, en lui-
même, est certain. Tandis que les autres contrées, attentives
chacune à leur propre gain, sacrifiaient très-aisément les
principes pour les profits, — elle seule, protectrice habituelle
des partis honnêtes, et toujours soigneuse du prochain, ne
cessa de *donner* ou de *faire* autant ou plus qu'elle ne pouvait,
et de prodiguer *pour autrui* son repos, son or et son sang.
Large dans ses conceptions, elle se montra large dans ses
actes. Elle fut, depuis les jours de l'Antiquité, le foyer permanent et des idées *générales* et des idées *généreuses*.

Du reste, si cette PATRIE DU BIEN, si cette noble terre d'entre
Rhin et Meuse, — dont nous vous avons en partie indiqué les
élans mille fois admirables, — entretint, comme une vestale,
la flamme de l'honneur constamment allumée, — l'autel n'en
fut pas toujours placé dans le même lieu ; elle érigea chez

elle, l'un après l'autre, quatre foyers du feu sacré. Sous ses
quatre phases consécutives, — trévirienne, austrasienne,
lotharingienne et lorraine, — elle eut successivement pour
capitales, selon le besoin, selon le caractère des temps,
Trèves d'abord, ensuite Metz, puis Aix-la-Chapelle, puis
Nancy. Son idée, un peu confuse à l'origine, avait animé
les trois premières villes pendant trois cents ans chacune :
plus précieuse et mieux formulée après neuf siècles de
croissance, elle a fait vibrer sept cents ans les murailles de
la dernière (¹).

C'est là, — où jadis, dans des lieux alors dévastés et redevenus à demi-sauvages, avait pris naissance le grand et pieux
civilisateur saint Arnould, le chef des ancêtres de Charlemagne, — c'est là, sur les bords de la Meurthe, que la pure
et forte pensée des Mosellans a vécu le plus longtemps
visible ; et c'est là qu'elle est morte... ou qu'elle meurt.

Vous avez lu souvent, Messieurs, que quatre-vingt millions
d'Hindous, dans leur vénération pour la ville antique d'où
rayonne le brahmanisme, disent que la sainte Bénarès repose
sur les pointes mêmes du trident mystique de Civa. Eh bien,
quelque chose de semblable pourrait se dire ici, et à meilleur
droit. Le sol que vous foulez aujourd'hui, — et qui semble
devenu si froid, — c'est la poussière des héros, des géants
inspirés ; c'est celle des législateurs, des docteurs, des
missionnaires, des chevaliers, des vierges et des martyrs. —
Dans cette ville de Nancy, dont l'enceinte, jadis imprenable

(¹) Ceci a été rendu plus clair, et chronologiquement mieux
précisé, dans un petit résumé historique qui, publié à Nancy en
1866, avait pour titre : *Ce que fut jadis la Lorraine.*

(*Note ajoutée en* 1873.)

autant qu'opulente, était pour l'Europe civilisée une couronne de fer et d'or; dans cette ville de Nancy, d'où partaient
les efforts sublimes qui, pour soutenir le progrès par voie
religieuse, suscitaient des combattants de la Baltique à la
Méditerranée et de la Manche à la mer Noire : — votre
Congrès a son centre établi sur la poignée, — sur la pointe
même, pour ainsi dire, — de l'épée de la Chrétienté.

NOTE *a*

AU SUJET D'AMANCE, MOUSSON ET VAUDÉMONT

(Voir page 295)

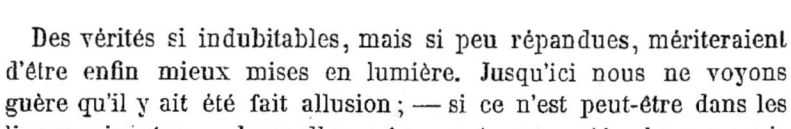

Des vérités si indubitables, mais si peu répandues, mériteraient d'être enfin mieux mises en lumière. Jusqu'ici nous ne voyons guère qu'il y ait été fait allusion ; — si ce n'est peut-être dans les lignes suivantes, — lesquelles même sont empruntées à un croquis resté inédit, où se trouvait esquissée la physionomie du siècle de saint Léon IX et de Gérard d'Alsace :

Quand les Huns, les Normands, à la Gaule appauvrie
N'eurent laissé pour lot que deuil et barbarie ;
Quand, sur l'inculte champ du monde occidental,
— Où trônait de l'*An Mil* le régime brutal, —
Tout présentait discords, meurtres, vols, ignorance :
— Seuls, déjà les Lorrains, ouvriers d'espérance,
Tentaient de cultiver quelques fruits moins amers.

Comme d'un triple phare offert aux sombres mers,
Des Tours de Vaudémont, de Mousson et d'Amance,
La Vertu rayonnait, perçant une ombre immense.

Sur l'appendice II :

———————

On a vu, dans l'appendice premier (*Philosophie
de l'histoire de Lorraine*), une sorte de rapprochement entre deux disparitions presque simultanées :
celle du sceptre LORRAIN, et celle du sceptre POLO-
NAIS, qui datent toutes deux du dix-huitième siècle.
Les ressemblances et les différences de ces deux
grands faits se trouvent un peu mises en lumière
par l'étude qui se trouve en avoir été occasionnelle-
ment faite dans le sein de l'Académie de Stanislas,
lors de la réception d'un nouveau membre, en 1868.

———o◦⚬◦o———

MORTS COMPARÉES

DE LA POLOGNE ET DE LA LORRAINE

Nous extrayons du tome XII des Mémoires de l'Académie de Stanislas, le fragment ci-après de la réponse faite par le Président de cette compagnie, dans la séance du 24 mai 1868, à l'un des récipiendaires : à M. de la Ménardière, professeur à la Faculté de Droit de Nancy, lequel, dans son discours inaugural, avait touché à d'intéressantes questions historiques, fort connexes à celle de l'agonie et de la mort de la Pologne.

. . . .

Déjà, Monsieur, vous annonçant comme l'un des ouvriers sérieux de la bande des Antiquaires de l'Ouest, vous creusiez votre sillon historique par une intéressante notice sur le garde des sceaux Marilhac, auteur du code de 1629. — Vertueux personnage qui fut, comme la Pologne, une des grandes victimes des circonstances de son temps, Marilhac (bien qu'il ait été, lui aussi, la dupe des *habiles*) n'avait pas autant donné prise que firent les Polonais, par leurs imprudences, aux coups de la mauvaise fortune.

Comment s'est-elle préparée, la décadence, la chute, de ce peuple célèbre ?

21

- I.

D'ordinaire, c'est bien à la légère que l'on en assigne les origines. De trois causes qui la produisirent, on a coutume de n'en signaler qu'une ; on fait abstraction des deux autres. On ne cesse, en effet, de parler des libertés que la Pologne pratiquait, — pratiquait *trop ;* — et presque jamais on ne parle de celles, hélas ! que ni ses citoyens, ni ses vassaux, ne possédaient *assez.*

Or il résulte, cependant, de l'examen de ses annales (et vous n'êtes pas, Monsieur, sans vous en être aperçu), que, dans les événements qui minèrent et ruinèrent ce grand peuple, une part POUR LE MOINS AUSSI FORTE revient à l'*oppression* que ses lois exercèrent, qu'à l'*anarchie* qu'elles lui firent subir. — Certes, un rôle immense appartient à des séries de faits significatifs, QU'ON A PRIS L'HABITUDE D'OUBLIER. Derrière les premiers troubles vraiment dangereux, apparaissent, pour l'observateur, de fréquentes plaintes méconnues ; avant les actes de sédition majeurs, les actes ou de *pressurement financier* ou *d'intolérance religieuse.* A l'horizon s'accumule de loin un orage de maux effrayants, par suite du trop peu de garanties accordé, soit aux familles *travailleuses,* — accablées et sucées alors par la friponnerie de maints intendants des seigneurs, — soit aux familles *dissidentes,* — vexées ou torturées pour leur foi.

Sans doute quand arrivèrent à se montrer les grandes crises de la maladie, elles furent augmentées par le libre jeu de prérogatives outrées, qui rendaient difficiles les remèdes ; — mais le vrai *cancer* qui rongea, qui fit périr, cette majestueuse nation, — ce ne fut pas tant la jouissance, même exagérée, de la liberté *politique*, — que la privation (introduite surtout à partir d'une certaine époque) de deux conditions vitales des sociétés modernes : la liberté *civile* et la liberté *de conscience*.

II.

Malgré la séparation finale du monde antique en deux moitiés quasi-naturelles, et malgré les attractions rivales que dès lors exercèrent les deux grands centres de l'empire des Césars (Rome et Constantinople), — ce double courant d'influences, même quand il vint à se traduire par un schisme, n'empêcha pas les immenses pays sarmates d'accepter souvent une autorité temporelle commune. — Sous Casimir le Grand, surnommé à si bon droit le *Roi des paysans*, on voyait, sur trente millions de sujets de la Couronne, dix millions de dissidents paisibles. La royale république jouissait de toute sa vitalité, bien qu'alors les rites n'y fussent point homogènes, et notamment, que de vastes provinces (celles surtout par où son action s'étendait jusque vers la mer Noire) continuassent d'adorer Dieu selon les formes orientales que leur avaient léguées leurs pères.

Ce n'est qu'à partir du moment où, *le désir d'unité* s'accroissant, on crut bien faire de porter, contre les non-conformistes, des lois de contrainte et de terreur, que deux éléments comprimés (l'élément grec, d'une part, et l'élément germanico-scandinave de l'autre) se liguèrent pour repousser la domination du tiers-principe, devenu persécuteur. — Dès lors, se déclare, avec d'inquiétants pronostics, la fatale maladie interne que les meilleurs médecins ne parviendront plus qu'à pallier.

Sitôt que le cri de délivrance, poussé par un vieillard demi-sauvage, — frêle mais terrible interprète des populations dépouillées ou meurtries, — donne à la nation cosaque le signal de la révolte et à la nation suédoise le désir de l'intervention; dès lors, disons-nous, commence un ensemble de phénomènes funestes, dont l'enchaînement ne s'arrêtera plus guère, — parce que les réparations seront longtemps ou refusées ou imparfaitement exécutées. — Par intervalles encore, on retrouvera bien l'apparence de l'éclat. Oui, l'héroïsme d'un homme extraordinaire (Sobieski), la sagesse d'un homme loyal (Stanislas), pourra bien encore suspendre le cours des désastres, faire même croire que le mal a cessé...; mais, au fond, rien n'en triomphera. On a trop tardé à se montrer juste : on subira l'injustice à son tour. Aux Cosaques, diminués de rôle par la mort de Bogdan, se seront substitués leurs coreligionnaires et protecteurs, les Moscovites; aux Suédois, affaiblis ou même ralliés, auront succédé les Brandebourgeois, plus tenaces, plus adroits, plus implacables. L'œuvre hostile se poursuivra. — Et finalement, des ambitions conquérantes, mettant à profit les armes morales qu'on avait eu le malheur de leur fournir; — que dis-je? les faisant valoir à titre de REVANCHE, quand tout *motif,* tout *prétexte* même de plainte, avait cessé (¹); — fouleront un jour, étendue saignante sous leurs pieds, la robuste et sublime guerrière qui, trop fière de la rectitude de ses convictions, avait dédaigné de tenir compte de celles d'autrui.

(¹) On sait que la dernière Constitution du royaume de Pologne, fruit des meilleures lumières du siècle dernier, avait comblé toutes les lacunes et redressé tous les torts. Décrétée cent ans plus tôt, elle aurait tout sauvé.

III.

Détournons nos yeux, Monsieur, d'un si affligeant spectacle, et portons-les avec consolation sur la Lorraine, — qui
servit de port de refuge à l'un des courageux, mais impuissants pilotes du superbe vaisseau désemparé.

Mise en rapports avec la Pologne dès l'année 1200, quand
la princesse Ludomille s'en venait épouser, sur nos bords, le
fils de Mathieu Ier, le duc Ferry de Bitche, — la Lorraine
s'était liée en maintes occasions aux braves et chevaleresques
Sarmates ([1]). Et de tels nœuds n'avaient pu surtout que se
resserrer, depuis que l'œuvre commune de la délivrance du
Danube, envahi par les Musulmans, avait fraternellement
réuni, pour cette gigantesque tâche, deux grands hommes,
les héros de leur siècle; d'une part, le vainqueur de Khot-
chim ([2]), la juste idole de son pays, le prodigieux Sobieski,
— de l'autre, le seul prétendant trouvé digne de balancer avec
lui les suffrages pour la couronne de Pologne : le vainqueur
de Mohatch et de Bude, le récupérateur de la Hongrie, le généralissime de la quatorzième et dernière croisade, le magnanime duc de Lorraine Charles V.

Quand donc, après le départ de l'antique et bien-aimée
dynastie des Alérions, les palais de cette vertueuse famille
(à Nancy, à Commercy, à Lunéville) s'ouvrirent pour rece-

([1]) Il y avait, par exemple, des Polonais dans le combat du duc
Antoine contre les Rustauds, à Cherviller.

([2]) Ordinairement on écrit *Choczim*; de même que Mohatch
s'écrit *Mohacz*.

voir Stanislas comme leur habitant et leur maître, — ils lui
offrirent le plus naturel des asiles, la plus sympathique des
hospitalités.

IV.

A tout prendre, plus inégales en territoire qu'en éclat, les
deux nations *quasi-paladines*, la royale république nobiliaire
de Pologne et la ducale république de Lorraine — s'étaient
ressemblées par bien des côtés : — par le brillant et l'aventureux ; — par une bravoure inouïe ; — par je ne sais
quelle manière généreuse de se porter vite en avant pour la
défense des intérêts européens ; — par cette doctrine aussi,
vingt fois proclamée dans les Assises de Nancy comme dans
les Diètes de Varsovie, « qu'aux lois seules obéissance est
due, et que l'empire des règles légales l'emporte sur celui du
Prince » (¹).

Mais certaines choses, néanmoins, différenciaient fortement ces deux groupes couronnés.

Chez l'un, la caste des gentilshommes avait trop négligé
de rendre profitables aux classes inférieures les privilèges
dont elle était investie ; en sorte que de sourdes haines qui
s'élevaient dans les cœurs à raison des abus, avaient pu souvent remonter jusqu'à elle.

Chez l'autre, le corps de l'Ancienne Chevalerie, se mettant
au service des petits et des pauvres, leur avait fait, de ses

---

(¹) On se rappelle la magnifique inscription sculptée sur la
porte de l'hôtel de ville de Vézelise : *Lex omni imperio major.*

propres droits, un bouclier. — Aussi ne devint-elle jamais l'objet des aversions populaires, et ne vit-elle par conséquent point l'élément roturier lui faire défection, dans les dangers de la patrie.

La Lorraine, douée d'une activité normale, non intermittente, non fiévreuse, s'était montrée, tout à la fois, modérée dans ses allures et constante à ne point s'arrêter dans sa marche. Malgré son zèle efficace pour la cause de l'ordre, elle s'était fait remarquer par sa perpétuelle tendance aux perfectionnements, voire même aux judicieuses innovations. A travers toute sa sagesse, perçait, comme caractère frappant, le génie des INITIATIVES.

La Pologne, au contraire, — plus remuante mais moins progressiste, s'était laissé séduire davantage par les attraits d'un poétique *statu quo* millénaire; par les mérites apparents du système dit INVARIABLE.

Toutes deux luttèrent héroïquement contre l'Étranger, et toutes deux succombèrent avec dignité. Mais la fin de l'un des deux peuples fut cruelle, déchirante, lamentablement douloureuse : la fin de l'autre, — après d'affreuses angoisses aussi, après certaines victoires de l'iniquité, — devint douce, acceptable, accompagnée d'honneurs et de bonheurs, et couronnée seulement du diadème d'une radieuse mélancolie. — Pourquoi de si profondes dissemblances entre leurs destinées terminales?

Ah! c'est qu'hélas, des deux nations émules et amies, la *grande* avait eu le malheur de combattre (quoique par les motifs du monde les plus purs) sous un étendard qui fait la perte de tous ses défenseurs : sous l'étendard de l'immobilité; — tandis que la *petite,* sans jamais cesser de protéger un juste degré de permanence, mais de permanence élastique, s'était constituée, depuis des siècles, le porte-drapeau du Progrès.

V.

Du reste, Monsieur, le bon Stanislas, en venant régner à Nancy, sut y marier ses propres apports, les belles traditions des Leszczinski (¹), avec l'héritage local qu'il recueillait, avec les magnifiques traditions de la haute Maison souveraine qu'il avait à remplacer.

Autant que le lui permirent les guides obligés dont l'avait environné le cabinet de Versailles, il ne refusa point de s'imprégner de l'esprit de ses sujets nouveaux. — Et Bon-Secours, où il repose à côté de Catherine Opalinska, à l'ombre des drapeaux enlevés au Croissant par l'épée mosellane, dans cette croisade suprème où les Lorrains avaient eu pour allié Sobieski, — offre bien la réunion des souvenirs touchants et grandioses de deux nobles peuples éteints, dont l'un avait jadis été la fleur des Celtes... et l'autre la fleur des Slaves.

VI.

Parmi les institutions ou fondées ou amplifiées ici par ce dernier monarque de l'Austrasie, la plus notable, sans contredit, c'est l'Académie à laquelle nous avons cru juste de donner son nom, — et où vous venez, Messieurs les Réci-

---

(¹) Lèche-tchinski. Ne sachant ou ne pouvant articuler ce nom, trop difficile, — les bouches lorraines et françaises l'ont transformé en *Lexinski*, qui devient un mot prononçable.

piendaires, d'inaugurer votre entrée par de gracieux remerciements.

A l'envi, vous vous êtes félicités d'en faire désormais partie. — Eh bien (pourquoi, par une modestie mal placée, craindrions-nous de le dire?), vous n'avez pas tort en cela : — les affectueuses relations de ses membres sont de celles auxquelles on peut, raisonnablement, et sans *phrases*, attacher quelque prix. — Ceux-là le savent, surtout, qui depuis cinquante ans lui appartiennent; ceux qui ont pu, la suivant de l'œil dans ses fortunes diverses, observer de près ses honorables et pacifiques errements.

Seul échantillon survivant de tout ce qui florissait autrefois dans l'ex-capitale où nous sommes, l'Académie de Stanislas est demeurée remarquable à plus d'un titre. Scrupuleuse dans ses choix, sérieuse dans ses études; constamment calme dans ses séances, où ne s'élevèrent jamais de discussions ni âpres ni téméraires; — entourée de preuves de considération qui lui arrivent des plus diverses contrées de l'Europe; — c'est une compagnie non-seulement estimable, mais estimée; non-seulement sage, mais connue pour telle. — Entre les Académies non parisiennes, elle avait jadis été la seule qui comptât pour associés des hommes de la taille de Fontenelle ou de Montesquieu; elle reste aussi celle qui possède parmi ses *correspondants* le plus de membres de l'Institut de France.

On a eu lieu d'admirer, même, jusqu'où pouvait s'étendre la puissance de pareils antécédents et l'effet d'une notoriété si grande, par l'exception, sans égale, qu'à raison d'anniversaires historiques majeurs, consentit naguère à voter en votre honneur la première classe de ce corps éminent. La mémoire d'une telle marque de distinction, qui attache un fleuron de plus à la couronne du riche écusson de Nancy, devra être conservée ici comme un souvenir de gloire et de concorde.

De GLOIRE, car semblable chose ne s'était encore faite pour aucune ville;

De CONCORDE, car cette douce récompense, dont on nous a jugés dignes, n'a été qu'un hommage rendu à l'antique renommée de cette Société, fille de Stanislas le Bienfaisant, bienfaisante elle-même, chez qui sont réputées se concilier, mieux que partout ailleurs, — sous les auspices d'un modeste savoir et d'une saine intelligence, — les plus harmonieuses nuances de l'arc-en-ciel de la paix française : *passé, présent et avenir.*

Sur l'appendice III :

Pour complément aux diverses notions rectifiées
que peut fournir à des lecteurs le présent volume,
il n'a pas été jugé superflu que nous fissions reproduire ici, — en le tirant d'un petit résumé histo-
rico-statistique, imprimé il y a déjà sept ans au
moins (1), — le chapitre qui en formait la partie
quatrième, et qui avait pour titre : *Les Initiatives
lorraines.*

Ces pages, en effet, — qui, malgré l'étonnement
profond qu'elles ont causé, N'ONT PAS ÉTÉ CONTRE-
DITES (et ne pouvaient pas l'être), — présentent un
ensemble de vérités NOUVELLES dont tôt ou tard les
écrivains seront bien forcés de tenir compte. —
Vérités indéniables, mais très-surprenantes pour les
oreilles du brave public, — empêtré qu'il est, dès
son adolescence, de ce réseau de *fables convenues* (2), vieux amas de légendes neustriennes qui
a pris place dans tous nos livres didactiques français.

---

(1) *Ce que fut jadis la Lorraine, et ce qu'elle est encore.*
In-12. Nancy, 1866.

(2) « *L'Histoire* », a dit un moraliste grave, « *n'a guère été
jusqu'ici qu'un tissu de fables convenues.* »

A cette frappante série de faits, nous aurions pu donner pour épigraphe une pensée déjà émise depuis d'assez longues années, en trois vers latins dont voici le sens :

« Mille de nos progrès récents, la Lorraine les
« avait précédés, sans bruit et de son pas tran-
« quille ; — plus soigneuse de s'enrichir de mérites
« que de les faire prôner ; et toujours prompte à
« entreprendre, toujours placée aux premiers rangs
« de combat, dès qu'il s'agit de choses d'utilité
« publique. »

Gressus mille novos tacito Lotharingia passu
Præcessit ; meriti quam famæ ditior ; ac se
Semper, in utilibus, promptam primo ordine præbens.

Du reste, comme la vérité que formulent ces vers s'applique à maintes choses très-diverses, ils furent cités, dès 1857, dans les réflexions qui terminaient, à titre d'épilogue, le volume des *Fleurs de l'Inde.*

INITIATIVES LORRAINES

M. de Saint-Mauris proclame quelque part, dans son livre (¹), que les Lorrains ont été et sont encore remarquables par leurs INITIATIVES ; et dans ses appendices, il en donne d'assez nombreux exemples.

La chose avait été déjà observée ; et au fait, il n'y a pas moyen de le nier, — pourvu surtout qu'on prenne le mot *Lorraine* au sens large que pour notre part nous lui avons toujours donné ; c'est-à-dire pourvu qu'on l'applique au triangle dessiné par les Vôges, la Meuse et le Rhin, — triangle qui formait le *marchisat* des ducs de Lorraine (²).

(¹) *Études sur l'ancienne Lorraine.*

(¹) Il y aurait ici, si l'on voulait, matière à une monographie. Rappelons seulement que le titre de *marchis* (forme antique de celui de *marquis*) était particulier aux ducs de Lorraine ; personne d'autre qu'eux ne pouvait s'en revêtir. Il s'employait d'une manière absolue, sans être suivi d'aucun génitif. Il représentait certaines prérogatives, — telles que le droit de surveiller, dans le territoire d'entre Rhin et Meuse, les transports par terre ou par eau ; d'y fixer le champ de tous les duels à permettre, etc. Prérogatives plus ou moins perdues en pratique, mais reconnues en théorie, et qui suffisaient pour rappeler que la Lorraine était le véritable reste du grand royaume lotharingique.

Cette assertion, il serait bon de la développer, car elle amènerait mille vérités du plus haut intérêt.

Mais, n'en ayant pas le temps, nous croyons utile d'exposer toujours le principe. La simple série numérotée des initiatives est déjà par elle-même un renseignement. Elle forme une sorte de *table* des chapitres, qu'un monographe aurait à composer.

1° *Vœu de Clovis à Tolbiac.* — En le faisant, il décide de l'entrée du Catholicisme chez la grande race des Francs.

2° *Institutions législatives de Brunehaut.* — Pour la première fois chez les fiers descendants des Barbares, les crimes cessent d'être admis au RACHAT, condition qui ne profitait qu'aux puissants; et le meurtrier des pauvres, fût-il un des Grands du royaume, est obligé de payer de sa tête ses assassinats.

3° *Prélude des mœurs chevaleresques.* — On les sent venir de loin, d'après les formes adoucies et les procédés généreux du grand Sigebert, d'abord, — puis de plusieurs rois d'Austrasie.

4° *Première barrière opposée à l'Islamisme.* — C'est d'Austrasie que part et la pensée et l'exécution du grand mouvement de répulsion, qui, sous Charles-Martel, s'en va briser, sur la Loire, le flot des Musulmans envahisseurs.

5° *Rétablissement de l'empire romain d'Occident.* — Préparé par l'Austrasien Pépin, ce rétablissement s'opère par l'Austrasien Charlemagne, et pour lui.

6° *Premier essai d'une constitution fédérative des royaumes européens.* — Il ne réussit pas longtemps; mais, comme pensée, il n'était pas dépourvu d'un certain mérite. Il avait eu lieu par les soins de Louis le Pieux et du premier des Lothaires. Les *rois* (savoir, ceux de Germanie, de France et d'Italie) formaient un faisceau sous la présidence d'un *empereur,* lequel avait son trône dans la *Mésopotamie chré-tienne,* dans le célèbre triangle mosellan.

7° *Premier réveil après la seconde barbarie.* — Une seconde invasion de peuples ignorants et brutaux (les Normands, les Huns-Abares, etc.) avait fait reperdre, pour la civilisa-tion, le peu de terrein moral reconquis par Charlemagne. Au milieu de cette seconde barbarie, — pire et plus irremé-diable que celle des Goths, des Suèves, ou des Vandales même, — quand la première tentative sérieuse d'efforts moraux et d'efforts intellectuels a lieu, c'est entre Rhin et Meuse. Influence des évêques Lohérans (saint Gauzelin, saint Gérard, etc.); écoles reconstituées. Choix d'un Lo-héran (Jean de Gorze-Vendières) pour ambassadeur auprès des califes.

8° *Première réaction de la Papauté contre les turpitudes simoniaques.* — C'est à un Lorrain (à saint Léon IX) que remontent les premiers essais heureux de la Papauté pour remonter le fleuve moral, à Rome et ailleurs, après les horribles désordres du siècle de Marozie et des comtes de Tusculum.

9° *Premier essai de conciliation religieuse de l'Orient et de l'Occident.* — Ces efforts, trop peu suivis de succès, qui eurent lieu tant au concile de Lyon qu'à celui de Florence, pour amener la réconciliation des deux Églises, ils avaient été d'avance essayés, sous la même impulsion lorraine. Et aussi était-ce un Lorrain (le cardinal Humbert), qui, en-voyé à Constantinople, fut sur le point de réussir, en tou-chant le cœur du patriarche Michel Cérulaire.

10° *Appui donné aux réformes entreprises par Grégoire VII.* — Quand le courageux Hildebrand osa entreprendre la tâche d'épurer certains rangs cléricaux devenus voluptueux et simoniaques, soutenus par la complicité des princes, —

qui le soutient contre ces derniers? — La grande comtesse Mathilde, femme toscane en apparence, lorraine en réalité (¹).

11° *Les Croisades.* — Elles étaient la conséquence du mouvement imprimé par Grégoire VII. Prêchées partout, mais réalisées à des degrés très-différents, c'est des bords de la Meuse qu'elles reçoivent leur principale direction. Elles ont pour premier généralissime un duc de Basse-Lorraine, Godefroi de Bouillon, beau-neveu de la comtesse Mathilde ; et personne ne s'y jette avec tant de zèle, pendant plusieurs générations, que les comtes de Bar.

12° *Antagonisme contre l'immoralité régnante.* — En face du spectacle honteux que présentent, en Allemagne, les désordres de Wenceslas, et en France les scènes de la tour de Nesle, il est consolant d'observer le spectacle tout différent que donne alors la cour de Lorraine, dont les princes s'occupent, par exemple, à fonder un hospice pour les pauvres, auprès des bains de Plombières.

13° *Traduction de la Bible en langue vulgaire.* — Dans son activité civilisatrice, le vainqueur des païens de la Baltique, le duc de Lorraine Jean Iᵉʳ, fait traduire en langue vulgaire les Livres saints.

14° *Premiers honneurs accordés au travail manuel, en dehors du cercle des Beaux-Arts.* — Ce sont les GENTILSHOMMES VERRIERS, classe d'hommes PARTICULIÈRE AUX DUCHÉS LOR-

---

(¹) La grande Mathilde passe pour une Italienne, mais les pensées qu'elle avait reçues lui venaient *d'entre Rhin et Meuse.* « Sa mère, « doublement Lorraine, avait été fille d'un duc de Mosellane et « femme d'un duc de Lothier. Elle-même avait encore pour sœur « Sophie, qui possédait Amance (le Nancy d'alors), et qui trônait « en dame châtelaine dans les hautes murailles de Mousson. »

RAINS, et dont l'existence a précédé 1400, qui offrirent à l'Europe le premier exemple d'industriels récompensés en monnaie honorifique. C'est du fond de la Lorraine vôgienne que se répandit l'idée, si neuve alors, que travailler des mains ne faisait pas nécessairement déroger, et que même certains travaux corporels pouvaient devenir un titre à l'anoblissement.

15° *Pavage des rues.* — La riche et florissante cité de Metz, et plus tard la *ville vieille* de Nancy, se font paver, avant Paris.

16° *La réaction continentale, Jeanne d'Arc, etc.* — Le duc Charles II, devant la porte de son palais de Nancy, donne à la vierge de Dom-Remy, revenue du pèlerinage de Saint-Nicolas-de-Port, un cheval de bataille, pour la confirmer dans son entreprise.

17° *Création d'un nouveau genre d'architecture.* — Entre le gothique, qui se mourait, et les formes de la *Renaissance* exclusivement renouvelées des Gréco-Romains, — un nouveau genre d'architecture est essayé, et c'est en Lorraine. Il n'a guère pour types que le Palais ducal de Nancy, si ce n'est la noble basilique de Saint-Nicolas.

18° *Impulsion désintéressée pour des avantages généraux.* — Commencements de la notoriété des ducs de Lorraine comme PROMOTEURS UNIVERSELS. — C'est à René II, prince dont les États n'avaient plus rien de commun avec la mer, qu'Améric Vespuce dédie son récit de la découverte du Nouveau-Monde.

19° *Première réforme du clergé séculier dans les temps modernes.* — C'est un évêque de Toul (Hugues des Hazards) qui la commence, avec l'appui de René II et du bon duc Antoine.

20° *Répression du communisme.* — René II avait déjà été

invoqué pour y préluder. Quand le mal s'accroît, quand il devient effrayant, quand il va dévorer l'Europe inattentive, follement occupée de ses querelles politiques.., Antoine s'élève à la hauteur des circonstances ; il défait, dans trois batailles, la puissante armée des Rustauds. Alors, sauveur de l'Occident, Antoine *le Bon* assume aussi la tâche d'intermédiaire et de pacificateur.

21° *Abolition du droit militaire de pillage.* — Le duc Antoine avait pour neveux les Guise, ces princes si défigurés par l'histoire, desquels, au seizième siècle, vinrent toutes les belles initiatives. Celle-ci n'en est pas l'une des moindres. Le grand François de Guise fut le premier (c'était après la prise de Calais) à refuser sa part de *pillage*, droit supposé alors régulier ([¹]).

22° *Soin des blessés de l'ennemi.* — Relever les blessés de l'ennemi, cela nous paraît, à présent, simple comme deux et deux font quatre. Il faut pourtant reconnaître là une idée lorraine ; et c'est le duc François de Guise qui, dans les guerres d'Italie, d'abord, puis au fameux siége de Metz, enseigna aux Français à la pratiquer.

23° *Éducation des prêtres; séminaires.* — On cite toujours, et non sans raison, M. Olier comme le fondateur des séminaires ; la France, en effet, n'en possédait point quand il parut. Cependant, *cent ans avant lui*, le grand cardinal de Lorraine (neveu du duc Antoine) en avait très-bien fondé un dans son archevêché. Seulement, son œuvre ne lui sur-

---

([¹]) Sully, sous Henri IV, n'en connaissait guère l'abrogation, comme on le voit par les sales profits qu'il avoue encore ; et de nos jours, à la honte de notre siècle, on l'a laissé se rétablir. (Dans l'expédition de Chine.)

vécut pas, la passion des guerres civiles ayant tourné les
esprits d'un autre côté.

24° *Travaux de préparation du sol, en vue d'une fécondité
future.* — Depuis la décadence de l'empire romain, l'urgence
avait dominé tout ; — les plans de travaux s'étaient rétrécis.
— Ainsi, l'on avait bien pu, ·soit pour tracer des voies militaires, soit pour rendre possible aux populations de commu-
niquer entre elles, travailler encore à dessécher des terres
inondées ; mais entreprendre avec des vues plus larges le
dessèchement des marais (1° pour assainir l'air ; 2° pour
donner de la besogne aux ouvriers pauvres ; 3° pour ouvrir,
dans l'avenir, un nouveau champ d'exercice à l'agriculture),
c'est ce qui ne s'était pas encore vu, — tout au moins depuis
douze cents ans. — Tels sont pourtant les aperçus que développa le cardinal de Lorraine, quand il fit dessécher les ma-
récages de la plaine de Reims.

25° *Fondation d'une Université,* à titre de moyen de *convic-
tion par la science.* — Créée dans les conditions du PLUS
GRAND PROGRÈS qui existât alors, l'Université de Lorraine
l'avait été dans le but, avoué, d'obtenir PAR LE SAVOIR ce
que la force n'obtenait plus guère ; — c'est-à-dire le retour
à l'unité des esprits, vainement cherché en Espagne au
moyen du système de l'Inquisition.

26° *Construction de la première ville à rues entièrement alignées.* — Quand la ville neuve de Nancy fut bâtie ainsi par
le duc Charles III dont la modestie seule s'opposa à ce que
cette cité-modèle fût appelée *Charle-ville,* il n'en existait point
de ce genre.

27° *Bâtisse de la première enceinte régulièrement bastionnée.*
— La première ceinture de murailles militaires construite
dans le système moderne (dans le système improprement dit
à la Vauban, lequel est dû au Lorrain Errard), fut celle de

la double capitale de Charles III, c'est-à-dire des *deux villes*
de Nancy (la vieille et la neuve), habillées ou réhabillées à
la fois.

28° *Perfectionnement de la balistique.* — Au seizième siècle,
et dans la première partie du dix-septième, les Lorrains
n'avaient point d'égaux pour le tir, pour la confection de l'artillerie, pour la pyrotechnie, etc. L'arsenal de Nancy renfermait de précieuses richesses, incomparables pour l'époque.

29° *Primauté dans certaines branches des Beaux-Arts.* — Les
chefs-d'œuvre de Michel-Ange, dans la statuaire, avaient
précédé ceux de Ligier Richier, c'est vrai ; mais personne,
avant Jacques Callot, n'avait *improvisé à la pointe* sur le
cuivre ; et personne non plus n'avait risqué, avant Claude le
Lorrain, d'attaquer de face la nature paysagère, et d'oser
peindre des soleils en plein ciel.

30° *Réforme des ordres religieux.* — Réforme des Bénédictins, par Dom Didier de la Cour, — et des Prémontrés, par
Servais de Layruels ; — le tout avant les améliorations cor-
respondantes opérées en France.

31° *Zèle religieux appliqué aux créations sociales, etc.* — Le
B. Pierre Fourier, de Mattaincourt, — le BON PÈRE, comme on
l'appelait, — égale au moins (dépasse plutôt) l'influence de
saint François de Sales, et précède celle de saint Vincent de
Paul. Il ne se borne pas à fonder les douces filles congréga-
nistes, dont les phalanges, blanches et bleu-ciel, donnent
aux villages de Lorraine tant de caractère : il organise l'enseignement primaire, jette le germe des sociétés de secours
mutuels, permet de donner des prix dans les écoles catholiques aux enfants encore protestants, etc.

32° *Premier essai d'hôpitaux desservis par des Sœurs de charité.* — La maison de Saint-Charles, à Nancy, fondée par

des nationaux lorrains (Emmanuel de Chauvinel, etc.),
FONCTIONNAIT DÉJA lorsque fut ouverte celle de Saint-Lazare
de Paris.

33° *Le Refuge.* (*Relèvement* ABSOLU *des femmes pécheresses.*)
— Tout le monde a pu songer à établir des maisons du *Bon
Pasteur,* pour y recevoir avec zèle, avec pitié, des filles
repenties, afin de leur enseigner le travail et de les corriger,
sous la direction de maîtresses irréprochables. Mais aller
plus loin, mais imaginer un ordre féminin où les Madeleines
pourraient, après correction, être admises sur le pied DE
L'ÉGALITÉ, et où d'honnêtes femmes leur permettraient de
les appeler *ma sœur..,* c'est un triomphe qu'on n'avait encore
NULLE PART obtenu, fût-ce de la plus vive humilité chrétienne. Un tel prodige ne s'est réalisé sur la terre, qu'à
Nancy, dans la maison du Refuge. Il a été le miracle d'une
femme lorraine, Elisabeth de Ranfaing ([1]).

34° *Prêt commercial.* — L'opinion (respectable, du reste)
que nul prêt ne doit porter rente, prévalait en Europe; et,
par des instincts de charité plus vifs que bien raisonnés, elle
arrêtait le développement du commerce et l'activité du travail. Les docteurs lorrains, — Guinet entre autres, — sont
les premiers catholiques qui, par de sages éclaircissements
de la difficulté, aient préparé accès à une nouvelle législation, réclamée par les besoins de l'Europe. Les ducs de

---

([1]) Il était même tellement contre nature, — car le juste orgueil
de l'*honnête femme* est le plus indomptable des orgueils, — que la
chose n'a pu se soutenir longtemps, et qu'elle s'est mitigée (c'est-à-
dire restreinte) après la mort de la fondatrice et de ses deux filles.
Mais enfin, il demeure constaté que sur le globe terrestre la merveille A EU LIEU, et qu'elle a eu lieu A NANCY.

Lorraine, pionniers de tout progrès, surent, par voie de tolérance, en donner eux-mêmes le signal (¹).

35° *Initiative de la défense européenne.* — Le duc Charles V, relevant seul les courages abattus, quand les Musulmans arrivaient devant Vienne, prend le commandement de la quatorzième et dernière croisade (la plus nécessaire de toutes), et appelle à son aide Sobieski, dont IL COMPLÈTE PENDANT DIX ANS l'œuvre, — éclatante mais momentanée. — Jadis, pendant la ferveur de l'Asie, l'Islamisme, parvenu aux bords de la Loire, avait été repoussé, de manière à n'y plus revenir.., par les enfants de la Meurthe et de la Moselle, sous le commandement de l'Austrasien Charles-Martel : — neuf cents ans après, parvenu aux bords du Danube autrichien, le drapeau de Mahomet est repoussé de même (et cette fois-là pour toujours), par les fils des Meurthois et des Mosellans, sous le commandement du Lorrain Charles V.

36° *Abolition totale du servage.* — On sait qu'il en resta des vestiges en France jusque dans la vieillesse de Voltaire, qui avait encore à combattre pour les faire effacer : — tandis que le code Léopold, dès 1700, en abrogeait jusques aux derniers restes. — Léopold justifiait ainsi la devise des princes de sa maison (²).

37° *Initiative de l'affranchissement du travail.* — Sitôt son

—————

(¹) D'importants et curieux développements ont, deux ans plus tard, été fournis sur cette évolution majeure, sur ce grand fait, et sur toute l'histoire MORALE des législations sur le prêt. — C'est à Nancy même, chez les Stanislaïtes, lors de la réception académique (1868) de M. Vaugeois, professeur en Droit.

(Note ajoutée en 1873.)

(²) Les Guise avaient adopté pour *Motto* les deux mots HINC LIBERTAS : « c'est d'ici que vient la liberté ».

arrivée dans ses États, le duc Léopold, ne laissant aux jurandes et maîtrises qu'un simple droit d'inspection (pour le bon ordre), admit les ouvriers quelconques à travailler de leur profession et en ouvrir boutique, sans avoir à remplir les formalités *d'apprentissage, chef-d'œuvre*, etc. (¹). Cette permission, — qui, d'abord accordée pour cinq ans, en 1698, fut prolongée pour six autres, puis devint définitive en 1709, — donne, comme on voit, à la Lorraine, sur la France, une avance législative de quatre-vingts ans (²).

38° *Réserves de céréales*. — On passe sa vie à demander si les inconvénients n'en dépassent point les avantages, si même elles sont praticables, etc. (³). Léopold résolut la question par l'invincible argument des faits. — Sous lui, le système des réserves, sagement organisé, fonctionna sans soulever aucun genre de plaintes ; et tandis que l'on DISSERTAIT, il sauva aux Lorrains, seuls en Europe, LA FAMINE, qui naquit partout de l'affreux hiver de 1709.

39° *Emploi de la pomme de terre*. — Introduite dès le règne de Charles IV, et cultivée d'abord aux environs de Baccarat, la pomme de terre n'eut point à subir en Lorraine les mêmes persécutions qu'ailleurs. A l'époque où Parmentier en était encore réduit à inventer tant de ruses pour la faire manger aux Parisiens, — en 1780, il y avait trente ou quarante ans qu'on la servait couramment sur toutes les tables de Nancy.

(¹) Voir *Corporations ouvrières*, par H. Le Page.

(²) Ou tout au moins, quand on voudrait partir des premiers essais risqués par Turgot avant l'Assemblée constituante, — une avance encore de soixante ans.

(³) Voir, par exemple, le rapport présenté en 1851 à la Société d'Agriculture de la Meurthe par une commission spéciale, rapport publié, même à part, sous ce titre : *Des Réserves de céréales.*

40° *Les machines à vapeur.* — L'idée, sans doute, appartient à bien des hommes de génie, — à Papin surtout ; — mais ce sont *trois sujets de la couronne de Lorraine*, — Vayringe, Gauthier et Cugnot, — qui ont le plus contribué à faire entrer ces machines dans le domaine de la réalité.

Vayringe d'abord. — Dès 1725, sous le règne de Léopold, il fabriquait à Lunéville des pompes à vapeur, usuelles, commerciales, propres à mettre en jeu toute sorte de travail d'usine. Comme néanmoins l'Europe était trop peu avancée, c'est l'Amérique qui les lui achetait (pour les mines du Mexique et du Pérou).

Après Vayringe, Gauthier. Lire son projet pour la direction des navires sur mer, et cela trente ans avant Fulton. (*Mémoires de l'Acad. de Stanislas* de 1753.)

Cugnot enfin. Lui, ce n'est plus ni les machines des manufactures, ni celles des vaisseaux à vapeur, qui l'occupent : ce sont les locomotives des routes. Il arrive jusqu'à en construire et à en faire marcher une, — premier modèle de tout ce qui s'est fait depuis.

41° *Réveil de l'amour de la nature : création de la poésie descriptive. Intérêt pris à la campagne et à ses habitants.* — Chacun sait à quel point s'était perdu le sentiment de la beauté rurale naturelle : pas un homme du dix-septième siècle n'en soupçonna seulement l'existence. Aucun poète n'aurait mentionné les forêts, sinon pour y placer des *sylvains* ou des *faunes :* on ne se fût jamais permis de voir dans les rivières ou les ruisseaux autre chose que des *urnes* ou des *naïades,* ni désigner la mer autrement que sous le nom d'*Amphitrite ;* — tant on vivait persuadé, selon la célèbre profession de foi du grand Corneille,

> Que la nature entière, avec tout son éclat,
> Sans l'Olympe et ses dieux, n'offre rien que de plat.

Or, contre le stupide esclavage qu'avait universellement
établi ce faux goût.., qui donc allait enfin s'insurger ? Dans
l'Angleterre, pays où l'on tolère les excentricités, Thompson
avait pu l'essayer impunément ; mais sur le Continent, personne n'en avait le courage. — Un enfant de Nancy, le
marquis de Saint-Lambert, officier aux Gardes lorraines, fut
l'homme qui osa rompre la glace.

Créateur de la *poésie descriptive*, genre dont il est devenu
de mode de ne plus faire cas, — genre qui cependant exigeait
impérieusement le réveil du *sens de la nature*, — Saint-Lambert parvint à gagner, en la plaidant en beaux vers, la cause
non-seulement des paysages, mais aussi (disons-le pour son
juste éloge) celle des paysans, — alors encore soumis à bien
des charges et des gênes. — Lancé sous une forme éloquente
et douce, mais qui n'en fut que plus efficace, le premier cri
pour obtenir l'abolition de la *corvée*... est parti de Nancy.

42° *Concessions d'égalité en faveur des Juifs*. — Dès le règne
de Léopold, les Israëlites se hasardent à célébrer avec plein
éclat, dans Nancy même, la fête des Trompettes : manifesta-
tion visiblement prématurée, que les Autorités font cesser,
mais qui n'amène contre ses auteurs pas la moindre persécu-
tion. — Quand le temps a marché et que l'époque des réformes politiques s'approche, d'où partent (sous Louis XVI) les
premières demandes de droits civils et civiques, formées en
faveur des Juifs...? De Metz et de Nancy. — Quel est le premier ecclésiastique qui émette par écrit l'avis de donner suite
à la requête...? Un prêtre de la Meurthe, le curé d'Imber-
mesnil ([1]). — Quelle cour de magistrature a la première

_____

([1]) On écrivait aussi *Embermesnil* ; et telle est même l'orthographe qui a prévalu. Mais il était de tradition que l'E initial devait

admis un Juif à prêter le serment d'avocat, et à plaider devant elle...? C'est la cour de Nancy. — Quelle société savante (reconnue) a fait, la première, ce que n'avait point osé risquer l'Académie de Berlin, pas même pour le vertueux Mendelsohn, et pas même sous le *philosophe* Frédéric II, — c'est-à-dire a REÇU parmi ses membres un Israélite...? C'est la *Société des sciences, lettres et arts* de Nancy, — celle qu'on appelle officiellement aujourd'hui l'Académie de Stanislas (¹).

43° *Initiative de la défense du territoire français.* — Elle fut prise de deux manières : par les armes et par les déboursés.

Par les armes. Ce sont deux départements lorrains (la Meurthe et les Vôges) qui fournirent le plus vite, et en plus grand nombre, des défenseurs pour la frontière. Rien qu'à eux seuls, ils formèrent, outre leur contingent dans les troupes de ligne, vingt-huit bataillons de volontaires.

Par les sacrifices d'argent. C'est un département lorrain (les Vôges) qui, dans la pénurie du Trésor, paya, le premier de tous, la totalité de ses impôts : — ce qui fit même assigner son nom à l'une des places de Paris, laquelle devint *Place des Vôges.*

------

se prononcer comme dans les mots *Engaddi, Benjamin, Saint-Ouen, Agen;* car on avait toujours dit *Imber* (comme dans *Imbercourt, Imbervaux,* etc.) — et avec raison. L'historien Noël, qui avait connu le célèbre curé, ne lui avait jamais ouï phonétiser autrement le nom de sa paroisse. Grégoire aurait eu les oreilles écorchées s'il s'était vu condamné à entendre *amb* au lieu d'*imb.*

(¹) L'homme qui se trouva profiter ainsi de la chute des barrières, fut Michel BERR DE TURIQUE, — dont au reste le père, autorisé à se nommer ainsi, offrait, dès avant 89, le phénomène, rare alors, d'un Juif respecté, ne s'occupant d'opérations ni de négoce ni de banque, même licites, et vivant uniquement du revenu de ses propriétés terriennes.

44° *Rénovation de la science agricole, première école d'agriculture.* — On y avait souvent songé, mais c'est en Lorraine que parvint à se fonder un véritable enseignement de l'art d'Olivier de Serres. Ce fut un Lorrain, disons-nous, ce fut Dombasle, qui, dissipant les torpeurs et triomphant des préjugés, fit sortir de terre l'École de Rôville, imitée ensuite partout.

45° *Première recherche des formules d'une décentralisation pacifique* — Tandis qu'un désir bien naturel, — vif, mais assez aveugle, —- d'échapper au trop d'action unitaire de Paris, — faisait naître de tous côtés des articles, souvent peu équitables et qui se tournaient parfois en philippiques, — les départements lorrains étaient les seuls où la question fût abordée avec calme et sérieux. Dès 1835 (voici plus de trente ans) la *Revue de Lorraine* publiait là-dessus un travail d'investigation, où l'on cherchait à démêler quelles sont les lois nécessaires de l'unité nationale, celles qu'il faut se garder d'ébranler, et hors de la sphère desquelles il convient de reléguer les améliorations souhaitables. Une telle étude, de L'AFFRANCHISSEMENT PAR VOIE PAISIBLE, était, en date, la première de son genre.

46° *Tendance vers la liberté de la charité.* — De quel degré d'autonomie les Hospices, sous le régime des lois françaises, devraient-ils, utilement parlant, être appelés à jouir? — Ce problème, assez analogue au précédent, se trouvait être posé, par suite d'affaires positives.

Nancy, — appuyé en cela par beaucoup de préfets, de maires, etc., car il ne demandait que des choses acceptables, — plaida la cause de l'*accroissement de liberté* de la *charité*, et fut sur le point de la gagner devant les Chambres. Au moins emporta-t-il, pour prix de ses efforts, une couronne d'estime. Soixante et douze villes s'étaient rangées derrière lui, dans la question; mais il les avait précédées, et c'est lui qui avait

porté seul le poids du combat. Avec les honneurs de l'initiative, il eut les honneurs du courage.

47° *Zèle spontané pour le perfectionnement des moyens de communication.* — Dès les années de la vieillesse de Louis XIV,
le duc Léopold, sans avoir besoin de recourir à des ingénieurs
étrangers, avait doté ses États de routes, excellentes pour leur
temps, et qui n'avaient pas alors d'égales en Europe (¹).

A près d'un siècle et demi de distance, et dans des conditions bien différentes, c'est-à-dire depuis l'usage des locomotives, la Lorraine fut sur le point d'exécuter quelque chose
de plus grand encore. « En fait d'initiatives industrielles, en
« est-il de mieux dessinée que le projet du chemin de fer qui
« devait réunir en droite ligne la mer du Nord à la Méditer-
« ranée! projet totalement formé hors de Paris, — conçu,
« réglé, élaboré à Nancy! gravé là jusqu'aux derniers détails
« millimétriques! — Ce n'était pas une fiction, n'existant que
« sur le papier : la chose avait sa pleine organisation, ses
« ressources pécuniaires entièrement assurées (²); on ne
« réclamait du Gouvernement *aucune subvention;* on ne de-
« mandait que la signature du chef de l'État. — RIEN ENCORE
« DE PAREIL N'AVAIT EU LIEU (³).

Beaucoup de fonctionnaires applaudissaient à une telle
pensée. « A la bonne heure », avaient-ils dit; « en voilà, de
« la sérieuse et louable décentralisation! » Toutefois, les adversaires de l'idée surent mettre en jeu une grande force, la

---

(¹) Leur création, si remarquée alors, fut même le sujet d'une
médaille portant ces mots : *viæ munitæ.*

(²) Vingt millions en actions souscrites par des Lorrains, et vingt-
cinq millions de prêt *positivement offert* à la future compagnie.

(³) V. de Saint-Mauris, *Études,* etc., III, 478, 479.

force d'inertie. La Lorraine, excellente pour agir, mais inhabile à *se faire valoir*, n'avait pas su ou parler assez haut, ou employer des porte-voix efficaces. Son projet donc, éliminé alors, ne fut exécuté que par d'autres, qu'avec un tracé moins direct, et que sept ou huit ans plus tard. Si on l'avait seulement *laissée faire*, les Français auraient profité de l'œuvre pendant la guerre de Crimée.

48° *Pensée d'un orientalisme qui pourrait être rendu classique.* — C'est déjà en Lorraine qu'avait pris naissance la pensée de frayer tout de bon certains sentiers entrevus trop tard par Racine (au moment où il quittait la plume), et oubliés depuis lui; c'est-à-dire, d'appliquer à de l'hébreu véritable et *tout cru* les procédés de la plus haute régularité, de la plus haute convenance littéraire. Pour la première fois, donc, on avait traduit en vers, dans les sévères conditions du siècle de Louis XIV, David entier, le vrai David, — non pas un David de convention; — et on l'avait amené à pouvoir, comme une sorte d'Horace ou de Virgile, remplir, malgré sa dignité, les exigences du régime des collèges. C'était, comme l'a dit quelqu'un, *avoir fait du classicisme sur des éléments orientaux.* — Or, le FAIT conduisait à la RÈGLE : on devait bientôt arriver de là aux doctrines d'un orientalisme *rendu classique.* C'est en Lorraine, également, qu'elles furent formulées; et ce sont les académies de METZ ET DE NANCY qui, lorsque toute la France sommeillait, proposèrent au Gouvernement de mettre ce principe à l'étude.

49° *Création des moyens d'exploiter couramment ce nouveau domaine intellectuel* (l'ancienne Asie). — C'était quelque chose que d'avoir fait comprendre les avantages d'un tel progrès; mais il s'agissait de le faire descendre de la théorie à la pratique. — Pour révéler aux gens les trésors du sanscrit, il fallait d'abord se procurer des moyens faciles de l'écrire. L'Académie de Stanislas osa, la première en France, procurer aux travailleurs de province une *fonte* de lettres dites dévanagaries : déjà l'un de ses vétérans venait de faire poinçonner un corps de caractères romanisés (conçu d'après un système transcriptif propre à l'École de Nancy). Deux autres de ses membres ont successivement publié une Grammaire sanscrite, un Dictionnaire sanscrit-français; et leur *Selectæ* sanscrit va compléter la trilogie. Moyennant ce triple instrument de travail ([1]), tout est prêt. Par les soins de la Lorraine, le Gouvernement peut dès demain, s'il le veut, faire entrer dans son cadre universitaire, l'enseignement d'une langue et d'une littérature admirables, dont la connaissance facilite au plus haut point le professorat du grec et du latin.

50° *Viande chevaline, etc.* — Plusieurs des paragraphes précédents ont dû faire déjà comprendre que la Lorraine, dans ses visées perpétuellement actives, ne dédaignait, comme objet trop inférieur et trop peu distingué, aucune chose vraiment profitable au peuple. L'article *pomme de terre*, surtout (voir ci-avant, n° 39), en a pu fournir preuve frappante.

Mais, dans ces derniers temps, le mouvement dont nous parlons, en ce qui concerne les chapitres utilitaires, s'est mieux accentué que jamais. L'idée s'en est manifestée surtout par la formation d'une Société dite *d'Acclimatation*, d'En-

---

([1]) *Quadruple, à présent,* peut-on dire puisque rien de scolaire ne manque plus, — pas même au *Jardin des racines* sanscrites.

On ne mentionnne pas ici, bien entendu, les autres livres publiés par l'École de Nancy pour aider aux études orientalistes : par exemple ceux par lesquels un des plus nouveaux Stanislaïtes ouvre et déblaye les routes encore difficiles du monde torranien : *Grammaire mandchoue, Grammaire tongouve*, etc.

(*Note ajoutée en* 1873.)

couragement et *de Progrès*, dont le centre était placé à Nancy pour une *zône* composée de neuf départements.

Or, maintes et maintes innovations avantageuses ont été proposées, accréditées, quelquefois conduites jusqu'à réalisation, — par les efforts de cette phalange *régionale* ([1]).

L'une des œuvres qu'elle a pu réaliser, c'est la comestion régulière (obtenue sans aucun procédé charlatanesque) de la VIANDE CHEVALINE.

Dès 1824, une ville lorraine (Phalsbourg) en avait donné l'exemple ([2]); Nancy, qui, sur ce chapitre alimentaire, plaidait depuis longtemps contre les préjugés, et qui avait apporté aux Geoffroy Saint-Hilaire son auxilarité puissante ([3]), se détermina à faire plus qu'eux, et à prêcher par des actes, — ce qui est auprès du vulgaire le plus efficace des arguments.—Ainsi, le marché de Nancy a été témoin, avant toute

---

([1]) Hélas! il n'y a pas besoin de dire que, prise qu'elle était au sérieux, et rangée parmi les sociétés savantes, elle publiait des *Mémoires*, dont il existe six volumes. Hélas! est-il besoin de dire qu'elle a clos ses travaux? Les désastres militaires avaient enlevé trois départements au territoire de la *zône*, et le rayonnement de son action n'eût plus été le même.

(*Note ajoutée en* 1873.)

([2]) Elle l'avait donné à l'*occasion* d'un siége, mais non point par *les nécessités* qu'amène un siége. A la différence du Paris de 1870, où les vivres avaient manqué, le Phalsbourg de 1814 n'avait pas ses provisions épuisées; et pour lui, l'emploi de la viande de cheval, au lieu d'être un résultat de la misère et du besoin, n'avait été qu'une ressource subsidiaire; qu'un moyen de variété culinaire, mis librement en usage par des populations intelligentes, non esclaves de la routine.

([3]) Voir les nombreuses brochures publiées *ad hoc* par des écrivains nancéyens, bien avant 1860 : « *Une précieuse conquête à faire* », etc., etc.

autre ville française, *avant Paris même,* de l'existence du premier *étal* régulier et autorisé où *du cheval* ait été vendu principalement à la livre, *comme toute autre viande.* Et la boucherie chevaline de Nancy a été, pour son époque d'ouverture, la première de France.

On indiquerait aisément encore bien d'autres faits, mais à quoi bon? Reste-t-il un seul lecteur qui s'imagine, après avoir lu cette liste, que tant d'initiatives diverses, observées chez un seul et même peuple, soient le résultat du hasard! Les *martingales* ont des bornes, et l'on sent assez quelle place il faut donner au pays qui a pu fournir à ses justes panégyristes une pareille série d'arguments.

LISTE

DES OUVRAGES OU OPUSCULES

PUBLIÉS PAR LE MÊME AUTEUR, MAIS EN PROSE

SUR DES SUJETS LORRAINS

Éloge du poète GILBERT, ouvrage couronné par la Société royale académique de Nancy, le 3 juillet 1817. Broch. in-8°. Nancy, chez Barbier; 1817.

Lettre aux Rédacteurs des journaux de la Meurthe, de la Meuse et des Vôges, pour organiser une souscription des départements lorrains en faveur des Polonais, au nom d'un Souscripteur défunt (de Stanislas, roi de Pologne, duc de Lorraine et de Bar). Placard in-4°. Nancy, janvier 1831.

Notice sur le général BUQUET *aîné.* Extrait in-8° de l'*Annuaire des Vôges.* Épinal, chez Gérard; 1836.

Mémoire sur les Hospices civils de Nancy, sur la question de *propriété* des bâtiments et jardins de l'*Hôpital militaire;* avec une épigraphe tirée du Digeste. In-4°. Nancy, chez Hæner; 1826.

Discours prononcé sur la tombe de Dieudonné PIERRE, peintre nancéyen. In-8°. Nancy, chez Thomas; 1838.

Lettre sur l'érection d'un Monument funéraire au duc Léopold. In-8°. Nancy, Hinzelin; novembre 1840.

Lettre au Rédacteur du Patriote, *sur la question des Noms historiques à donner aux rues de Nancy.* In-8°. 184....

Liberté de la Charité. Mémoires (faits en collaboration) comme plaidoyers de la grande cause portée devant les deux Chambres par les Commissions des Hospices de Nancy et de soixante autres villes, en faveur de la *liberté de la charité.* In-4°. Nancy, Grimblot, Thomas et Raybois; 1839. Paris, Firmin Didot; 1840.

Éloge de M. BLAU (inspecteur de Rectorat, membre de l'Académie de Stanislas). In-8°. Nancy, Raybois; 1843.

Esquisses d'un voyage de Nancy à Bourbonne : souvenirs lorrains.

Première édit. Broch. in-8°. Vagner; 1846.

Seconde édit. (à la suite d'*Antoine et les Rustauds*). Grand in-8°. Nancy (Vagner) et Paris (Sagnier et Bray); 1849.

Nancy, histoire et tableau; avec la perspective gravée de cette capitale à l'époque de sa puissance, la vue du Palais ducal prise à vol d'oiseau, etc.

Première édit. Broch. gr. in-8°. Nancy, Conty; 1837.

Seconde édit. Un vol. gr. in-8°, planches, etc. Vagner; 1847.

Le Duc Antoine et les Rustauds. Grand in-8°. Nancy, Vagner; Paris, Sagnier et Bray; 1849.

Philosophie de l'histoire de Lorraine (de 400 à 1766), broch. grand in-8°. Nancy, Vagner; 1850 (¹).

Coup d'œil sur l'état de la Lorraine au commencement du XVII*e siécle,* d'après *Jodocus Sincerus.* Broch. in-8°. Nancy, chez Lepage; 1851.

Notice sur *Madame de* VANNOZ, née Philippine de Sivry. In-8°. Nancy, chez Vagner; 1851.

─────────

(¹) C'est le grand morceau qui vient d'être réimprimé dans le présent volume, où il forme l'appendice I.

Sur les vraies Armoiries de Nancy. Broch. in-8°. Nancy, chez Lepage; 1856.

De la véritable Orthographe du nom de Jeanne d'Arc (et non point *Darc*). In-8°. Nancy, Grimblot et Raybois; 1856.

Sur la Nécessité d'appliquer aux rues de Nancy le système des Noms historiques. Broch. in-8°. Nancy, Hinzelin; 1857.

Hodographie nancéyenne : supplément à la Lettre sur les noms à donner aux rues de Nancy. Petite broch. in-8°. *Ibid., id.*

Nécessité de profiter de l'occasion (l'établissement d'un maréchalat) *pour restituer au Musée lorrain l'aile entière du Palais ducal.* In-8°. Nancy, A. Lepage; mars 1858.

Sur les grands et petits CHEVAUX de Lorraine. Petite broch. in-8°. Nancy, chez Lepage; 1861.

De l'indispensable Nécessité de rétablir l'École de droit de Nancy. In-8°. Paris et Nancy, Benjamin Duprat; 1863.

Une Idée lorraine ([1]), morceau lu à la Sorbonne et réimprimé à Nancy. In-8°. N. Grosjean; 1863.

Les Liamas dans la chaîne des Vôges. In-8°. Nancy, Raybois; 1864.

La Viande de Cheval et la Pomme de terre, ou *Lettre au Bélier sur deux initiatives du peuple lorrain. — Ibid., id.;* 1865.

Paroles prononcées sur la tombe de Mme Élise VOïART (le 24 janvier 1866). Carton in-8°. Imprimé chez A. Lepage, Nancy; 1866.

Lettre sur les Cent ans de réunion des duchés de Lorraine et de Bar à la France. Grand in-8°. Nancy, Hinzelin et autres; 1866.

([1]) Celle de vulgariser l'orientalisme.

Lettre à l'appui de l'opinion de M. Henri Lepage sur le projet des fêtes séculaires. In-8°. Nancy ; fin de mars 1866.

  Ce que fut jadis la Lorraine (et ce qu'elle est encore). In-12. Nancy, Nicolas Grosjean ; 1866 ([1]).

De la Citadelle de Nancy, au point de vue des fêtes séculaires. In-8°. Nancy, Ve Raybois ; 1866.

Notes hâtives sur les questions débattues au sujet de la Bibliothèque publique de Nancy. Gr. in-8°. Ve Raybois ; 1866.

Sur la Réorganisation de la Bibliothèque de Nancy, nouvelles notes à consulter. In-8°. Ve Raybois ; mai 1867.

Vitalité intellectuelle de Nancy (un échantillon de la). Grand in-8°. Nancy, Sordoillet ; 1871.

Nancy et Montpellier. Grand in-8°. *Ibid., id.;* 1871 ([2]).

Extrait d'une lettre à un Député du Nord-Est (au sujet des droits de Nancy à une véritable Université). Grand in-8°. *Ibid., id.;* 1871.

La France et Nancy (quatre opuscules réunis). *Ibid., id.;* 1871.

A propos de la Gendarmerie et du Palais ducal. In-8° ; 1871.

Exemple donné par un souscripteur (par François-Joseph de Lorraine) pour la reconstruction du Palais ducal. — Grand in-8°. Sordoillet ; septembre 1871.

([1]) C'est de ce livre qu'a été extrait le chapitre ci-avant, sur les *Initiatives lorraines.*

([2]) Pages qui ont été reproduites dans la brochure *France et Nancy,* dont elles forment à présent l'un des quatre chapitres.

NEC PAUCIS CARA SUPERSTAT